# 再回到這裏來

——進城·回歸·預言

黃敏華 著

Here I am again

目錄

1995

# 第一年

進城

1996

# 一九九五年九月一日

極酷熱的早上，迷茫地看阿姐洗地。

想不到第一天竟然是這樣。

明明出門前已在家中看過最新九四年版本的地圖（之前那本八六年的是升上中學那年第一天放學後自己去文具店買的，也是我第一次自己去文具店買嘢），之前也實地去到67M的巴士站確定它在福來邨外面哪個位置，又打電話去九巴熱線問清楚班次時間，但今早去到巴士站，所有號碼的乘客形成蛇餅陣，我便馬上大亂陣腳。一堆搭錯車、遲大到、錯過開學禮等等畫面在頭上猛轉。

我傻得走去問正在洗地的阿姐：67M巴士是不是在這裏上車？阿姐不理我，繼續洗地。也是的，我搭錯車跟她洗的地根本毫不相干。

一陣二手煙飄來，一個看似跟我年紀差不多的男生，口裏噴著煙，問我是否入屯門？其實搭53也可以。突然一眨眼，一架53號就出現在眼前，好像是他叫喚來那樣。他丟了煙，指了指，說可以上這架，沒錯的了，還打了手勢讓我先行，神推鬼㧬那樣，我竟然真的跟他上了車。他走到上層，我沒有跟，坐在下層最尾，心裏一直在焦急，為甚麼上了53號而不是67M。不過現在後悔已沒有用，在進入青山公路深井段時，我把車窗開盡，企圖欣賞一下海景。海邊的空氣比在荃灣市區的清新一些，可是前面的乘客好像不喜歡風太大，把車窗關上一半。

半個窗的風也好吧，正好配合我今天不上不下七上八落的心情。

新買的 CD 機雖有防震功能，但巴士的顛簸還是偶爾把歌曲打斷。在入大學的第一天，聽陳珊妮就最合適。那是去年買的陳珊妮的第一張專輯《華盛頓砍倒櫻桃樹》。台灣歌手陳珊妮看來沒有半點娛樂圈的味道，唱碟封套也沒有賣弄樣子的照片，基本上她包辦全隻大碟的曲詞及製作，連插畫及造型風格等都能夠自由發揮，而簡單的樂器編曲組合起來卻一點都不簡單，一聽她的音樂就知道她是一個勇於創作獨立而堅定不移的女生，歌詞常以日常生活題材去反思傳統價值。「身為一個美人魚要很努力，因為經過的王子們會嚴格要求你的美麗」[1]。真是一針見血！

無可否認開始大學生涯我是心神恍惚的，需要一些否定常規的力量。而且我也沒有認識的好友一起。又何況，我從來未去過屯門。

被風吹到頭髮打結。後來，巴士停在一個頗荒涼的站，一座明顯不是小學或中學但又看不出是甚麼的建築物，除了球場，一個人一輛車也沒有。上層有十來個像我那樣傻頭傻腦但裝作冷靜的人衝下來，有幾個下了車又馬上猶豫了，以致隨後的幾個也塞在下車處，幾個站在樓梯間，包括那個叫我上車的男子，進退不得。我四處張望，心裏明明知道應該未到目的地，卻還是禁不住緊張起來，抱緊背包想起身。司機大叫：「係唔係去嶺南呀？未到呀！去嶺南的全部上返來！」眾人乖乖安頓好後，司機又重新開動。那是我見過的最好的巴士司機。後來我才知道，那個站原來是海事訓練學院，而不是嶺南學院。又原來，整輛車滿載著的，都是前路未卜的嶺南人。直到司機再次大叫：「嶺南同學落車！」全部人像被趕的小學生那樣驚慌失措地魚貫下車，包括我。

車站明明就在學校對面，但相隔了四、五條行車線，過馬路處卻離得頗遠，所以必須走一段U型的冤枉路。真不知是誰的「精心」設計。

從巴士站那邊看過去，我只見到一堵圍牆，中間一道鐵閘，如進入屋苑大廈停車場的那種，閘後是一座橫向的三或四層高的建築物，穿過建築物的樓底，後面便應該是幾幢矮小的教學大樓（或應叫作「小樓」？）。

那個一同在荃灣上車的男生從後追上，在我身旁又點煙。我都說53號無錯啦！他問我站著看甚麼，我說從對面馬路欣賞一下第一次見到的學校。他嗤的一聲笑了，說明天後天大後天以後天天都可以看啦。我想這就是近年《男人來自火星，女人來自金星》那本書大賣的原因。

頭頂的太陽失了常地發功。我環看四周，除了草叢和鐵絲網，大學附近簡直是空無一物。沒有住宅、沒有食店，與世隔絕般，仍未完工的嶺南學院，感覺是空降的宇宙棄嬰。

我們也許就是棄嬰內的細胞，隨便野蠻地繁殖，或出人意表地變異，也難以被發現。

這跟大學校長在空地上發表的演說非常配合。「你們應該慶幸今天能到來這裏，不要妄自菲薄，不要自覺不如人，這裏雖然偏遠，但你們看那全新的校園、開揚的圖書館和飯堂、即將啟用的游泳池和體育館，還有未來幾年計劃會陸續興建的宿舍，全都是屬於你們的。」

聽來已是一番令人心酸的說話，只差輕拍肩膊說出安撫的一句「唯有振作吧」。我看看四周，大部分人不是無動於衷，便是熱得睡眼昏昏。大家真的自覺不如人嗎？不情不願地接受了這個不能在親友面前揚威的學位？

那一眼就看完的教學大樓，只得四座，每座只有四層。回頭看看大門入口處，53號男子與地盤工人一起坐在樓梯級抽煙聊天，興高采烈地像是老朋友重遇。談趕工情況？談入大學的心情？恆生指數？今天天氣真熱？

這是大學的第一天。不知三、四、五十年後還會不會記得？

今日金句：一支煙的力量，比開幕禮也許更實在。

後記

其實這是後補的日記，今天已經不是九月十五日了。因為電腦科要我們學中文輸入法，練倉頡，更要交打字功課，我不想對著練習本死板地打那些無意義的字，又不想跟報紙打新聞，於是想到可以寫日記，或者叫偽造日記，後補日記、散文記事甚麼也好，一方面可以交功課（會不會因為這樣的內容導師對我另眼相看而給很高的分？），一方面可以記下大學的生活，一舉兩得。不過我還是喜歡用日記簿、原稿紙寫東西，有時畫下一些心情小圖畫，有時可以看到被刪去的部分原來也有保存的意義，打字就沒有了這樣的效果了。哈，想不到，我已是大學生了！

1 來自陳珊妮《華盛頓砍倒櫻桃樹》大碟中《聽美人魚唱歌》

## 一九九五年十月十日

炎熱。尚未有秋意。

倉頡真的不易學，想不到大學第一樣要學的東西已令我感討厭。倉頡啊倉頡，你是傳說中的神話，有雙瞳四目（還是六隻）？造字對你來說當然容易，不過字義字意，是不是過於複雜或簡化，後人未必認同也只能照單全收。我對這種輸入法毫無感覺，退而求其次，學速成去了，導師不會看得出來吧。

對了，蒙混過關這四個字，最好用來形容這幾星期的大學生活。人家說大學第一年是蜜月年，即管去上莊四出識人甚至走堂去蒲吧。我想不到的是原來課堂也排得相當滿，我還多報了日文，星期三的堂就由早上九點排到晚上九點，因為電梯還未能使用，整天就在幾幢教學大樓跑上跑落，教室的號碼和導修地點又時有出錯，十分折騰，跟我想像的所謂蜜月相去甚遠。

在校園也碰過幾次 53 號，原來他在中文系，是最尾的志願，說時一臉苦笑。原來他已經第二年，去年入讀時嶺南仍在司徒拔道，學校格局跟新校舍很不同，而且他轉了系。是否讀不上或是受家人意見左右他沒有說，只說肯定有點不習慣，而且每天從筲箕灣的家去屯門也真夠遠。

至於我自己，可能因為不是經聯招而是自行報名面試考入的，所以對於百分百投考成功感到非常開心，雖然錯過了迎新日，幸好不少同學可以說是一拍即合，甚至有相逢恨晚的感覺，這方面很值得慶幸。而且家住荃灣山上，雖然要先乘村巴到福來邨才能轉乘入屯門的車，但車程來說也可以接受。所以對於53號的感嘆，未能體會。

53號說在中文系未識到甚麼談得來的朋友，故約我吃午飯。與不認識的男生一起吃午餐，生平也是第一次。而且今天是我的生日，系裏的同學不知道，我又不想主動告訴別人，想起以往中學時代的死黨總是會去卡拉OK大肆慶祝一番，心情隨即跌watt，所以聽到他約我，便口快快答應。但隨即又馬上後悔。

飯堂門口有不同的電訊公司在推廣傳呼機開台服務。每人一個傳呼機好像是大學生的指定身份證，比學生證更實在。否則即使在小小的校園約人也很難，當然更怕的是別人找不到自己。

找不到自己真的很可怕嗎？我其實不想做一個隨便被人找到的人，或者隨波逐流的人。

看到我系的人圍在一枱，忽然就全身冒汗尷尬萬分。我站在水牌前等他，身旁不停有人穿插而過，同學問我決定吃甚麼那麼難嗎？今日特餐螢光豬扒飯十二蚊正啦！

我豈是真的在揀午餐……心裏十分焦急，覺得大家都看穿了我在白等人，而且是等男仔！心想我倒數一分鐘不見人就作罷了；但那一分鐘真像一個月那樣長。心中怪自己為甚麼要答應陌生男子的邀約，另一方面又怪自己嘿你不是想體驗成長嗎？那約會男子吃餐飯是不可缺少的一環吧！但今天是自己的生日，竟然這樣等男子？怎想也不應該。至少不該約在飯堂！而這個飯堂那麼的「大」，還要是「獨一無二」，學校所有人包括導師和職員都會湧到這裏來。唉，真是大錯特錯……後來同學都開始吃了，我去加入又不是，繼續等又不是。

過了不知多久，我沮喪地走到飯堂對開只挖了個大坑的游泳池那邊，竟看到有工人挖出一個墓碑。工人不慌不忙，像是見怪不怪。我感到背脊一涼，想像泳池的位置是不是傳說中的亂葬崗。

不過墓碑出現，馬上令我的尷尬感盡消，忽然瀟瀟灑灑地一個人走去圖書館。最近我真覺得自己有點奇奇怪怪。

今日金句：約會不要站在某個地方等，尤其人多的地方。

---

**後記**

後來我才知道原來他之前是空堂，一早已在飯堂的角落霸了位，但他低頭看

notes 忘記看時間，到了記得看鐘已發現要上堂了。

那是後話了。那天，我和他都沒有吃午餐。我一肚子氣，他一肚子有甚麼我不知道，也不想知道。是的，我的生日已過了，我已不再是十九歲了，正式展開二字頭的人生了。生日去看亂葬崗真是大吉利是。希望明年的生日，不會再是這樣度過。

一九九五年十月三十一日

早上有微風，晚上有陰風，陣陣。

外國的萬聖節 party 在香港仍未流行，只是今天不知誰提起，說不如今晚九點上完日文，大家一起食宵夜順便講鬼故。

生平最怕聽鬼故，不喜歡看恐怖片也不看鬼書，但眾人都覺得真是好主意，興高采烈地在說地點和細節，連日文課都上得特別精神。

我沒說甚麼，打算下課時趁大家不留意就馬上走人。誰知同學一直拉著我，我不想刻意離群，唯有硬著頭皮跟大家一起。大樓間已沒有人在上課，飯堂早已關門，大家不想動身去新墟或元朗了，便索性就地在游泳池邊齋講。

怕鬼是天生的嗎？怎樣才可以不怕鬼？我想像出一張 bingo 卡，他們一定會說到「亂葬崗」、「長髮女子」、「後樓梯」、「鬼影」、「哭聲」等幾個例必會出現的字眼。單是想像幾個詞語已令我不寒而慄。

忽然有人說泳池的形狀根本跟放棺材的墓地是一樣的，又有人說那即是自挖墳墓然後讓人跳進去，有人開始說山上藍地水塘很猛，其實你們知不知道，學校的前身是越南難民禁閉營？錯錯錯，再前身原本是英軍駐守的軍營，後來變成啹喀兵的營地，即是尼泊爾軍人呢，八十年代才改為越南難民中心，「第一收容港」嘛，五、六年前最高峰時期，這裏塞了四千多個難民，環境可想而知，有沒有病死餓死或被打死的？聽說也曾經傳出不少恐怖的事。之後難民營關閉，政府想發展虎地，虎地中村被迫遷，就是學校旁邊那條已經半荒涼的村呀，找一天我們該去探探險，大家看看山邊那麼多的山墳，要發展這區，被毀被拆的墳墓有多少？最恐怖是飯堂隔籬那大樓旁邊，傳說有一個義塚和永別亭。義塚呀，江湖人士無處葬身就葬在義塚。永別亭呀，供人停屍，或埋葬完拜祭完休息用的……一到夜晚……

大家都不禁向大樓那邊望過去，這時B大叫一聲，嚇得我和幾個女生尖叫起來，眾人粗口四起。

傳說傳說，怎可以當真？如果這真的是嶺南的前身，也算是學校非常重要的歷史呀，為甚麼開學那麼久從沒有人提起？

講學校歷史？你以為我們還在會考，修了中史西史？現在誰有責任去告訴你這個地方發生了甚麼事？系教授沒責任說，其實可能校長也不知道，他坐在行政大樓那邊冷氣房，會不會關心建築物的前身是甚麼？倒不如關心如何幫學校升格為大學，收生收支平衡等等？那麼學校管理層是否也應該至少向學生提及？如果開學禮上講義塚講鬼故，肯定所有人都好精神！

忽然遠處一對奇異如閃靈的兩顆燈光在搖動，大家都心跳急升。再細看原來是一隻貓，一隻黑貓。也好也好，有人說黑貓能辟邪，甚至是好運降臨的象徵，你看《魔女宅急便》的吉吉就知道。

突然保安出現嚇了我們一跳。說我們不准進入未完成的工地，大家便一哄而散。

那晚我和C一起搭了67M返荃灣，車程上除了剛才的鬼故話題，也多說了自己的家庭狀況。一程車後，浮起了中學時代的那種「姊妹」感覺。

曾經發生的不能改變，軍事用地、難民營、古老的村落，都是不可抹煞的歷史，本來就沒甚麼可怕，只是故事與傳聞屬真屬假？所謂的民間歷史是誰編出來的？

明年宿舍落成，沒住過宿舍就等於沒讀過大學，但我有沒有入住的勇氣？

或者終有一天，我們會勇敢地去看清楚那到底是義塚還是普通石碑一個，是永別亭還是以往村民乘涼用的普通涼亭。畢竟今天我選修的政治科的教授介紹我們看一本書叫《不可靠的新聞來源》。

原來新聞也有不可靠的，真是聞所未聞。

---

**後記**

後來B去探路，能到達傳說中的義塚和永別亭的路已被學校用鐵閘圍封起來，重重深鎖，想要開閘探險，「請聯絡校務組」。

一九九五年十一月十八日

微涼的秋終於來臨。

我剪了個新髮型，但好像沒人留意。

在學校圖書館門口碰到 53 號，他和幾個女生有講有笑，不知為甚麼我要扮作看不到他。看到又如何？看不到會更好嗎？

生平也沒有去過這麼大的圖書館，開放式的樓梯可以上到二樓，真是單是走上樓梯那姿態已感到自己充滿了學子的氣息，是從未有過的滿足的感覺。當然去圖書館坐下來真正做事的成分很少，找人聊天聯誼打發時間為主。哈！

其實我並不理解為甚麼大學的圖書館比起一般公共圖書館要大很多。聽說明年政府會在銅鑼灣興建一座全港最大的公共圖書館，還會用上最新的數碼及電子指南系統等。不過我也極少過對面海。維園的正確位置我都不是十分肯定。

在翻譯文學那邊找個窗口位置坐下，卻見 53 號走來，圖書館那麼大，跑來這邊幹甚麼！身旁一個女生向他猛力打了一下，他好像很享受。

我打開要讀但未讀的筆記，想到第一個學期已過了一半，每天乘 67M 往來荃灣與屯門，屯門公路的沿海風景變成了我上學的音樂背景，也開始認得幾個司機，有種歲月不饒人的感覺。

忽然我的傳呼機熱烈地震動，比起響聲更擾人。馬上被53號發現，他丟下正在與他說話的女生走來，遞給我一張紙條。是他的傳呼機號碼。他也問我要我的，我說我沒有傳呼機，他不作聲。

沒傳呼機？那麼電郵地址呢？大家都有上電腦堂，每個學生都有自己的電郵戶口的。

我想說沒有也不行，便寫下了給他。不過補說，我平日不會用電郵，也沒收過電郵。意思就是別期望會找到我。

他半信半疑，身旁的女生在切換傳呼機的鈴聲，呱呱地叫，非常煩人。

53號忽然說，那天在圖書館停車場看到一個很像我的人，但頭髮很長，穿白衣，問我有沒有去過停車場。

我隨便說我沒有白色衣服，但一聽就想起那晚同學在討論義塚之餘，也說過學校有幾個地點最猛，其中一個就是停車場。

我不想被他看穿，便問他，你去停車場幹甚麼？難道你有車？想不到自己竟然輕佻地笑了出來，很沒有禮貌。

他說有朋友入來嶺南找他去元朗吃B仔涼粉，又問下次再去的話我有沒有興趣。

心中隨即想起上次在飯堂水牌前等他的尷尬狀，便馬上說沒有。雖然涼粉就是涼粉，應該沒甚麼特別，但心裏也很想去見識一下，很多人已去過，為甚麼我總是後知後覺。

離開圖書館時 53 號跟上來說一起走。他站在我右邊我便把書包揹在右邊，進電梯時他站在我左邊我便把書包擺到左邊。不知他有沒有發現。

直到我走出電梯，他說了句記得 call 我。我吓了一聲。他說：「我的意思是，返荃灣時 call 我。」

電梯內有同系的人聽到，好像在後面暗笑。我感到尷尬死了，頭也不回地走了。

那天的翻譯導修課我完全無法集中，導師點了我名兩次叫我嘗試把某段新聞作即時傳譯，我幾乎都啞口無言。

這個學期的 GPA 會不會不過 3？今天車程上耳裏是電影 *Dangerous Minds* 的大碟 *Gangsta's Paradise*，節奏強勁的 beats 及 bass，黑人在美國被社會排擠及壓迫的日常生活是我無法想像及理解的事情，不是單單一套電影或幾首 rap 歌就能了解到皮毛。那些「天堂」、「愚笨」、「broken」、「金錢」，跟我有半丁點的關係嗎？但那些歌總是能震醒未睡醒的我。

怎樣去翻譯黑人創造的 rap 及 R&B 應該是一門很深的學問。

## 後記

那天下課後我站在校外的巴士站想了很久，67M、67X來了又去了，我也無法決定該不該找他。是因為我不喜歡那種不確定的感覺嗎？最後剩下我一個人，在看似無人的校園外的巴士站，非常荒涼，也特別悲哀。夜色是討厭的，馬路是絕情的。成為大學生的經驗原來不過如此嗎？還是因為那是我不熟悉的屯門？邊緣學校的關係？我們都被遺棄了嗎？我為甚麼要因為 to call or not to call 而這樣愁？而我人已經站在巴士站了，要跑回去學校找電話打我是絕對不會了。

後補後記：重看後記時才知道，我想，我明白了。

## 一九九五年十一月三十日

氣溫驟降，非常陰暗的早上，心情也隨之憂鬱。

這兩星期發生了很多事，不知從何說起。

首先，電腦科學打倉頡已告一段落，而學懂了中文打字後，感覺跟用筆寫原來有很大分別。電腦上打出來的字，沒有了字跡可辨認，沒有了執筆的力度，沒有了謄寫在紙上的姿勢，起初感覺不到是自己寫的字，一切都變得那麼的工整、刻板，及……理所當然。是的，此刻我對打字的感覺，就是理所當然四個字。中文打字應該勢必成為趨勢，以後還有人學寫字嗎？

然而寫（打）了幾篇下來，我又覺得這樣的記事很方便，隨時 save 隨時 log in and out，有點意猶未盡，繼續成為習慣也無妨。

大學的日子是人生非常重要的一部分嗎？所學的遇上的，各種人和事，最後是否根本不值得回看，現在仍是言之過早，所以將這些寫下來，也可以留待他日作個見證，就算不堪回首，也至少是我個人歷史的一部分。

必須在此交代一下 53 號的名字，也是我知道了又扮作忘記的名字。他姓伍，名叫浩輝。同學叫他伍浩，那麼我也可以名正言順地在這裏稱他為五號也不為過了。

為甚麼要提起他呢？原本我想寫下的，是這兩星期同學都在忙於分組去做 Media and Society 一科的功課。同學簡稱 Me So。香港人都喜歡簡稱，但連英文都簡成這樣，其實不會有人明。

這是一個佔頗多分數的 project，我們一組十人，單是決定開會時間地點已多次遷就和更改，到齊人了開始談方向，意見多得亂七八糟，口水橫飛，無法分類，期間眾人 call 機不時叫苦連天，誰的男朋友追魂誰的女朋友奪命，場面一片混亂。後來茫無頭緒地，D 又提起上次說的義塚，便說到了虎地村，聽說成條村就快要搬清。D 提議不如「落村」去看看有甚麼可以做。E 對於「落村」一詞不妥當，我們又不是村民，又不是社工或區議員，可以落船落機落 D 落地獄但不可以說「落村」。F 說何必對一個字咬住唔放？說「去村」更好嗎？「到那條村做研究」？應該怎樣形容先好？

氣氛頓時變得有點僵。對於還未開始已出現僵局，我感到十分不樂觀。

G 說落村去村甚麼村也好，主要搞清楚我們去的目的。我們首先應該要認識一兩個村民，最好可以找到村長，然後要怎樣，都要一步步從長計議，不好成班人柴娃娃去到亂講一餐，人家覺得我們在玩在搗亂，壞了印象，人地下次就唔 so 你。

G 算是我們當中比較成熟的一個吧。我想不到有甚麼回應，只是陪著猛力點頭。之後我們約好了時間，一行十人像小學去旅行那樣從學校飯堂出發。那是我第一次走出去嶺南圍牆以外的地方。平日一般只會從正門出入，一出門便馬上乘巴士離開，從來也沒有留心旁邊那些單層舊村屋的地區。路上有野狗野貓，還見到蛇皮。一時間感覺好像深入虎穴那樣，進入了森林無人地帶。

見到一間營業中的士多，由G開口先打招呼，介紹自己是嶺南的學生云云。人家可能不覺得你算是甚麼知識分子，但士多老闆對我們的態度也算有禮，我們也就識趣一人買了一支熱維他奶。

H打蛇隨棍上，問起為甚麼村裏很多戶人好像已人去樓空，房屋失修也沒人理？士多老闆便將虎地中村面臨清拆的事一五一十地說出來。他說不少人收了賠償，有的上了公屋，有的搬到掃管笏嘉和里村甚至黃金海岸，但也有人覺得並不是以屋換屋就算數，尤其老人，有些幾代都居住在這裏的，對虎地有感情，也習慣了去新墟那邊買菜買日用品，或純粹老了不想搬動，那又如何賠償呢？

不是錢的問題，錢我是不缺的。士多老闆說得豪氣，然後拿出幾支啤酒來。大學生飲啤酒都唔怕啦！拉著我們坐下來聊，不醉無歸似的。我們不懂拒絕，便坐下來聽故事，直到天黑，開始有蚊蟲，便撤退。

太累了……寫不下去。待續！

一九九五年十二月五日

冷。

心冷，人情未冷。

本來想第二日繼續寫首次落村的事，誰知有點作病，一睡便睡到中午，連鬧鐘有沒有響過也不知道。

家中一個人也沒有，看看當日時間表，下午有一堂普通話，一堂中國文化入門，看看外面天陰陰的，排隊等巴士的人都拉緊了外套，就不想出門了。走堂也是大學生活不可缺少的一部分吧？

對了，之前說到有蚊蟲，眾人撤退。

那晚離開學校因為乘坐了53號，回到總站就是荃灣碼頭旁的運輸大樓。我像導遊般向C說，小時候可以來這裏辦回鄉證、身份證等等。而華懋集團打算用一百億在這裏興建一幢全球最高的摩天大廈，但因為機場在幾年後會搬到大嶼山，飛機會經過荃灣的上空，於是興建計劃被阻，後來要重新設計，之後會怎樣真的不知道。

當時街上刮起些寒風。可能就是那陣寒風把我吹病了？C說不如去路德圍掃街填肚，勁肚餓了！C家住沙田，她每星期都會買飲食雜誌看看哪裏有新的好吃的推介，聽說荃灣新開了一家臭豆腐勁臭的，又開了一家豆腐花勁滑勁甜的，勁想試。C的所有形容都有個「勁」字，她吃完臭的甜的滑的豆腐後，然後又走去吃辣的炸的椒鹽豆腐，真的很勁。

我兜了個圈，沒甚麼胃口，吃了串唔辣的魚蛋，然後走到大河道天橋那邊的生果檔，想叫杯鮮榨熱蔗汁。鐵桶內的蔗只得三兩條，我問老闆今日好生意呵，老闆說蔗汁賣埋今晚唔做了。C說我當時對眼瞪得勁大。發生甚麼事？從我懂事開始已常來買蔗汁，生意這樣好，你看人山人海整條路德圍像年宵花市那樣旺，如果不是小販管理隊剛來過，橋底那邊排沙嗲串燒和炒栗子的人龍肯定也不短吧，為甚麼要結束？趕著九七前移民嗎？

老闆說不是沒有生意，而是蔗汁唔興了。老闆問我有多久沒來幫襯，我眼睛放空地想了想，對上一次應該已是夏天的事了。

所以囉，現在的人要飲潮流飲品，自從台灣珍珠奶茶傳到來之後，蔗汁椰汁這些老土嘢，後生唔會再飲，連果汁生意也明顯少了，唯有壯士斷臂，減少售賣的類別減低成本。

老闆自己也去試過珍珠奶茶，明明就是茶加奶，但也一試鍾情，無話可說，自此每日一杯。

我對於從此買不到鮮榨蔗汁感到十分唏噓。老闆好人，最後那些蔗全都榨給我，那個玻璃樽也不收我按樽費。

新鮮熱辣的蔗汁回到家，阿爸阿媽家姐細佬即刻全支消滅。

Call 機響，阿媽望住我，黑起臉。是的，台費百幾蚊，一點也不便宜。對於這決定，我多少感到慚愧，卻又無可奈何地，不能自拔地走進了人有我有的漩渦。

---

後記

蔗汁老闆在兩星期後中風，果汁店關門，隨即大裝修，聽說老闆兒子不想再榨汁，轉行賣珍珠奶茶去。

一九九五年十二月二十日

天清氣爽，正好適合又落村。

雖然E多次反對，但在眾人重複地用「落村」一詞之後，E獨力難支，只能少數服從多數。直到一次連E自己也說落村，D偷笑，E馬上走人。

於是我們一行九人落村去了。天氣乾燥，我的唇在流血。

這已是第三次到虎地中村，除了認識了士多老闆一家，還有疑似是村長的人物，以及幾個總是記不住名字分不清他們關係的村民的十幾人，感覺他們也看到我們的認真。今天村民答應來一個正式的訪問，我們一邊筆錄，一邊用學校借來的手提攝錄機拍攝。

對於口齒不伶，不擅交際的我來說，整個過程只有陪酒般的佈景板角色。當然大家喝的是汽水而不是酒。

村民義憤填膺，對政府非常不滿，聽得出言語間對我們的訪問也有所期望，想我們做出來的並不止是功課那麼簡單。

G說他會幫忙聯絡區議員，但不知對方有甚麼立場，可即管試試。

H問大家是不是想做大佢？想不想見報？大可以聯絡電視台及其他報紙雜誌，

聲音越多越好，彭定康還有兩年便離場，傳媒對這末代港督大概不需要給面子了。一時間氣氛熱烈，越說越大聲，越講越好像要馬上行動。同學似乎都受到村民的情緒影響，像是身同感受，好像是自己的家要被清拆了，快要無家可歸了，誓要作垂死掙扎，否則枉為人。

甚麼可能性都可以試，但最後是否行得通，會否有效，真的無法預計。這正正是我心中想的，但沒膽當場說出來。一行九人已經看得出，有人天生有領袖的才華，有人天生只屬跟隨在後的羔羊。

I由始至終沒有發表過任何意見，可能對這樣的議題不感興趣，只站在一旁，像是置身事外的樣子。

我問I是不是很悶，他搖搖頭。是不是很累，他聳了聳肩。問他想不想走先，他看著我不說話。可能覺得我太多事了。

天氣如此的令人精神爽利，落村行動好像無限延長，我們是在做功課，是在搞出更多社會問題，在查探學校周邊的歷史，還是在任性遊玩，在消磨大學的時光？

到了天色轉暗，溫度漸降的時分，村民留我們吃晚飯，我們都覺得不好打擾了，說是時候回家了，有人今晚約了家人做冬呢。

對了，聖誕節快到了。這是進了大學後的第一個聖誕，以往中學都會有聖誕聯歡會，有交換禮物的活動。今年呢，好像大家都不再提起中學那種慶祝模式了，或者早已對中學那種模式感到無聊，又或者無人敢先提出要慶祝甚麼是因為怕被拒絕？

Call 機提醒我是時候交台費，我的傳呼機真正的使用率極低。掃看這個月的訊息，垃圾的居多。其實校園那麼小，教學大樓比屋企鄰座那幢還要近，不在飯堂就在圖書館吧，根本不需要 call 人，甚至有時想避開不想見某些人也不容易。雖然我的避見名單上只有一人，但還是不時碰上。

那天一進電梯，因為人多，沒有馬上見到五號。他從別人的頭之間伸手向前拍了我的頭一下，把我的頭髮搞亂了，後面兩個女生在笑，我回頭怒視五號，後面的笑聲更大了。

出電梯後我急步走向飯堂，希望找到我系的人（以壯膽？求救？）。走在泳池旁，回頭看以為五號沒跟來，卻原來他走了另一邊，大家在飯堂門口碰上。他獨自一人，女生不見了。我扮作目中無人地直接走入飯堂，卻一個我系的人也找不到，情急之下看到正在準備離開的普通話老師，便跟老師打招呼，然後說起生硬的普通話，像上課那樣，老師跟我說著客套的對話；你好，吃過午飯了嗎？你喜歡吃甚麼東西？我說：我喜歡吃煲冬瓜。

為甚麼我會答得這樣白痴！不過不要緊，總之我和老師都大笑起來，重點是成功冷落了五號。

然後老師走了，我站在收銀台前一時不知吃好還是喝好，突然又有人拍了我的頭一下。所以說，想避的人很難避，還要甚麼傳呼機。

五號說見我一個人咁慘，一起吃飯吧。

慘？我沒有想過用慘去形容自己，也不容許五號這樣形容我。便說我已經吃了，想轉身就走，但他竟然一手拉住我的手，雖然只是手臂，但我也當場呆了。

他問我為甚麼好像想避他，為甚麼很嬲他似的，他做了甚麼，令我那樣生氣。

一堆答案塞在我的喉嚨，但半個字都說不出來，而我竟然有點激動，有衝動想喊，自己也預計不到。想了兩秒，最後一手甩開他，說我夠鐘上堂了。

我沒有回頭看他，不敢看。

那天的 Me So 導修課我腦袋一片空白，一直想著五號拉著我的手臂的力度。我摸著他握過的位置，仔細的想，那應該是一個著緊我的，在意我的力度。

聖誕……希望快樂吧。

---

後記

今天買了周華健的 CD，是他的第一隻廣東歌專輯。其實是去年出的，但他一連氣在一年內出了國、粵語大碟四、五隻，荷包不許可的情況下而買了翻版碟一百蚊四隻。這個聖誕節，想送一份禮物給自己，也給周華健，便去買回一隻正版。買他的碟也算是送禮物給他嗎？我覺得自己個腦越來越奇怪了，是因為「情越濃越會化不開[2]」嗎？周華健的曲，加林夕的詞，實在太正。

2 來自周華健大碟《弦途有你》中的《濃情化不開》

## 一九九六年一月一日

早上應該下了些雨，馬路都濕濕的。起來時已是下午，開始放晴，但仍是冷。

十日沒寫日記，要後補的很多。

平安夜那晚，約了中學同學一起去蘭桂坊。我很久沒去港島，雖然不是第一次去蘭桂坊也不是第一次喝酒，但溝得五顏六色的細細杯的 shooter，還是第一次試。濃度簡直好像 100% 酒精，幸好我們一行人有男有女也有不好酒的，其中一個曾經身處蘭桂坊九三年倒數的人踩人事件當中大難不死，發誓以後不再去蘭桂坊。這次舊同學難得一聚唯有破例，只確保絕對清醒並且在倒數前離開。

我想到的，是醉翁之意不在酒。

上了大學的人都各自在說大學生活。入了港大中大科大的說話最多，彷彿他們的所見所聞最精彩，單是比較校園規模及格調，已去了兩杯啤酒。其次就是入了浸大城大及理工的，他們的話題比較「九龍」，那間新開的連鎖咖啡店有沒有試過，談到所選的科目也是為了畢業後找工作而修，又為了城大對面的木屋區將會變成一百萬平方呎的高級商場而興高采烈。

比較沉默的幾人，如我，以及入了樹仁珠海師範或者讀 high dip 的，好像都找不到搭訕的機會，又或者純粹沒有那種心情及豪情。至於其他沒繼續升學的，已轉了幾份工的，做著不著邊際兼職的，更有話不投機之感，頻頻出門口食煙。

大家這次見面，好像已有某些東西失去了。雖然人還是那個，樣貌髮型打扮基本上分別不大，但就是無法再像昔日穿著校服在課室內那樣，找到共同的感覺了。還是所謂「共同的東西」根本不存在？只是當時大家都被放置於同一個場地，被安排了同一樣的路向，才在那個時空成為所謂的同路人？而當大家在分岔路口分手，各走各路，才慢慢意識到你和我其實並不相近。

幸好大家都醉醉地，傻傻地，也沒有所謂。大家平安地回家。

睡了一整天。醒來聖誕節已過了。傳呼機早已沒電，像死了在房間某個角落無人發現。換了電池，發現有二十三個訊息。全都是系內同學在互祝聖誕快樂，當中也有五號的，但也是一式一樣的話，沒多加半句。想到 call 台的職員昨晚大概重複祝福了上萬個人，真夠無聊的。我想禮貌上是否也應該回應他一下，但想了半天，最後也沒有。

假期大部分時間都窩在家中。周華健在聖誕節前幾天出的大碟，當中一曲《平安夜》前奏加入了雪鈴，市場觸角可說是盡善盡美，加上陳少琪的詞，絕對是好歌一首！

這首歌會是以後的聖誕主題曲嗎？重逢是這夜我，這夜你，世俗裏筋竭力疲[3]。

踏入新一年的第一天，大家都在做甚麼？

舊同學，我們下一年聖誕還會見嗎？記得陳珊妮的《陶醫生的柳丁》嗎？「即使平常不吃柳丁也沒甚麼關係」，重要的是「曾經和這種朋友在一起，我心存感激[4]」。

---

後記

其實新年第一天我曾經乘車回到屯門，發現假期後的學校已算正式完工了。站在空無一人的校園廣場，北風呼呼地吹，我的衣領不夠高，無法拉上。我又想起五號拉著我手的力度。我幻想自己是電影的女主角，而男主角此時就在我身後不遠處，等待適當的時機便上前從後把我抱住，表白對我的感覺。當然那樣的事並沒有發生，我想女主角永遠另有其人，而我連女配角也不是。

這一年應該是很糟糕的一年吧。

3—來自周華健大碟《弦弦全全》中的《平安夜》

4—來自陳珊妮大碟《華盛頓砍倒櫻桃樹》中的《陶醫生的柳丁》

一九九六年二月四日

整個一月，我也沒有在學校碰上過五號。曾經跟他出現的女生卻有見過，我都馬上扮作看到別處，沒有看清楚五號有沒有在附近。

這算是怎樣？為甚麼我要避他？學校又不是他的，現在我連圖書館也不敢去。每次乘那電梯，都想起他從後面拍我的頭，以及女子們的大笑。

五號找過我三次，最後一次我回覆了他。他約我下星期三去食飯，我一時沒想到下星期三是甚麼日子，支吾以對，他便說，下星期三，十四號呀。我還是沒想到，一直不置可否，最後說「再講」便收線。後來才想到，十四號是情人節，實在太笨了。

情人節有人約，還要提早十天約我，是不是應該很感動？應該馬上答應？

我跟C用人物代號X先生將我和五號的故事完完整整地說了一遍，她聽得一頭霧水：你地的關係咁撲朔迷離，點拆解呀！

或者，是我天生怕在人前表現自己，也怕受傷害吧。但C說感情的事，沒經過失戀或被飛，就很難找到真愛，何況大學生嘛，拍下拖都好。

我不知道是不是真的這樣，她自己也沒有多少戀愛經驗吧，心得都是看愛情小說學回來的。

我只是覺得這種患得患失的感覺很討厭，不過人家約你可能就是想表白呢？但萬一不是……

本來還有時間考慮，但G告訴我們，彭定康將會去嶺南主持新校園啟用儀式，興奮地說「我們機不可失！」當時我不太清楚機不可失的意思，只是大家都贊成在那日之前會再落村，詳細情況我沒有問太多，反正project的死線是農曆新年後，應該也是時候要進入認真實地去幹的地步了。

再落村那天，與村民談得異常熱烈。不知誰突然拿出一幅橫額，說用來寫抗議口語之用。一桶紅漆、一個油掃，遞在我們面前，請我們大筆一揮。可能村民以為大學生一定寫得一手好字，那真是大錯特錯。大家四目交投，沒有人想行前一步。最後由H硬著頭皮上陣，「虎地村」「苦地村」，「要求立即……」五號call我，想約實十四號的時間地點。然後我才得知，校園啟用儀式正是十四號。原來機不可失的意思，是我們可以在彭定康到來的時候，拍攝村民示威的情況，成為我們的實地採訪。G表示，那將會是我們組最有力的材料。

天意弄人，我應該相信這就是我的宿命了吧。

後記

當然，彭定康不會在嶺南逗留一整天，我們要採訪的東西也不會有太多，大可以晚上才約會。但不知怎樣的，我感到那就像冥冥中有了暗示，我與五號並不會有結果。最後在十三號那天回覆他說，有功課要趕，無法應約。他回覆留言說：一切很美，只因有你。我不知道他怎可以向傳呼台的人說出那樣肉麻的話，但我心中在笑，那是無法騙自己，或騙人的。

一九九六年二月十四日

但後來事情有了變化

事情總有一些變化[5]

這是陳珊妮第二張專輯《乘噴射機離去》。同名歌曲《乘噴射機離去》是詩人夏宇的作品，被陳珊妮編唱成曲。能夠這樣把詩變成一首八分鐘的歌，真令我大開眼界。當然以詩改成曲的陳珊妮不是第一人，羅大佑早在一九七四年便以徐志摩譯寫的詩寫成了《歌》，也非常值得一聽。

我十分欣賞創作型的歌手，往往給我很大的啟發，以神來的曲和詞去打動人，是人間一件很精彩的事。有時一首流行曲只要旋律一響起，便能馬上勾起人無限感覺，歌詞不用連貫甚至不用邏輯，甚至沒有歌詞，沒有語言，單純地哼唱，已能做到傳情達意，幾十年後仍可以百聽不厭。回味往事，觸動淚線，看那些經典粵曲，真的沒有所謂過時。至於西方純音樂，鋼琴獨奏、複雜的管弦樂隊演奏，力量更是不容置疑，從古到今都能震撼人心，表演過後引得全場站立，掌聲雷動，場面令人大開眼界。相比起來，詩或散文或小說，能夠打開第一頁第一句便能觸動人神經的，似乎屬少數。而那個寫下那些文字的人，基本上就是躲在那連舞台也不是的黑暗的無眠的孤單一個人的角落，筆寫乾了多少支才熬到一篇可以有人為你製作成書的作品，而呈現在讀者眼前的同時，在作者照片也省去的情況下，評論家宣告其實「作者已死」了啊！你們不知道嗎？一切留待讀者們自行解讀。

想到此也何其悲涼。

而大開眼界的還有，那天彭定康依照他的行程去到嶺南學院，大概以為不在議會內，可以在情人節到新界一遊，是沒有壓力的賞心樂事。萬萬沒想到就在下車的那一刻，一干不知是誰的人等一擁而上，叫著一些他聽不明白的口號，還有一班不知好歹的年輕人在旁拍攝助陣，當場倒盡校長及一干高級行政人員及官員的胃口。

彭定康皺了皺眉，沒有停下腳步便進入了校園。

這是我第一次跟所謂的示威行動扯上關係。我不敢站得太前，覺得自己是嶺南的學生身份有點尷尬，也有點驚，從電視新聞中看到的世界各地示威者被打被捕的畫面在腦中打轉。G則像義無反顧地豁了出去，肩上的攝影機像是迫擊砲那樣，猛追著彭定康不放。不過拍攝的過程也是瞬間即逝，能夠成為材料的幾個鏡頭也不超過十秒。

十秒，村民（及我們）一切的準備，所有的訴願及不滿，就在那十秒內傾瀉。然後呢？

事後我們沒有進入校園逗留，跟村民交代一聲，便鳴金收兵各自回家去。是的，農曆年假要開始了。

而有了變化的也包括了我和五號。

就在我的組員都上了出九龍及港島的巴士及小巴，剩我一人在等荃灣車的時候，五號就在我身後出現，雖然仍是那種開玩笑式的拍打我的頭的開場，但當下我並沒有生氣，心中對於他的出現感到非常開心。我必須承認，我的心跳加快了很多。同時在猜想，發生變化的事會不會就在今天。

五號的手一直收在後面，我還以為他是尷尬。原來他買了陳珊妮的《乘噴射機離去》送給我。我扮作不知就裏，說那已是十月發行的大碟云云。

五號說，聽第二首、第四首和第五首，但不要聽第三首。我問他為甚麼，第三首《找一雙鞋》是主打曲，為甚麼不要聽。

他對於我早已把這張專輯摸透感到又驚訝又失望，像是我做了不該做的事，說了不該說的話。

然後我又說了更加不應該說的：是不是我應該像美人魚，要頭髮如雲，皮膚白皙，歌聲清亮兼沒有行動能力，才夠美麗動人，才可以打動王子[6]？

我自己說完都馬上後悔。剛才開心的情緒一下子消失。

五號沒作反應，連眼也沒眨。倒是我先眨了眼，這時 67M 不爭氣到來，還在我面前吱的一聲打開了門。而我竟然轉身上車，就在上車時車錢散落在門邊及馬路上，十分狼狽。

五號沒有幫我執拾，只站在我身後看著我。我完全不知該如何演下去，唯有硬著頭皮上車，他卻也跟著上來。

我坐在樓上車中間窗口的位置，未完成的青馬大橋成為了重要證人，證明我跟五號在同一時間看到同一段由英國製造的鋼材，同一條未連好的懸索，橋下同一艘快艇，還有橋上同一嚐雲。

整程車我也沒有說話。五號也沒有。

直至到了荃灣路德圍我下了車，不知怎麼辦地，慢步走到榮安小食。車仔麵沒有因為欠缺情人或更多情人而有絲毫分別，我跟五號也一樣，我明明知道五號就跟在後面。我們在眾多賣花和拿著花的人之間穿插，在快要到屋苑接駁小巴站時，有人向我身後的人兜售二百元一紮玫瑰，我鼓起勇氣回頭看，我發現有男子，有花，而沒有五號。

---

後記

那天是我第一次見到港督，是我成為大學生後的第一個情人節，第一個算是參與了社會運動的情人節，第一個單獨跟異性一起（即使只是一程車）的情人節，第一次對收花有種稀罕的情人節。第一個有情人節禮物，卻沒有情人的情人節。這個想讓自己隨意地悲傷的二月，就這樣離開吧。

5— 來自陳珊妮《乘噴射機離去》大碟同名歌曲

6— 來自陳珊妮《華盛頓砍倒櫻桃樹》大碟中〈聽美人魚唱歌〉

一九九六年三月三號（應該是）

潮濕。家中的牆在冒水。還是汗？

不知誰出的主意，想搞個翻譯系行山活動。趁著上大堂時在台上拿咪講，眾人反應參差不齊，七零八落，有舉腳贊成的，有聽完即刻走人的。

山就在學校後面，十分方便，但有人問，上山看甚麼，看山墳？

那位同學（忘了名字）真是言之有物，平日學生一般只在圍城之內大樓之間走動，隨便抬頭都可以看到學校後山上的墓，雖不是密密麻麻，但也絕非孤苦伶仃。有一個很具氣派的，更加就在大馬路旁邊。

於是有人用地圖作了資料搜集，又問了行山愛好者的意見，從學校後面的虎地上村開始走，最後應該可以到達新墟。

我對於路線沒有懷疑，只是對於山上的風景，尤其是沿路會見到的，有點隱憂。我不想看山墳景，對野狗也有戒心。

活動經過多次商議，依然未有定案，而我們也忙於完成 Me So 的報告，便一時擱置了。

那個報告，就在H、I、J做最後剪接時發生了一些磨擦，大家對於剪去哪段保留哪個角度意見不合。H說村民才是主角，重點當然放在他們被迫遷的角度之上，沒有人，哪有故事？I說被迫遷的故事都是千篇一律，但為甚麼會被迫遷？是因為政府要強行發展，應該多把訪問得來的政府公式回應及媒體冷待的態度放大才能突出問題所在，Media and Society project 當然是 media 先於 society 啦！J則說，難得有彭定康剪綵的片段，怎能隨便放過，訪問到村民難度高，還是拍攝到彭定康斜望村民然後皺眉難度高？大家想拿得高分就聽我說了。

我沒有甚麼特別想補充，每個人也有自己的道理吧。而且我不懂剪接，似乎沒資格指指點點。其實我對傳媒的工作也不太感興趣，但是我對甚麼工作有興趣呢？翻譯系畢業的，真的會去做翻譯員嗎？家人是真的這樣以為的。

大學的第一年就這樣過去大半，應該說還有三個月左右第一年就完了，我卻仍然好像未夢醒一樣，每天乘車進出荃灣屯門，CD 機內依然播著 *Dangerous Minds* 電影大碟，靠著強勁的 rap 歌去震碎每一朝的睡意。

在學校不時碰到五號，幸好都是遠遠看到，每次都可以繞路走，或故作跟身邊同學高談闊論沒有留意其他，任由他擦身而過。他多是一個人，穿的都是那件灰色風衣，黑色底衫牛仔褲，那對爛得幾乎無法看清寫了甚麼字的波鞋，書包也是那個，手拿一瓶水，不過，我好像瞥看到他腰間多了一部手提電話。

真的需要手提電話嗎？有必要任何時候 on call？誰會打電話給他？有甚麼電話非接不可？

但是別告訴我無聊才想得太多。誰叫我[7]。還是去聽周華健吧，他的聲線，他作的曲，林夕的詞，總能令我心情提升。

---

後記

今天在飯堂外遠遠見到他，便走中庭流水那捷徑，怎知道他竟然大聲叫我的名字，四面的人都向我望去，望著一個明知道是那個人但又不回頭去應人的女子。非常尷尬。他好像會讀心術，還是偷看了我的日記，竟向我主動說他買了手提電話，諾基亞最新型號，接收得比較好。他以為自己是電影男主角，拉著我的手用原子筆寫下他的電話號碼給我，我企圖掙脫，他堅持不放，我不想在那個地方作拉扯，就算了。是否心思熟慮早已預習過這動作我不清楚，但我說我想不到為甚麼要找他。他一如既往的表情欠奉地說了再見。我無法得知那到底是甚麼樣的心情產生的表情和反應。回家後阿媽見到我手上的字，我說是同學在玩。沖涼時用力洗了又洗，筆痕還是清晰可見。

該死的原子筆，該死的號碼，該死的自己。

7— 來自周華健《弦弦全全》大碟中的《誰叫我》

## 一九九六年四月一日（行山上篇）

忽然炎熱，暑假感覺不遠矣。

那個行山活動在決定了又改期，改期又再改路線之後，最後竟然全部推翻，沿用了本來的計劃，並鐵定擇日後不會再改。

人多就是有這個不好處，整個系百多人，少不免分班分黨，但又總是有些有心人會充當領導或搞手，聯誼也好純粹無聊也好，行山這樣有益身心的事沒有人會質疑。被動的人如我，多跟大隊行事，跟著人走，不需要用腦，感覺也很好。而且C曾說，參加大隊活動尤其飲嘢傾偈的目的，是誰不去誰就會成為被討論的那個，所以慎防成為目標，大團活動務必要出席。

我對於這個理論絕對有所保留，一個人有那麼多有價值的東西值得別人花時間去談論？如我，又有甚麼值得別人去講？

整個行程柴娃娃的走了幾個鐘，要記錄的很多，只能盡量簡述。

到目前為止，沒有被政府收地的還有虎地上村和下村。從學校旁邊的路上山，一開始已遇上不少野狗，有人早預備好隔夜麵包，丟給狗狗卻不吃，還猛吠。我貪K身材魁梧便躲在他身後快步走過，卻被K一手拉著，說你越驚越想走狗便越是追你，然後他解釋動物能嗅出人的感覺，所以心理上必須比他們強才不會處於弱勢的一方云云。其他同學裝模作樣，有的天生不怕狗的，便走在前面開路。

沿路有著大大小小的墳墓，碑文未敢細讀。生平第一次見到「金塔」，一個還是破爛的，也不敢多看。經過一個石礦場，景觀一般，走了不久便看到一個水塘，有同學大叫：應該是藍地水塘！今天天朗氣清，某些角度天與水的顏色可以相映成趣，或像漸變。還是因為我戴了太陽眼鏡，顏色有所偏差。總之，就是令人感覺特別，不易忘記的一種拼湊。我視之為一個好的開始。

之後見到燒烤區，同學大嘆，哎呀早知來燒嘢食。燒雞翼，我鍾意食一歌眾人隨之唱起，希望墳下的各位有怪莫怪。

然後傳說中有隱世清澈見底的行者池，我們看到的情況也不算見底吧，可能跟下雨多少水流快慢有關？

上山的路其實是上樓梯，我對於上樓梯沒有太大好感。印象中小時候去城門水塘，走的多是平的斜路。一路上有行動型的同學在前面急步推進，有細說八卦是非、邊笑邊看風景的在中間，又有慢條斯理疏於運動的在後面。有人說看到正在興建的赤鱲角機場，有人說遠看到青馬大橋，今天雖然是晴天但有煙霞，遠處的景物有點不清不楚，我也沒心求證。

一條人龍斷斷續續，風景走走停停，個多小時才走到一半，當然有點累。不過大家好像心情興奮，不需要停下來休息很久，畢竟只是四月天，太陽猛也不至於令人中暑。帶頭的人又繼續走，說行快些可以快些返歸瞓覺發夢。

說到發夢，大學這大半年真像發夢。轉眼已經快要入夏，我還是不時夢到去年暑假未知投考嶺南收錄結果的那天，搭的士上司徒拔道卻又遇上大塞車，前後車龍看不到盡頭咪錶一直跳，我心也一路猛跳，每一跳我便對收錄結果更著急，我甚至企圖開門下車，卻被司機上了鎖，通常就在那時候就會醒來，醒來一身是汗。

另一個夢是關於傳呼機的。傳呼機在圖書館猛響，聲音刺耳得令人毛骨悚然，我總是搞不清那是不是我的傳呼機，在書包內翻來翻去都找不到它，但聲音卻又明明好像來自裏面。我試過去尋找聲音的來源，但從英文部走到科學部，從一樓走到二樓，好像都聽到聲音就在附近。那種 call 爆機的追魂 call 停了幾秒又再重來，極想找到卻又永遠找不到的煎熬，雖然沒有鬼也沒有跌落懸崖，但卻是恐怖的惡夢。

山上的訊號不好，眾人的傳呼機也停止了叫囂幾個鐘。難得回到最初誰也不能叫喚誰的日子，而平常要找的人其實已經在身邊。

不行，很累了，眼都撐不開，寫不下去了，明天再續。

## 一九九六年四月十四日（行山下篇）

今天終於下雨，濕濕的空氣很重，很悶。我的心情亦然。想不到一擱筆便已經兩個星期，時間都跑哪裏？或者問，我跑到哪裏去，怎麼時間都不等我？

那天看著水塘風景，有人已經提到暑假的北京交流團。雖然乘火車去要三天的時間，但大家都興高采烈地，已經說到誰負責帶甚麼零食，誰有質素比較好的自動對焦傻瓜機。不知怎的，我對此行程有點猶豫，不想離家一個月？還是因為……我也說不清楚。

我討厭不清不楚的狀態，不想又提到他。唉，還以為二月過去，三月、四月便會好一些……還是繼續寫行山吧。

上得山，當然便要下山。走過了仍在修建的屯門徑，已經差不多三小時。路上遇上一班有趣的中年人，停在某段路指手劃腳，言談間聽到他們好像要在那裏建甚麼。我們八卦留下來聽，他們也把我們當成是同路人一樣（某程度我們的確是同路人），講話時會望向我們，比劃的手勢，也好像包括了我們。他們在談論要建一個予行山人士坐下來休息一會，欣賞一下山水風景的乘涼好地方。

他們有的似四十歲左右，有些則應有六十歲以上，個個聲音洪亮，說話爽朗，有人說要建石椅石桌，也建個鐵拱門，再加個牌匾吧，那邊有水源，可以建個儲水池，讓行山人士洗手洗臉，又可以建個亭，讓人感覺踏進了一個很舒服的休憩地方。說到建甚麼要買甚麼材料，馬上有人和應及舉手認頭負責。還有人說要為這地方題詩，說不定將來成為全香港第一個山上詩社，成就大量詩人！眾人拍掌，真是一呼百應。

先不管培養詩人的機率如何，不理這個計劃的成功機會是多少，這班人的心意及行動力，是絕對不簡單。先不談他們是否一廂情願，也不想搬出「偉大」一詞，一班人有共同目的、志同道合，出錢出力合作完成一件事，那種「純粹」是十分難得的吧。要知道搬運材料上山也不是易事，而且要經得起風雨及時間的磨損，不能馬虎地做，萬一有意外或倒塌的危險就慘了，而建成後也必須要作定期檢查及維修，絕對不是隨便說說三分鐘熱度就算的。

L竟然搭訕問：你地咁樣算唔算僭建？

我相信那已是比較含蓄的說法，L心中想說的應該是「你地咁樣即係僭建」。幸好沒有把在課堂上學過的公共空間理論搬出來。

眾人你眼望我眼鴉雀無聲。我用手肘撞了撞L，用眼神及眉示意。他卻毫無反應。

幸好其中一個中年男人打破僵局說：僭建多數是霸了公共的地方作私用，但我們是相反，現在是用公共的地方打造給公眾用，沒有私心在內，分文不收，仲倒貼金錢體力腦力和時間，應該有嘉許狀才對！不過我們不是想人讚賞或記住我們的努力，你唔欣賞也無所謂的！

當時我未能想得太深入，只是對他們的行動感覺正面。有人問我們是否剛考完 A Level，咁得閒行山？我們都笑了，說不是不是，大學生了。

但其實去年這時候，不就是考 A Level 的時候嗎？一年後，便感覺自己大不同了？

人家不信，說這裏附近有大學嗎？大家支吾以對，不想重複「學院也是大學」的無聊官方言詞，而且沒去到虎地的人就不會留意有一所空降的新學院出現。我們也不好意思在人面前吹捧甚麼，事實上也沒甚麼值得吹捧。

時間這東西，真是相對的。行山幾小時好像頗長，但等電話等半天已可以死去活來，而唱 K 唱半天 happy hour 又過得太快。

其實還有其他東西應該記下來，例如說，最近跟 K 講電話多了，不知是誰先開始的，是 Me So project 慶功那次，還是定好行山細節那天？明眼人已看得出有些不妥。但奇怪的是每次K說到單獨的約會，食飯或飲嘢，我都會想到五號，心中有個感覺是如果我約會其他人，不告訴他是我不對。我也想過說清楚，免得人說我沒交代，但每次拿起電話想打給他，最終都是放棄。然後又會對自己的行為感到很憤怒，他是誰？那麼緊張！人家也沒正式表示甚麼呀！

看來這個行山下篇也是寫不完。阿媽催我出去飲湯，是我最愛的梭羅魚湯。

待續。

---

後記

今天M退學了，說轉出去理工讀酒店，出路會更實際更有保證，九龍也更貼近主流更追得上市場，屯門的文學院並不是她所想。她說有機會再入屯門探班，說得好像去外國遠行那樣，我說屯門去九龍67X也不用一小時吧。她笑，顯得我很無知似的。臨行前她說：我走了，祝福你和K。我無言以對，一堆問號百思不得其解。無論如何，祝她好運。

# 一九九六年五月五日（行山下篇續）

想不到行山之旅竟然寫到五月，而這樣不知做了甚麼的又過了一個月，有點恐怖。鐵定這是完結篇好吧。

沿著山路一直往下走，根據指示牌我們最後到達了新墟。

N說不如走那邊，杯渡路可通往屯門河那邊，他的中學初戀情人就住在河邊的新發邨。有人插嘴說新發邨是屯門第一座公共屋邨，雖在七十年代初建成，但現在只是二十多年的樓齡感覺卻非常殘舊。N說以往每次都會送初戀返到家門才離開。初戀去年考入中大中文系，家人覺得讀中文無用，勸她放棄，最後去了美國，修讀最熱門的電子商務。留下不知所措的N，最後收到的只有親手撰寫的既然分隔兩地我們分手吧的分手信。

那麼你的新發邨也人去樓空了，難道你想探望伯友？眾人阻止N左轉入杯渡路，剛好何福堂書院就在眼前，G便領隊上身，著一眾團友望向那邊，說起何福堂書院的故事。

G不說大家真的不知，何福堂書院原址是達德學院，而達德學院前身是抗日名將的別墅，建於一九三六年。達德學院有一個「民主禮堂」，曾開辦「民主大學教育」，來講學的人有郭沫若、茅盾等等，當時的政治系主任、經濟系主任、中文系主任都是非常有名的知識分子。這家學院名氣遠播，甚至有人慕名從上海而來，聽說最鼎盛時有八百名學生，但因種種因素學院在兩年零四個月後被政府撤銷註冊而停辦。

為甚麼要開「民主大學」？忘了是誰問。G想了幾秒：我也不知道。

八百個來聽民主的人，情況比起入讀嶺南可能更為鼎盛。

之後G繼續說，一九五二年達德學院被傳道會購入，本部大樓改名「馬禮遜樓」，宿舍改為「何福堂會所」，後來作退修用。馬禮遜樓至今仍保存良好，很有歷史價值，但可能遲些都會拆掉起住宅吧。而中華基督教會何福堂書院，就是一九六三年興建的屯門的第一所中學。

I問：這些你怎知道？

G說，我知道的只有很少。不過我預計將來互聯網更普及後，知識傳播會容易得多。

可能是因為走了幾小時已經又熱又累，大家對於歷史故事似乎不太熱衷，而且又不能走近看清楚馬禮遜樓。齋講就不吸引。

然後大家說到有一家名叫亞馬遜的公司在互聯網賣書勢不可擋，能以在電腦上賣書而受追捧到準備上市簡直是難以置信，是泡沫吧。

我沒有說出來的是，可能是達德學院的歷史關係，所以新墟的感覺像個大型市集，很熱鬧，有很多唐樓和單幢洋樓，夾雜了新發展及舊面貌兩種格調，有輕鐵穿梭其中，有酒樓有露天食肆也有街市，當時下午四、五點人流也很旺，相信早上買餸的時間更加繁忙，跟嶺南虎地那邊大不同。

不過，我們經過的地產公司都不見有客人，櫥窗貼著呎價三八八八幾個大字也沒甚吸引力。

也許是行山後遺，看著新墟的熱鬧便想到剛才山上隱世的寧靜感，看到新建築地盤又想到剛才居民打算建園的材料不知怎搬運上山，看到寵物美容店便想虎地礦場那邊的野狗隻隻兇狠要美容簡直是笑話。而且手臂上幾處蚊叮開始發癢，心情恍惚的，像開始沒電池的傻瓜機，對不準焦。

我又想到，同學每天像被運輸帶那樣從四方八面運來，在全新的得來不易的大學校園，各自修行半天後又各自隨輸送帶離開，除了書本上學術上的，我們是否也應該認識一下這地區的故事？校園建成之前拆卸了甚麼？清拆時有沒有發現甚麼？誰在那裏生活過，現在又到哪裏去？學校空降下來，除了教職員和學生，除了圖書館的書和電腦，除了學術上的研究、新知，我們是否也很應該去看看本來的舊事，因為它的存在而被消失了的故事？學校也很應該鼓勵學生去認識去發挖這個暫時屬於他們的地方。怎麼管理層都沒有人想到這一點？我忽然間有一種急於去認識嶺南前身的衝動。我在中四至中七都有讀中史，但周武王滅商後為甚麼分封跟我有何干？

就那樣，大家在新墟遊蕩了一番，慢慢又走回嶺南去。看到正在興建的宿舍，大家都夢寐以求，很想一嚐成為大學生或者所謂成年人之後獨自在外生活的滋味。

我又是那種未能投入的狀態，想自己住荃灣也不算遠，住宿舍看來是不必。又或者是我天生未能合群的性格作祟。到底順應多數是否必須？大學好像沒有這一科可以修讀呢。

---

後記

行山記事終於完成。會是這學年的最佳校內活動嗎？雖然不在校內進行。

明天約了K去看張國榮和鞏俐的《風月》，他說就我入荃灣（他住藍田），反正他一生從未去過荃灣，地鐵站商場盡頭的凱旋戲院最易找。我沒有看《霸王別姬》，不能比較二人在兩套電影的角色，不過聽說《風月》因為有吸毒、謀殺和亂倫的題材，所以在內地禁影了。雜誌說《風月》的票房挺慘淡的。

一九九六年六月一日

日記或者不用寫了。這很應該是最後一篇了。(反正都變成了月記，或從來不應叫做日記。)

雖然我成年以後也未看過三級片，但對於男女那些也不會純真得不敢看一眼，《風月》是個愛情故事，但問題是跟K一起看，便有種很怪的感覺。親熱激烈的場面K甚至跑去洗手間。哀慟落淚的場面他挨得很近，後來他把手放在我的手背上面，但沒有緊握著，是一種試探？

那一刻我心中想起以往曾有過的暗戀單戀苦戀，極不想承認但無奈地的確是想起了五號。這在我寫著這些字的當下無從否認，這也是我想到不如不要再寫日記的原因，搞不好全都變成「我的失戀日記」。唉。留下這些重要的證據，日後來自嘲還是自憐……

試探沒有進一步的行動後便散場，爆谷汽水吃剩很多，是因為電影太淒慘？還是醉翁之意不在酒。走出影院後門時有點頭暈眼花的，可能是陽光太猛眼睛腦袋一時不適應，K扶著我的肩和臂，我靠著牆站了一會。然後他說出了一句令我想轉身就走的話。

他說：其實，我和M剛開始了。

其實？甚麼是其實？所以他一直在騙著我們？今天去看戲是一連串的謊話？其實他和M才是一對？那麼之前M道別時的祝福是反話？是單打我？我怎麼可以那樣的反應遲鈍，毫無感應，簡直是自討苦吃！

當然，我沒有傻得學電視劇最常用的，摑人一巴然後痛哭奔走離場。但我的確有丟下他一人走了，他在後面叫著我，但叫了兩聲大概也覺得叫也沒意思而停止了？回家後我想到更大的問題是，明天回校還要面對他，甚至以後每天，餘下的兩年的每一天……

而且下星期一就是北京交流團的登記截止日，跟K發生這樣的事，如果一起去北京，即天天晚晚的撞口撞面，萬一出現更加難以預料的尷尬情況，到時想離開不能想避而不見又不可以，同學知道了又會連累整體氣氛，或者成為整個旅程的重點話題……唉，真是煩死。

北京值得去嗎？現在去和將來回歸後自己去會有甚麼分別？

事後M狂打電話找我，阿媽已幫我截了。之後幾天在學校我也遲到早走刻意遠離大隊，有一次他見我未完堂就離開便追出來，我覺得肯定有人看穿我們發生了事。我沒有停下腳步，衝入後門女廁躲在裏面很久。出來已不見人影。

不知是否想得太多，考翻譯那科的前一晚我皮膚敏感，全身紅腫，半夜阿爸話陪我落去廣安睇急症，我看到天快光了，萬一缺席考試就扣很多分，那是最重要的一科，我不想錯過。

那天見到幾個很少來上課的同學回來考試，有人笑問你係邊位，可惜當事人不笑，就變得十分無癮無聊。

考入大學但不去上課是為甚麼？入了不感興趣的系？入了不喜歡的學校？去做兼職？我認識幾個同學放學後會走路去對面兆康替小學生補習，中間需要途經一大片荒蕪的草叢，有一次我跟幾個同學走過去飲茶，任何恐怖電影情節我都可以想像在那裏發生。

我自己沒有替人補習的經驗，家裏的經濟狀況也不需要我出外做兼職幫忙，撇開賺錢不說，每天搭車來來回回上學，不同學科有不同筆記要看，自問真的擠不出時間做其他事。怎麼別人都那樣本事既可返學又可賺錢，我卻像是做甚麼都力不從心似的，一年過去了還像是夢遊那樣。

也許我需要一個甚麼都不做的暑假去充電，為第二年作準備。

北京的行程，就這樣決定吧。

---

## 後記

既然決定了，為甚麼又後悔呢……

一九九六年六月二十日

熱啊。熱到冷氣機都流汗！

這學年的日記以為已經寫了最後一篇，原來不是。

先簡短總結一下這個學期的成績：

普通話：A-（意想不到！）

通識修的 Religion Studies：A-（勁呀！）

翻譯（英譯中）：B-（Okay 啦）

翻譯（中譯英）：C（不盡人意）

翻譯理論：B-（不過不失）

English Studies：C-（Why?!!）

電腦：D（哪裏出錯了？）

還是不要再寫下去了，反正寫也沒意思。寄望來年吧！

刻意要寫這一篇，是另有原因。

我和五號正式畫上句號了。以後不是「五號」而是「句號」了。

上星期在走往飯堂的路上跟他迎面碰上，我知道是無法再避了。他不知道是處心積慮等那一刻的來臨，還是當下即時所想，他丟下幾個有說有笑的同伴，也不管當時K就在後面看到一切，直接拉著我走到黃玉蘭樓無人的角落。他是直接拉著我的手的，我像個傻瓜一樣，就那樣被他拉過去通往永別亭的鐵閘前。

我走得很慢，老不願意似的。現在回想，我大概是想把時間拖慢，享受被他拉著的感覺。

五號說，這裏夠靜，我們說清楚，好不好？不要再call來call去，留言講些猜度的說話了。

我沒有回答。說清楚？有想過為甚麼我們會不清不楚嗎？

他繼續說，我鍾意你，很肯定的，我知道，你應該也鍾意我……

他的頭向下，似乎看著自己的心口，或自己那對新買的Air Jordan。

我仍然沒作聲，第一次發現，沉默的力量其實很大。

一來我不知道該怎回應，二來我怕會講多錯多。然後他靠近我，伸手想把我的頭拉向他的肩膀。那是我第一次近距離聞到五號身體的氣味，不是香氣，不是汗味，也不是體臭，他也沒塗止汗劑（但他的確在冒汗），就是一種可能我已經思前想後已久，想知道他的氣味是怎樣的，啊原來是這樣的氣味。又或者，那其實是荷爾蒙的氣味。

千頭萬緒之間，我看到K在大樓電梯那邊遠看著我們，我便推開了五號。

五號一臉茫然，問我為甚麼。然後他順著我的眼光看去，與K正好四目交投。因為他？我昨天在藍地那邊，看到他與一個女仔踩單車入元朗呀！五號指著K。兩個人一部單車呀！

五號說得很大聲，聲音在樓底下產生回音，連等電梯的人也望向我們。因為事前一點心理準備也沒有，我的腦中只有電視劇的爛劇情，也不想照辦煮碗地跟著上演。突然不知哪來的衝動，竟然說：你為了我可以做甚麼？

五號反問：你想我做甚麼？

過去永別亭那邊。

我也不知道為甚麼，大概是太尷尬不知怎面對，但自己想不到逃離的方法。他想了幾秒，忽然丟下隨身物，身手不算靈活地爬過鐵閘。鐵閘也很高，落地時難免摔倒在地上。

隔著鐵閘，他回頭向我說：我現在就過去。

不等我回答，他已跑上梯級。我站的角度，已看不到他了。

根據他事後的描述，當時他很快便到了義塚前面，回頭看，我卻被梯級阻隔了。他站在那裏，讀著碑上的文字。

麒麟圍。民國十五年孟冬月吉旦。地名獅子流……定針陳肖唐吉地坐……發起人……

字已褐色，不清不楚，就像我們的關係。

時間沒有給我們更好的機會去想，反而日子越久心情越是混亂。有種說法叫快刀斬亂麻或速戰速決，如果時光可以倒流，或者就在十月，或聖誕節，能夠撇開大家的疑慮，開心見誠地把心底的感覺說清楚，便不會不知在何時已錯過了最想在一起的感覺。

當時我看了看K，他一直在看。

我站了像萬年般長的一兩分鐘，不知所措地走了。K也沒有追上來，大概自知心中有歉疚。

下課時我心神恍惚，又去到通往永別亭的鐵閘前，沒有五號，沒有K，卻有一個保安職員。

我的 call 機響起。五號叫我留電話位置。我走到飯堂找電話回覆說：我在永別亭，就讓我們永別吧。

---

## 後記

第一次算是愛過一個人，第一次愛過卻沒有在一起。也算是值得記下來的。

五號給我的留言是：我在義塚逗留了半小時，那個地方一點也不陰森，殘舊的永別亭內刻有的「人傑地靈」四個字，甚至有點陽光感。可惜的是，當時沒有陽光。至少我們之間沒有。

一九九六年七月二十九日

熱血沸騰，不寫不行！

今天，香港得到了歷史上第一面奧運獎牌，而且是金牌！金牌！

從來沒有香港人留意長州有一個李麗珊，一身健康膚色，黑黑實實一頭短髮，是風帆的世界冠軍人馬！現在全香港都在談論，全城都在看李麗珊在水上的風姿，媒體爭相訪問。他們現在身處美國亞特蘭大，幸而能用上最新型號的無線電話跟香港即時通話，看到李麗珊開香檳的開心時刻，與香港通話時的激動說話，香港運動員唔係垃圾！真是令人又激動又振奮！

對我來說，選擇做運動員這條路，重複不斷練習不斷改進直到完美，不管天氣多壞也不怕早起床，努力及堅持，實在非常難得，還要遠赴不同地方比賽，不停接受失敗的打擊，仍然肯向著目標跑到最前（最後），真的不是一般人擁有的意志。

我相信是有種人，天生是要當上運動員的。當然家人背後的支持很重要，尤其在香港，誰又會讓自己的孩子終日在海上飄來飄去，而不是在補習社？

現在媒體大眾討論的，也有關於這面金牌將會是香港回歸之前，在港英政府時期的最後一面獎牌，單是說歷史時間性的意義已很特別。

距離回歸少於三百六十五天了。回歸之後會怎樣呢？日常的生活會有改變嗎？會感覺到有所不同嗎？很多人都趕著在這最後的大限移民了。而中國內地對運動員的栽培是十分注重的，那麼香港的運動員在回歸後會得到更大的發展？還是更少？香港運動員和中國內地的運動員未來會互補長短嗎？說的五十年不變，那五十年後又如何？

我是香港人，我是中國人，我是中國籍的香港人，我是有香港身份證的中國人，那麼移了民的香港人呢？到底我是甚麼，未來的我又是甚麼，「我」這單位會隨著政權及地理的轉換而改變本質嗎？人能撇開政治而活嗎？我之所以是我，從來有任何政治的成分嗎？這真是一個不容易回答的問題，不容易解開的結。下一年好像有有關身份認同的文化科讀，話說回來，嶺南的翻譯系真特別，讀的不是純粹的翻譯技巧及語法結構，差不多一半的學科都跟文化及社會有關，有時真懷疑自己是不是進了政治或社會學系，又或者翻譯系的老師本來就是文化研究的？卻走去教翻譯？那是系的錯，還是老師的錯？還是我們的錯？哈哈。

不一定是有人錯，或者大家都是對的。可不可以這樣想？

這是K在永別亭鐵閘看到我和五號的事之後，跟我說的兩句話。那時我在飯堂吃我最愛的叉油雞飯（燒味阿哥例牌給我多薑蓉），正吃到最刁鑽的雞翼時K就在身後出現，丟下「不一定有人錯，或者大家都是對的」兩句話轉身就走，嚇我一個措手不及。當時飯堂爆滿，人聲鼎沸，噪音在高空樓底膨脹，像是逼迫著他把自己急急推出飯堂那樣。

五分鐘後又收到K的留言：你喜歡的會有幾個[8]。

請不要用我最喜歡的周華健去質疑我！

---

## 後記

鐵定是最後一篇了好不好。回看這一年的大學生活，不堪回首的很多，當然也有很多細碎的開心事，認識大學一班好友，以及因為沒有預期要「學有所成」，所以學到的東西就覺得特別有趣。

我用以下兩句歌詞總結這一年的心情，依然是我的周華健的：

「如垂頭都說要繼續去　如靈魂哭了也笑下去」（《怕黑》，林振強詞。）

如果沒有人錯，那又是為甚麼，我們都沒有走上對的路？

8　來來自周華健大碟《我願意去等》中的《你喜歡的會有幾個》

# 第一章

# Fragrant Harbour

# 1 Fragrant Harbour

香港，她以為是香的。

踏出機場，通道幕門打開的一刻，撲來一陣潮濕難當的氣味。這種頗具窒息感的氣味她分析不過來，大腦產生出新鮮的反應。是旁邊有大型垃圾站嗎？（想想便覺沒可能），或者附近有垃圾堆成的填海工程在進行？如果仍是那未在公眾場所禁煙的年代，會誤以為氣味是由一群抽煙人士聚集抽煙而來。但那並不是純粹的煙的味道。

她拿出那本小小的袋裝旅遊指南，上面明明形容香港為「Fragrant Harbour」的。不過，不好的氣味也不一定等於厭惡，如她家中飼養的魚和兔，同樣會發出不太好的氣味，但她可以接受，並因為當中包含了愛，所以就沒有所謂。當然此刻她對香港沒有半點所謂愛，但也不因為臭味而馬上感覺嫌棄或鄙視。她甚至帶點關顧地想到，它本來並不是臭的，沒有一個城市自古以來就會發出氣味的，那肯定是後來被強加上的；它是迫不得已的，它是無辜的、無奈的。

後來才發現，那是香港恆常的、日常的氣味。值得慶幸的是，嗅覺久而久之會習慣；交通工具排出的臭，海上垃圾的臭，溫度潮熱街道食店油煙夾雜混和的各種難以說明的，一天醒來，再也分辨不出那到底是甚麼，又或者，已成為了大家身體的一部分。

沒有離開過香港的人也許不會察覺，離開過再回來，便很難不察覺。

她想像氣味會在第幾天進駐她的軀殼，跟她混為一體？

這是她一次踏足香港，這麼快便說成混為一體，未免太熱情或急進。她並不想以過於熱烈，急不及待的心態去開始這趟旅程；雖然她只有三個月的時間。

第一天到達香港是星期日晚上。香港的交通網絡非常方便，至少比起她在溫哥華市郊山上，周末每小時只有一班小型巴士行走來說，絕對超越很多。由於需要到達指定酒店自我隔離七天，只能在從機場開到酒店的路上瞥看香港風景的一二。幾條高速公路與外國分別不大，雖然司機開的是右軚車，而且左右行車線與北美相反，感覺有點像要用左手寫字的奇怪。不過此刻她是乘客，車窗外的風景，譬如晚上亮起燈光的青馬大橋，才是她應該在意的事情。

抵港旅客要隔離，在十八年前的一場全球大疫症後變成了不斷重演的指定要求。這些年來也有過好幾場大大小小的全球疫症出現，有幾次全世界停飛，不過歷時不算太長，因為經過了十八年前那差不多三年才告結束的疫症，人們都得到了教訓和經驗，也好像接受了這樣的循環，每次疫苗也能生產得更快，然後大家似乎終於明白，人類也不過是生物鏈中的一環，不比微生物厲害。可是心底裏對於大自然有沒有更謙卑，對科學研究領域有沒有更小心更審慎，各項發展對生態造成的禍害是否欠缺更全面的檢討而最終還是自食其果，則每個國家有不同的決策，每個城市也有不同的定位，甚至每個人的取捨也各行其是。有人從此不再搭飛機去旅行，有人從此拒絕吃肉只吃自家種農作物，有人受洗成為信徒期盼神能帶領去到無憂的充滿主愛的天堂，也有人從此不再信教把《聖經》丟進環保箱。

抵達酒店的停車站，原來只有她一人下車。她一個人帶著兩個行李本來也沒大問題，只是她堅持把手提電腦抱在懷中確保它不被任何人觸碰，猶如小心翼翼保護脆弱的嬰兒，以致行動有點笨拙；如果大意丟失或跌損了電腦，那將會是她一生也不能原諒自己的事。

這次她回來香港，並非一般的觀光探親，甚至報讀短期進修課程也不是唯一目的。她是為了重要的任務而來，為了她懷中的電腦而來。可是眼前首要的任務，是在隔離酒店度過七天。

酒店大堂比想像中堂皇。大堂電梯、天花裝潢、角落的擺設，都跟她所認識的北美簡樸格局明顯不同。這明明是一個世界地圖也未能顯示的「小城市」，但酒店的排場卻一點不遜於國際大城市的。或者香港本來就是國際大城市？所以「大」、「小」並不以面積來計算？

她再從背包翻出旅遊指南，首頁簡介的開首就用了「vibrant」、「bustle」、「intoxicating」來形容香港。

Intoxicating。她想起了她的城市，每天十多人死於吸毒過量而死亡的新聞。

其實自從數年前電子產品跟人工智能和個人 DNA 掛勾之後，各種各樣的貼身程式大行其道，吃甚麼做甚麼當下你的身體會出現怎樣的反應，人工智能都能在秒間提供 ABCD 不同的方案任君選擇。旅行程式是當中最受歡迎的，程式能根據用家的步行快慢、心跳、血含氧量等，去設計即時的最佳旅遊路線；轉左還是直走，上山或下海，要不要先喝點補充體力的飲品或吃點高脂低卡的食物來補充能量，在這種天氣下幾點拍照會有更好效果等，很多人漸漸相信沒有了人工智能的指引和保證，便難以有一個安心又順意的旅程。而旅遊指南書這種東西，早該成為歷史文物了吧，誰還會帶著一本厚厚的書站在街上，翻開第幾章第幾頁乏味地讀那些旅行期間沒時間細看的密密麻麻的過期文字，才決定上哪一家未必適合自己口味的餐廳或商店？人工智能的貼身和貼心，又豈是一本生硬的書可以媲美？

只是某荷里活大明星在一次名人訪談中，高調地批評不可以被電腦數據所支配，我吃甚麼玩甚麼要先問一件 non-living thing？旅遊旨在簡便快捷、完美不出錯嗎？即使我走錯路乘錯車又怎樣？我還能看到不同地區不同的風景，遇上各種各樣的人和事！

明星又說靠程式去旅行的人都是 sheep，迷茫的羊群。然後一夜之間，紙本旅遊書便彷彿從墳墓裏起死回生一樣，變成網購流行榜上最暢銷的東西，甚至有專賣旅遊書的實體書店大鑼大鼓重開，古舊的旅遊書成為炒賣的熱貨，越舊越貴，令人嘖嘖稱奇。忽然一人帶一本旅遊書去旅行才夠走在潮流最前，當然是否真的有細讀內容，又或者一面讀一面卻暗地細問人工智能的意見，則不得而知。

然而她手上的陳年小書，並非今期流行的暢銷榜讀物，而是她在家中媽媽的書櫃內找到的。這本至少三十年前出版的書，封底內頁連著透明膠套，裏面藏著一張獨立的摺疊成小小長方形的香港地圖，每次攤開來看，她都感到像是翻開了古代的時光門，在座標上東指西指，比劃一番，然後又小心翼翼地把地圖摺疊好，等待下一次浮起尋寶的興致。

至於為何生長於香港的媽媽會收藏著一本香港旅遊書指南，一直也是個謎。

酒店職員再次為她的疫苗記錄掃碼。這動作她從飛機著陸，到輸送帶領行李，過入境處，甚至步出機場範圍時已重複做了幾次，還以為可以暫時收起。

職員仔細查看了每一種她接種了的疫苗，十多項疫苗入面有其中兩項因為名稱跟香港的不一樣而引來一陣恐慌。是他們對她的恐慌，這在職員後退幾步然後急急從台後拿出防毒面具戴上，再馬上用強力紫外光對她從頭到腳掃了三遍可以完全顯示出來。

她不怪他們，也沒有因此而心情不佳。而事實上她在上機前塗了防紫外光的保護液，即使再多掃幾次也不會傷到她的皮膚。紫外光保護液是爸爸從做海外經銷生意的親友靠關係買回來的，價錢貴是其一，重點在於那是一直反對她去香港的爸爸買給她，而且是在他們冷戰了三個月後，在她臨離家之前，他強行塞進她背包的。

現在回想，那不過是一天前的事，為何感覺已像憶起多年前的往事？

待職員把疫苗名稱搞清楚，回復她是「已被接種的正常人」的清白後，她便去到所分配到的房間——在六十二樓的房間。

對於一生人也從未乘電梯高於二十樓的她來說，六十二樓是個非常有壓力的令人既驚且喜的數字。電梯快速上升氣壓令人呼吸困難，腳有輕浮之感，暈眩絕對不是心理作用，但也很可能是時差，而且她在機上因為想著旅程的種種未知之數而無法入睡，加上上機前幾天執拾行李和朋友聚餐等而令心情緊張睡眠質素極差。

她有點步履不穩地一個人走在無人的走廊，站在六二零七的房門前。她感到整層六十二樓，除了人工智能手錶之外，大概只有她一人。

## 2 二零三八年九月某天

她是妙音，今年二十六歲。

今天是二零三八年，九月幾號暫時不太重要，因為對於這七天只需要被關在酒店房間的她來說，幾號也一樣。

房間佈置利用了極省空間的設計，沒有衣櫃只有掛衣鉤，掛牆電視下有一垂下式窄身拉板，拉出來可作放置東西或吃飯的桌，沒有椅子因為把拉板拉開後就到床沿了。洗手間非常狹小，瘦削如她也要欠身才能把門關上，當然只有她自己一人，不關門也沒有所謂。而站立式的淋浴空間看來不過一平方米大小。床更不用說了，人生也未睡過這樣小的床，睡眠姿勢被局限，睡久了身體某部分會麻痺。

她在斷斷續續來回上洗手間後又再昏睡，睡了一個不知長還是短的覺後，發現臉上皮膚因為缺水而非常乾燥，也可能對酒店被單敏感而出了幾點紅疹，又因為長途機後手腳和臉都有水腫，眉毛頭髮也亂七八糟的，感覺老了十年；又像她已被遺棄在這無人的樓層之中，有渴死餓死的危機。

突然房門被大力敲了幾下，嚇得她整個人跳起，心臟猛跳令她知道身體運作大致正常，只是有點頭重腳輕。

一張紙條輕輕從門縫爬進來：請於五分鐘後打開門取食物。

她把耳貼近門邊，外面一點聲音也沒有。漫長的五分鐘過去，她用了最輕的力度把門拉開，探頭出走廊窺看左右，長長的走廊沒半個人影，也沒有其他食物盤放置在外。

把食物盤拉進來，她能勉強讀出：葡汁焗四蔬。她一臉茫然。一生也沒有吃過這種東西，「葡汁」是甚麼汁？「四蔬」又是甚麼？她沒有向酒店説明自己是素食者，難道是跟另一位隔離者的餐錯換了？又或者整個香港現在只吃蔬菜不再吃肉了？

看著只有微溫的飯盒，心情不上不下。

她把黃色的汁液混在飯中間，除了咖喱味之外，還有薑的味道。

薑的味道她認得，每次中秋或農曆新年（雖然她永遠不知道是何時），爸爸都會煮湯丸，並放大量的薑，好像他根本就只是想吃薑、喝甜薑湯，多於吃湯丸。

想到爸爸，不知他現在心情怎樣。在她離開前的一星期，因為要請爸爸幫忙照顧她的魚及兔，才坦白告之他已經買了機票去香港。爸爸眼神落寞，有點難以置信地發紅。雖然她在事前已預演了多次，但到事情真正發生時，仍然是不知所措，而且對手的反應跟預期有所出入，令人不知如何是好。

不知如何是好也沒辦法，既然去意已決，得不到家人支持，也只能說是遺憾。

回香港的事在她心中已醞釀多年，可以追溯至二十一年前她媽媽失蹤開始。當時年幼的她當然沒有立志長大後要作出這樣的尋根之旅，只是在家中一直看到媽媽留下的物品：滿佈咖啡漬的杯子，有媽媽氣味的衣帽間和圍巾，她離開前一直沿用的手提電腦、電話、月曆，她喜愛的書本，掛在她身上的眼鏡、髮夾、頸鍊、手錶，不知是爸爸故意不丟掉，還是不想碰，媽媽的東西就那樣一直散落於房子的每個角落，多年後雖然或多或少消失了一些，但大部分東西仍然沒有被處理。尤其是那座有玻璃門的書櫃，像被施了魔法一樣，一直保持著媽媽最後觸碰的模樣。有時候她會站在書櫃前細看媽媽的書，那本書的名稱是頗有趣，那本插圖看來很精美，有一本被拉出了一半，是否媽媽準備看？有幾本夾著書籤的，媽媽甚麼時候看那裏？有些還寫上了購買日期，一九九五至一九九八年的似乎數量最多，也有些小心翼翼地用一些叫包書膠的東西把書包好。有時候不小心放亂了書的位置，但第二天再看，卻好像被人重新安放好了。

多年來走進書房，即使不打開，只坐在書櫃前，她也會感到安慰。

媽媽的物品就一直陪著她成長，直到去年媽媽那部古舊的電腦充電器宣告壽終正寢，從此她連把電腦啟動，盯著「無法打開」的文件檔這個動作也無法做到，她感到非常難過，猶如再次失去媽媽一樣。

事實上她盯著「無法打開我的文件夾」已經多年。每次她也只在鍵盤上按來按去，幻想多按幾下電腦便會感動得讓文件夾芝麻開門。她也曾經尋找城中有名的電腦達人幫忙，人家不是叫她另買新歡，便是遇上騙子般一直叫她加費才肯繼續嘗試維修，但不保證成功。

多番空手而回。她便萌生了去香港的念頭，到訪媽媽年輕時的成長地，尋找媽媽的親朋好友，以及媽媽那從未有機會向她細說的過去。那一般母親向女兒訴說青春時的各種情感牽絆、失態和莽撞，在她的成長中一直欠缺。

她也希望在香港能尋得高人，能把擁有魔法一樣的古老電腦打開。畢業後她立定決心，在網上大量搜集關於香港的資料，香港島、九龍半島、新界和離島對她來說全無分別，人與車車與人，大廈和大廈，單看照片已感到透不過氣，實在不知從何入手。最後看到掛在牆上的媽媽的畢業證書，靈機一觸，在網絡輸入媽媽曾入讀的大學名字，那家位於新界西的面積頗小的大學，竟有短期藝術治療課程招生。

去年畢業後她雖然已修讀了藝術治療證書，但藝術治療十分廣泛，除了音樂、舞蹈、繪畫、戲劇、文字不同媒介，對大人和小孩的處理也不同，可以說是既深奥又精妙。而且香港那家大學的課程是用廣東話授課的，對她來說可以是一個學好廣東話、進修中文挑戰自己的好機會。

詳細考慮了一段日子，她便抱著天真而且有勇無謀的一股衝動，毅然在網上報了名，隨即又買了機票。

在上機前一天，她再次走到書房，向媽媽的書櫃道別。為甚麼要向書櫃道別，她也搞不清楚，只是覺得書房一直代表了媽媽，媽媽鍾愛的書，書櫃與書，書與媽媽，就是那樣了。不理性的程度不遜於路祭的行為，交通意外的地點也未必是死者靈魂離開的地方，可以是在送院途中，或抵達醫院之後，即使是當場死亡，其靈魂也不顯得會長期待在該處。在事發地點拜祭及紀念亡魂，只是悼念者對逝世者的思念無從寄放，退而求其次而已。

想到以交通意外的死亡事件去比喻她多年來想念媽媽的心情，不由得悲從中來，也怪自己太過理智。

# 3 港式飯盒

淋了一個長浴後，作了全面的護膚，頭髮吹乾梳好，眉毛修正，指甲剪掉，連牙線也用過了，感覺像是約會前裝身的感覺。

今天的早餐是三粒燒賣、細杯白粥和兩片沒有麵包邊的牛油三文治。不知道是燒賣還是白粥的味精過多，還是三文治用的牛油跟她平常吃的分別太大，早餐過後胃悶悶的。不過要是水土不服，不出十步便有洗手間，而且還有五天時間讓她復原。

拉開酒店房間的窗簾，想吸一下新鮮空氣，卻原來酒店的窗不能打開，即使能打開，在隔離期間也被禁止的。

第一次看清楚香港早上的樣子。太陽仍是那個，海也是那個太平洋，但太陽和海，在香港好像都變了樣，映照出不一樣的圖畫，感覺是那樣的不同。

六十二樓的高度未能細看街道上的行人，但在不遠處的天橋交匯處，像是有永無止境的車龍在爭相進入黑洞的情況，車與車各不相讓，能切線就切線，衝鋒陷陣的，像被惡魔追趕，不得已地逃命。單在酒店上高空俯瞰，已有車牌快有十年的她自問不敢在香港開車。

對面商業大廈的玻璃透露出上班族的營役，辛勞的工作換取得足夠的金錢養家或養自己嗎？糊口的金錢是以辛勞去換回來的嗎？

電視又播出借錢易的廣告，香港人都很需要借錢？還有其他種種她看不明白的廣告，不如不看。

用電話聯上家中的網絡，幾個攝影機也看不到爸爸的身影。線上的朋友不是忙著就是找不上，不禁生出人在他鄉的孤單感覺。

不可以的！她告訴自己。這才是第二天呢。

對於獨自一人在酒店，她也不是沒有準備。記憶卡有十幾齣未看的電影和長篇連續劇，生死愛慾殺人填命超時空冒險奇幻喜劇政治甚麼都有。雖然她不是一個喜歡看戲的人，但那些都是媒體強力推介的，應該可以謀殺一些無聊的時間吧。

「謀殺時間」。她自己想到也不禁笑了，這樣說出口應該會被人笑吧。

憑著多年努力，她的中文已達到高中的水平，一般言情小說或簡單的新聞，都難不到她。可是對香港人的對話及一些道地的俚語，除了在決定去香港後的那段日子狂看香港電影和電視來增加知識外，別無捷徑。而且看多了更有反效果，如現在她已經忘記「唔係呢」、「唔係呀」、「唔係啩」以及「唔係呀嘛」幾種語氣之間的微妙分別。

而且，在四面牆的圍堵下，她不禁開始胡思亂想，有點後悔那應該稱得上是魯莽的決定。再者，午餐那個鹹酸菜豬頸脊她不敢試，晚餐那個港式公司燴意粉她不敢恭維，附送的礦泉水也有一種奇怪的味道，還是因為時差，又或是在飛機上被感染的心理作用，或是整層樓只有她一個人的種種不對勁感覺在作祟？

天晚了，對面上班的人仍在，要是代入他們的位置應該不太爽吧？但是那幅景象，卻給她帶來安慰。

胡思亂想也是很合理吧。她總有辦法安慰自己。

第三天開始，她學會了每一餐都對著窗外風景吃。晴天時看太陽斜照在遠遠那個應該名叫維多利亞港的光影，陰天時看雲在大廈上施展壓倒性的騰雲姿態，下雨了便看街上有如小蘑菇般的各種顏色的傘在爭相移動；直到對面大廈上班的人回家去，她便把窗簾拉上，同時也發現那天的食物也吃得七七八八，然後在房間內原地踏步，間或急步走，或作上樓梯狀，間斷地走走停停，半小時或四十五鐘，感覺自己跟香港人又接近了一點。

如此這般過了餘下的四天，經過了各式各樣不太合她口味的港式飯盒後，她感覺自己有點不一樣了，跟出發之前不同了，就那麼一個星期，好像就把過去的二十六年的她逐漸改變了。改變的詳細內容未能馬上說個明白，但她清楚知道的是，在得知隔離完畢，可以步出房門口，辦好了退房手續離開酒店大堂踏在香港街道的一刻，一個已經被改變的自己，以及一趟將會改變她的旅程，馬上就要開始了。

還是已經開始了？

左右人群穿插，她站在大街上看著車來車往，一陣暈眩。如果有所謂人生中最迷失的一刻，相信就在此時。

## 4 一千層

或者，不必由最迷失的一刻說起。譬如，先不去評論好壞，或設置任何眼光及感覺，只說說現在眼前所看到的。

香港人的穿著，雖然也是輕便的衣衫褲或裙，一般牌子的鞋及袋，但她就是知道她所穿的是不一樣的。可能是顏色取向，或者東南亞的設計師公會有所規限，只能作出某些顏色或圖樣的配搭？她不清楚，同時發現別人也許都能看出她是外來的人，走過的時候會多看兩眼。

站在酒店門前還能大概說明自己是遊客，離酒店越遠，便好像引來越多目光。她說服自己那只是錯覺，在玻璃櫥窗前她停下來，任由其他人從她身後走過。也許櫥窗內的人型公仔跟她更為接近。

獲得自由後首先要去的地方，是一家位於香港南區的茶樓，約見的人是她的姨媽。姨媽比她媽媽大三歲，還有一個比媽媽小六年的舅舅，都是她一生從未見過的人。家中的舊照片，有媽媽三姐弟在香港舊機場離境閘口前的合照。聽說那名為啟德的機場，曾是全世界升降難度最高的機場之一。

到達目的地附近，遠處一個中年女人吸引著她。那個長得跟她媽媽十分相似的女人，不問而知就是她的姨媽。

她沒有立即走上前相認，而是站在對面巴士站，遠看那個從未認識，卻感覺十分接近的人。地球上竟有一個與她從沒見面甚至聯絡的人，有著那樣奇怪的親切的聯繫，她深受震動。

有人問她是不是排隊等車。她連忙說不是，便走向酒樓。她站在姨媽面前，故意不說話也不打招呼，姨媽竟也能一眼把她認出來。

「你一定是妙音！」

她笑了笑點頭。但無法確認姨媽的聲音是否跟媽媽的很相似，令她有點悲傷。

「你跟你媽媽長得很似。」

這一點她也無從證實。二十年前媽媽失蹤的時候，她才五、六歲，家中雖然有很多媽媽的照片，但她把那些定格的照片看了很多遍，也從不認為自己跟媽媽有幾分相像。

或者那只是姨媽想打開話題的客套話？

姨媽領著她在人群中穿插，等了三次電梯還未能進入，到成功進入了，那種擠迫的程度她措手不及。酒樓在大廈第十層的位置，很難想像高空之中有這樣大而繁忙的食肆。她在桌與桌之間欠身而行，就像在迷宮內不知所措。終於來到一張小小的靠窗的圓桌，坐著有姨丈和姨媽的兒女，即是她的表姐弟，還有一個老人，她一度以為也是親戚，但竟然是搭檯的茶客。

椅子擠得前後卡著，她的腳與姨媽的腳拼在一起，吃東西也無法自然地把手肘放在檯上，必須大家相讓出空間，一是你吃，一是我吃，或是大家都靠著椅背吃。

狹小的樓層人聲鼎沸，回音充斥她的耳鼓，心中不禁想到選擇這人多擠迫的地方見面，是因為這裏的點心非常美味不能錯過，是因為姨媽住在附近，還是沒特別原因，而是香港的食店都是這樣？

姨媽說這是一家懷舊酒樓。

「你看這些點心紙，早幾十年前很常用。後來電子化，用程式輸入，點心紙這東西便從此絕跡。這酒樓雖然申請了重用，但推出這個噱頭時還是有環保署的人來為難，後來同意只推行限定時間，所以特別人山人海。」

點心紙上的字，像詩詞一般，幾乎有一半看不懂。

姨媽在紙上拿著筆高興地剔來剔去，半空有很多隻揚起的手臂在揮動點心紙，場面頗為壯觀。

在溫哥華她偶爾也會跟爸爸去飲茶，所以對於點心的款式和味道並沒有期盼，卻沒有聽過千層糕。

「你有吃過這種千層糕嗎？你媽媽很喜歡吃千層糕。你知道嗎，千層糕曾經一度消失了，因為有人投訴說千層糕沒有一千層是名不副實，有關部門作了詳細檢驗後便禁止售賣，不過後來有個高人，傳說是千層糕一代宗師，揚言要在一次直播上示範將糕切出一千層。」

她把一塊千層糕近放在眼前細看，看到層層疊疊，千絲萬縷的糖與蛋、麵粉與牛油的交纏，又豈止一千層。

「那個師傅說只會示範一次，而且事前談好基於功夫不外傳所以禁止存檔，結果花了一小時四十五分，把千層糕一層一層地切，監督的人可能也看不清楚或者數錯，但最後師傅大叫『第一千層！』，助興的飲食界高手便猛拍掌，讚嘆師傅技藝高超，真人不露相，終於還千層糕一個清白，結果千層糕重新被正名，而且大受追捧，任何一間酒樓一出爐便被搶清光，甚至有人在街舖開設千層糕專門店，不過都不太成功，很快便全數消失。可能千層糕只屬於酒樓而不屬於街舖吧。」

以她的中文水平，姨媽的話如「名不副實」、「存檔」、「監督」、「正名」、「不露相」，她只能靠上文下理去測度出大概的意思。

「即是說，千層糕得回清白。」姨丈彷彿看穿了她的心事，加上了一句。

姨丈從事教車師傅多年，生計的穩定程度有如一個個浪潮，有疫情的那些年生意會較為淡薄，當疫情過後，生意便多得接也接不完，一天幾乎除了睡覺就是教車。所以過去二十年曾有過幾次大小疫症，來來去去，他已習慣要積穀防飢，都能安然度過。

同桌的老人，自斟自飲，伙計沖水，一壺又一壺。一次老人起來，以為他要埋單，卻原來去大排檔那邊要了碗豆腐花。再起來，又以為他要離開，原來只是去洗手間。第三次他穿上風衣，以為他真的要走了，不知怎的不久後又回來，身上一股煙味，然後又揚手著伙計幫忙添熱水。

她覺得老人好像永遠都不會離開似的，這個座位，這張跟另一家人共用的小圓桌，私人空間可說是完全沒有的，即使是公用空間也不見得很寬裕，然而卻又能悠然自得地，找到了能獨自享受的位置。

同桌的表姐弟，一直沒有說話，只邊吃點心邊看著電話，間或笑，或拍腿叫好，不知在看甚麼。

最後由姨媽成功搶得結帳。

「二十幾年來，第一次可以請我個姨甥女食嘢。」姨媽的眼睛是淺棕色的，跟媽媽的一樣。

離開酒樓時他們又等了幾轉電梯的上落，經過一番你爭我奪的碰撞才順利到達地面。

踏出酒樓門口，路上的人潮馬上像洪水般把她和姨媽一家沖散，姨媽揮手大喊：「你去哪裏？回來啊！」

她努力在洪水中掙扎想回到姨媽那邊，暴烈的太陽把她眼睛刺著，無論她怎樣走，都覺得是逆流。

混亂中姨媽純熟地突破人群走到她面前，拉著她的手說：來我們家！

她本想說行李寄存在酒店大堂，必須去拿取了，而且她訂了一家在旺角的專讓年輕人入住的家庭旅館，有一個朋友的朋友的朋友剛好也會去那裏，可能住在旺角幾天，方便去觀光。雖然這次短留三個月的住處還未決定，而修讀的課程在屯門，也不好去打擾姨媽，還有……

心中一堆不過但是而且，姨媽卻眼神堅定，盛情難卻，姨丈及表姐弟也露出算是無所謂的親切笑容，而去海怡半島的巴士剛好就停在眼前。

「上車吧。」她幾乎是被推上車的。

車上把關的人工智能利用人面辨別嘟的一聲，辨別出她是「外來者」，需要另外付款。車上其他人隨即望向她，有人馬上拿出口罩，有人把小孩移離路邊的座位。她覺得極窘困，是從未有過的被凝視被視為他者的眼光，想向司機解說，卻無奈早已沒有司機了。

姨丈馬上拿出電話掃一掃為她付了車錢。這城市的居民早已登記了人臉識別，乘坐交通工具只需被掃描過，月結的乘車單便會直接傳到。

他們一行五人坐在樓上最前的位置，高而闊的車窗提供了流動的風景，是遊覽一個城市的上佳方法。每個站停下來都有不同的人在爭著過馬路，人流左至右右至左交插著，多得難以置信。

「很多人呵，越來越多了，明年應該一千萬了。」

# 5 香港人的家

姨媽的家大概是一個平常的中產的家。私人住宅有海景，然而面積不大價錢卻令人咋舌。那樣的價錢在溫哥華就買到一幅五千平方呎的地，以及樓高三層的三千平方呎的房子，連前後花園及車庫，如此這樣一比較，就覺得香港人生活的確辛苦。她想起了酒店對面的加班族。

表姐及表弟也沒有自己的房間，成年姐弟同房，在外國屬十分罕見。他們把房間用板相間一半，一人一隻小窗，成就了小小的私人天地。

「這間房其實是我一個人的。」表姐指向表弟那一邊，堆滿的雜物像貨倉，也真的不像有人在那裏睡。

然後表姐指向客廳的沙發說：「他是睡在廳的。」

表弟正坐在沙發上，或者說是在他的床沿上用電腦。沙發上也有枕頭、被、眼罩、耳機，地上有幾本動漫雜誌，和一對看來像女孩子送的寫上了日期的心型攬枕。

她也不好意思坐到沙發上去，就坐在飯廳那邊。

飯廳的窗斜看到隔壁一家。再望出去，便看到鄰座上百個家庭，每個細小的窗戶都有著不同的平常百姓的風景，那是她從未近距離看過的風景。

看到表弟的情況，她便知道姨媽的家根本沒有容納她入住的空間，便打算吃了晚飯就到旅館去。姨媽卻極力挽留，說執拾一下表弟睡房便沒問題了，跟表姐一起沒所謂吧，兩個女孩可以聊天。

雖然盛情難卻，她還是堅決拒絕了，也想不到跟素未謀面的表姐有甚麼可以談。

晚飯有姨丈特地去買來的燒鵝。

「你們加拿大只有燒鴨，你從未吃過燒鵝吧？」

姨媽買了一隻活雞。

「你們只能吃冰鮮雞吧？」

又買了一條青斑。

「聽說加拿大多數吃鯽魚，都十幾加元一磅，這裏鯽魚是平價魚。」

她沒有仔細對比兩城食物的有與沒有，平常在家，中餐都由爸爸煮，西餐由她負責，弟弟則甚麼都不會，他也越來越少回家吃飯了，總在外面多多搞作的。

想不到五個人吃飯的飯桌比茶樓的更細，幸而表弟坐在沙發邊看電腦邊吃，就沒那麼擠。

心中想快點吃完的一頓飯，卻又被飯後水果和糖水拖延了。水果吃了又再切，然後姨丈忽然不見了，原來下樓去買腐竹。煲一窩腐竹糖水的時間，加上時差還未完全適應，令她開始有點焦躁。

那是她生平第一次吃腐竹糖水，氣味有點奇怪，不能說得上好吃，但吃著吃著，卻又慢慢吃完了，而且味道一直停留在舌上，感覺不容易忘記。

「你媽媽是不吃腐竹糖水的，她說味道很怪。」

姨媽把最後一點糖水倒進口，便拉開電視組合櫃下層的抽屜，從那看似裝滿神秘百寶的櫃，翻出一本看似是3R大小的相簿。兩個長得很相似的女孩在發黃的照片中擺出各種可愛的姿勢，七十年代的打扮現在用照片程式就瞬間可以做到。

「冬菇裝那個就是你媽媽了。」

那個看似可以是自己女兒年紀的媽媽，在照片中燦爛地笑著。媽媽穿著碎花連身有白色花邊的裙子，黑色漆皮皮鞋旁邊有個小小的銀扣，長及膝的白襪子，紅色硬身手挽小手袋，瞇著眼睛地露齒笑。

她看得入神。

時光倒流或許仍需要在很遠的未來才出現，但活似真人的影像重現早已是人工智能勝任有餘的事情了，很多人因此把逝去的親人重組，或嘗試把重要的領導人物延命，但當然有一大堆反對這種做法的聲音，尤其前者，重組親人極可能是因為悲痛而心靈受創，故以為藉此能得到慰藉，但有試過的人則認為死者已矣，強行以電腦程式把親人「續命」只是自私的行為，而且往往出現不符合預期的情況，更有人日後要面對「要殺死親人」的抉擇，長生不老的得與失依然是個很複雜的議題。

要是把童年時代的媽媽重現，會是怎樣？

旺角旅館傳來訊息：請於兩小時內辦妥登記入住手續，否則預留房間將會被取消。

她知道不能再久留了，但剛翻開的舊照片是那樣的吸引，姨媽剛又翻到下一頁，出現的人物甚至有外公外婆、舅舅和其他完全不知道是誰的親戚。那是一場舉行於八十年代的婚禮，眾人都打扮得非常整齊漂亮，非常隆重。

自從環保意識於十年前成為歐美的重要國家政策，說明婚禮的一次性開銷是市場對消費者的洗腦，把婚禮的各樣無謂儀式及細節跟破壞地球畫上等號後，已越來越少人穿這樣的傳統婚紗進行昔日大排場的婚禮了。

她幻想自己有一天結婚，儀式會在家中花園進行，穿的會是媽媽收在地下儲物室的多年、從香港帶去加拿大的婚紗，這樣一定夠環保。婚紗可以修改尺碼，但鞋不可以，所以她就無緣穿回媽媽出嫁那天的那雙鞋。

然後姨丈看來要從房內搬出雜物整理睡房，她便硬著頭皮說：「其實我約了朋友，男朋友。」

說話一出，姨媽姨丈都作出驚訝的表情，她自己也頓時不知所措，如馬上說那只是說笑只會顯得更荒謬，但隨即大家都會順理成章地想到：她回來香港原來是為了男朋友。

已不能說得更清楚或更亂了。

不論手法如何，她得到了她想要的結果。

姨媽姨丈把她送下樓，在教她如何乘車到旺角時二人爭辯起來。

當然是搭小巴再轉地鐵！

你只喜歡小巴。不是的妙音，最好先乘巴士，在總站再轉快線，便可以直到旅館那條街，還可以省兩元！

巴士會比地鐵快？看，有小巴了，你的巴士要等多十五分鐘呀！

姨丈和姨媽越說越激烈，由婚後習慣到仔女讀書，幾乎要把過去幾十年的恩怨就地解決。

她心中想搭的其實是的士，只剩下不到一小時的時間了，她要盡快去到旅館才行。

旺角，是一個很小但很旺的角落？

# 6

# 旺角旅館

手提電話在姨媽家時不住傳來的訊息，她也無暇細看。

兩個陌生人的名字彈出。

一個是她在出發前托人幫忙尋找的電腦高人。

「專整爛嘢，請來屯門虎地找我。」

聽說這人專門修復古舊電腦，尤其 Windows 10 以前更舊的，都是他的強項。

這次回來香港她有一個非常重要的任務，就是要將媽媽的電腦修好。

多年以來，她都很想知道媽媽在失蹤前的一切，為甚麼她會一聲不響地離家，為甚麼留下了二十四篇看似是日記的文章，以及更多媽媽其他的寫作或照片，她當時愛聽的歌曲，她所標示的「我的最愛」的網站，所有她都想知道。

回到隔離酒店取回寄存的行李後，只剩下不到半小時的時限。

的士車窗映出街上行人及店舖各種形態，跟坐在巴士上層看到的感覺截然不同。

她翻出地圖，肯定了的士司機走的路，並且回覆電腦高人。

訊息上另一個陌生的名字，則是那個相約在旅館見面的朋友朋友的朋友。

「你仍未到？」

「我在三號房。你在幾號？」

「有時差嗎？」

她本想一一回答，但司機忽然停下來，說到了。

環看四周，發現這個角落一點也不小。現在已是晚上十一時多了，街上的人流量令她以為是平安夜或新年倒數，或有甚麼大型活動在進行。

這裏會有旅館？

的士已經揚長而去。

她拿著行李背包和手提電腦，站在被人們注滿的馬路中間，人潮從四方八面以不合預期的方法及速度移動，食店抽油煙機噴出炒雜成一碟難以形容的奇怪菜式的氣味，她一時無法消化，但吃不消的好像只有她一人。

想深呼吸幾口，感覺更窒息，毫無鎮定作用，狼狽地翻出旅館的地址，卻被人推推撞撞，要提防小偷啊，尤其在旺角，爸爸在上機前給她的最後短訊強調。

忽然有人從後拍了拍她，把她魂魄召回來。

「你是M.Y.？」

眼前這個五呎十一吋，中等身形笑容誠懇看來十分有禮的男子，就像浪漫愛情電影男主角般隆重登場，四周的人潮突然變得模糊定格並且不再重要，但轉念一想這不是發展劇情的好時候，這個陌生人是否最佳男主角也許跟她全無關係，便稍為提醒自己異國情緣的不可靠。

「是……是的。你是……A？」

「是！哎，等你好久了。快上去登記吧，已有幾人在候補名單上了，這是全區最便宜但設備最好的家庭旅館，館主信譽傳到海外都知道，所有來香港的背包客都慕名而來呢。」

她並不是背包客，也不打算隨便流浪，或邊走邊投靠人。她打算觀光探索的地方也不是甚麼隱世秘密，她甚至打算去迪士尼，有個叫海洋公園的地方，小時候媽媽也去過，家中有媽媽在海洋公園的登山吊車下拍的照片，她也很想去，可惜結業了，只剩一個招牌在入口處留下來供人憑弔或空憶想。

不，她並不打算到各種景點作這種懷舊式的打卡之旅。

這趟旅程任重而道遠。手上的古舊電腦，會是潘朵拉的盒子嗎？她並不喜歡以這個名字去形容媽媽的遺物。

辦理好入住手續後，她被分到一號的房間，在走廊的第一所房間，故此也更能清楚聽到外面各人的走動，跟她被隔離七天的情況是個極端。門外聲音不斷，窗外映照著對面唐樓大廈各家各戶的無聲風景，有的窗被雜物堆滿，有的被膠紙封起，有的變成完全用來掛廣告，有的被招牌照著，沒拉上窗簾的家戶，窗前也掛滿很多林林總總的東西，盆栽、晾曬的衣物、樓上掉下來的垃圾，像極了拼湊圖案重疊的砌圖。

旅館有一個頗大的公共空間，有廚房設備，也有吃飯的餐桌，是住客稱之為「食大鑊飯」的地方，她也不知道是甚意思，也不見得廚房有很大的鑊。

A告訴她，館主是樓下熟食店的店主，平日多在店內工作，有空閒時便會煮幾碟熱辣辣的小食，在拿到旅館前短訊住客們：要醫肚便去食大鑊飯！如果住客出外了便會錯過一場免費的盛宴了。

第一天她收到訊息時還不知道是甚一回事，隨即房門被敲響：今天有食神，手快有手慢無！原來是A。

她不知道A的來歷，對於A說的地道香港話，她未能百分百聽懂，但也能會意，便跟著大家湧到飯堂。

館主個子矮小，五十來歲的年紀做事仍十分起勁，有一個讀中學的兒子，間或會在店幫忙。兒子拿著一盤魚蛋、茶葉蛋、牛雜和炸大腸，校服都沾上了不同顏色的汁，甚為不快。他爸爸看到，馬上說：「今晚用漂白水幫你洗啦。」

在這個又濕又熱的城市上學，竟然還選用白色的校服，簡直不合天理。她心想。

放下東西後館主又回到樓下，不一會又拿來另一盤，有雞蛋仔、格仔餅、混了各種醬料的白滑腸粉，還有碗仔翅。由於每款食物的數量也不同，如炸大腸和牛雜各有十串，茶葉蛋有廿隻，但碗仔翅、腸粉卻只有兩份，而新入住的旅客對於香港街頭小吃仍是戰戰兢兢的抱著較保守的心態，故食物最終的下場往往難以估計。如果住客已入住了一段長時間，食物多會一掃而空；如剛好住客都是短住三兩天的新人，那便很容易剩下大堆食物。

她不會長住，也非短留。她先入住這裏，一半是因為朋友介紹了A會入住的緣故，另一半是因為她想在一個陌生的地方，先跟一班年紀相若的年輕人在最旺最熱鬧的地方見識一下，認識這城市的最繁盛，直到她報讀的課程開學，才到學校附近找另一住處。

這對於她來說是人生最大膽的嘗試了，包括剛才試著吃的炸大腸，她閉上眼睛忍住呼吸快數一二三那樣一口咬下去。油膩的感覺被她想成是腸臟內的污物，又或那根本不是幻想而是事實？

「我吃過其他店的，館主的炸大腸是最香脆的。」A又多拿了一串。館主聽到滿心歡喜，他的兒子也好像沒那麼介意校服上的醬汁了。

她也好像被說服，吃著吃著，張開眼睛，看到被切成一個個圈狀，圈內層層疊疊的看不出是甚麼的大腸部分令她差不多馬上崩潰，此時A一手擋在大腸與她的眼睛之間，說：「不要研究細節，細味結果最重要，正如女人生孩子，你也不想把生產過程拍下來逐格重播吧，只記著和享受把孩子抱到手上的一刻。」

A向她眨了眨眼，像是看穿了她腦內的神經跳動。

她心想，說出這樣的比喻的人，腦袋太奇怪了。

不過細想之下也頗有道理，正如吃肉前要是去看宰殺的過程，相信很多人也會胃口大減。也就故作忘我地多吃了幾口大腸，但始終沒吃完整串，繼而嘗試牛雜，這次她提醒自己不要深究，但越是不想深究卻越擺脫不了「她快要吃牛的內臟」的想法，吃了一口牛膀，便無法再吃下去。

當晚的那場盛宴在各種熟食的氣味混雜下興高采烈地完成，來自不同國家不同城市的旅人，高聲談論在香港的行程和大計。有人明天到尖沙咀乘帆船出海，那是遊香港的指定動作不要錯過；有人會乘直升機去澳門，這個小小的地方竟有比拉斯維加斯更具吸引力的大型賭場；有人會乘高鐵往北京，當然是吃最流行的冰糖葫蘆；有人會去祖父母的百歲大壽，有人會去參加連辦三天的百日宴，有人會去離島拜山，有人回來換基因身份證。各種各樣的原因，大家在香港有著目標不同的旅程。

她的原因最與別不同，她最終的目的地是屯門的嶺南大學。眾人對她來讀書一點也不感興趣，屯門這個名字大部分人也未有所聞，即使在網上搜索也不會是打卡的熱點、探秘的好去處。

對於未來三個月，她必須小心翼翼，不想過於充滿期待，當然也不想最後無功而回。那是一所怎樣的大學，全部資料她都可以在網上看到。可是她寧願保留一點神秘感，也不想被網上的照片影響而先入為主。

A拍了拍她的肩，說：「沒問題的，不用擔心。」

她看著他那雙黑得有點過分的瞳孔，旁邊的虹膜像是藏著一串串的暗號。

# 7 古墓與學校

不敵時差，吃完了魚蛋碗仔翅昏睡了不知多久，A再次敲門，醒來的一刻她還以為自己在溫哥華。

她也搞不清楚到底幾點了，只聽到街上人聲嘈雜，還以為有大事發生，冷氣滋滋作響，才記起對了，這是香港，香港的旺角。

簡單梳洗後走到飯堂，館主捧來一窩熱騰騰的白粥，油炸鬼她吃過但卻不知道甚麼是牛脷酥。她以為有牛脷藏在內，弄得館主大笑，拿起一件牛脷酥放在自己的嘴前說：「你看，像不像牛的脷？」

她一口咬下，始料不及，竟然是甜的。

牛脷酥與油炸鬼是那樣相似卻不同，真是人不可以貌相。

白粥的味道也跟外國的不一樣，她問館主是如何烹煮這種白粥的？館主說是家傳秘方，然後哈哈大笑，「你上網搜尋香港白粥吧，是要香港人煮的才算啊。」

不同城市的人煮同一樣的食物會有煮出不同的味道，是米的不同？水的不同？火的不同？爐的不同？煲的不同？人的不同？想來也覺奇妙。

早餐後她問A要去哪，A說：「你去哪？我跟你。」

她其實沒明確的行程，但她沒有忘記這趟旅程除了遊覽，也要修讀課程和尋人，所以最好採取中庸路線，不要太刺激或太冒險，不要偏離主道，妄想亂闖會帶來新視野、發現新大陸，一切應以保險安全、完成任務為上策。

最好便是跟著指南書去走，那麼旺角是最好的出發點，指南上說有 Ladies Market、Goldfish Market、Flower Market、Bird Market。感覺整個香港東南西北都是市集，但在旺角中間，卻有一個位於「東京街」（不是 Tokyo 而是 Tonkin）名叫李鄭屋漢墓的地方。

在最旺的地方看距離現在二千年的中國東漢年代的古墓，簡直如海市蜃樓。

一個她完全不認識的年代她卻有興趣去看看，便向A說：「你不一定要跟著我的，我想去的地方可能悶壞你。」事實是她心中對於A提出結伴同遊有點保留，雖說是朋友朋友的朋友，但畢竟不知道對方的底蘊，他來香港此行有甚麼目的，更不了解他跟著她走的原因。他對她似乎比萍水相逢多了一點熱情與關心。

怎料A說：「你有興趣的我也有興趣。」

她不知怎推卻，也不反感，便一起出發。

由旅館去東京街路程很近，根據地圖指示，走路就可以。香港的人多得超出想像，路牌也往往被招牌或店鋪的裝潢阻擋，街角整齊而類同，地勢平坦看不出高低，故此看到的人海也就更浩瀚；她的身體一直被路過的人碰撞著。想用原始的太陽辨別方向法，也因為街道狹窄，兩旁大廈鄰近而難以分清楚面向哪方。走了兩個街口，便馬上懷疑自己走錯路。

當然她大可以查看 GPS 便一目了然，但她盡量不想這樣做。

「這邊過馬路再轉右就會看到一間便利店，向前走再右轉會有一間小學，小學後面就是李鄭屋漢墓了。」因為行人路很窄的關係，A緊貼著在她身後，說話時他的頭就在她肩上的位置。

「好近。」A舉起拇指。

她側頭看A，完全不覺得他翻開了任何旅遊程式或書，卻怎麼能像電腦系統那樣把路線說得如此準確？她心中怪他多事，破壞了隨意漫步香港的心情，現在明知道應該右轉，如果刻意左轉或直走，便是「走錯路」、故意走冤枉路，違反合理了！——那是早被定性為不合經濟效益及公共環保的應被淘汰的行為。

但是做出不合乎邏輯的這種不損人的事又有誰知？然而是否真的不損人現在也不

是每個人可以自己判斷。各國政府最近推出不同的判別是非程式，要是誰有些事情不清楚該不該做，能不能做，輸入程式查看一下便一清二楚了。當然這樣的程式仍在新試驗的階段，受歡迎程度未見肯定，官方有官方的推廣，用家當然也有不同的聲音，做不做關政府甚麼事？做錯了做對了為甚要政府的程式來多說等等。

突然一串嚇人的鐘聲響起。原來是小學的鈴聲。上千個小孩如排洪般湧到細小的操場去，在沒有任何玩具或設施，也不准跑的情況下，在圍封到四、五米高的鐵網牆內進行小息。

這與她成長的記憶是那樣的不同，小學時代的她最喜歡在學校的山坡間跑上跑下，在樹林跟同學玩捉迷藏，兩個大型玩樂設施分別位於學校的南面和北面，單是跑兩邊找同學也得花上五分鐘，下雨天就最愛在滑梯滑得一褲子泥濘，還有找最大最深的水坑用力地踩踏，水花濺得比自己更高，衣襪濕透了便回去上課，大家笑得不亦樂乎。

當然眼前這班鐵絲網內的孩子看來也是快樂的，他們還未知道世界外的設計，笑臉上的汗水仍反映出純真。她只是對於設施欠奉，以及圍牆式的封閉有點意見。

「別忘記，我們是遊客啊。」A好像從她的眼中看出了端倪。

「對了，你這次來香港有甚麼特別事要處理嗎？」她刻意緊盯著A的眼神。

「有些私人事，順便遊覽。」眼神和答案看來沒有甚麼值得懷疑的地方。

難以相信的是那個名叫李鄭屋漢墓的地方，竟與小學是一網之間；那邊廂熱烈嘈雜的校園，與二千年前的古墓日夜相伴；像是互不相干，又像是彼此平衡；是日久生情，還是無可奈何？

這幅景象令她想到很多、很遠。

# 8 不存在的皇后

古墓地方不大，看過只能遠看的地下室後，重回旺角大街有恍如隔世之感。

太陽猛烈，時差又來襲，她想以最快速度找一杯特濃咖啡提提神，四周環看也看不到咖啡店，便利店卻有幾間，裏面竟有人就站在微波爐前吃剛叮熟的飯，這是她一生也未見過的情景。

「香港人生活忙碌，空間又少，為了生計但求方便，也不能要求太多。」

A又好像看穿了她的所想，說出一些似是合情合理的意見。她越聽越不爽，心中浮起了盡快把這人擺脫的念頭。但是她素來有話直說，很少與陌生人打交道，一時也說不出甚麼得體的謊言來開脫而又不被對方發現；又或者對方發現了，也不會顯得太突兀而令人太難堪。對了，有句說話叫知難而退，爸爸曾經向她解釋過，大概就是她現在想要的效果。

「好，就這樣吧，我要走了。」A突然就那樣揮了揮手轉身離開了。她看著他快速離去的步伐，一時不知該說拜拜，還是叫住他。就這樣吧的意思是甚麼？今晚仍會在旅館碰面嗎？還是以後不再見？但為甚麼心中又想到要叫住他？她覺得自己也有點奇奇怪怪的。

她跟著人潮潛進地底，在悶焗的空氣中乘搭了兩個站的鐵路後便急急下車，實在受不了人群擠壓到幾乎可以雙腳離地的地步，連別人的體臭也可以嗅得出有幾種。然後又跟著人潮浮上地面，那個叫 Jordan 的地方，中文是直接譯音「佐敦」，從字面看不出這地方的意義，想必是與以往英國人統治期間的事蹟有關，這是香港與加拿大共通的地方，對她來說見怪不怪。

佐敦的感覺有點尷尬，中間是繁忙大街彌敦道，一邊是旅遊書表示不可以錯過的平民夜市「廟街」，另一邊則有木球會、草地滾球會、西洋波會、欖球總會、三軍會、槍會山軍營及解放軍醫院，還有一所大學。

旅遊書重點介紹的還有相連接佐敦的尖沙咀。如果說尖沙咀太空館像個雪糕球，未免太幼稚。在海旁的星光大道跟李小龍自拍，又未免太俗套。見有個全新的碼頭頗有特色，而遊船河是遊覽一個城市的好方法，便順著人潮上船。

船是利用最新的太陽能發動，這種設計在北美也未有。她不知道船會帶她到甚麼地方，更正確地說，她買票時的確有選擇某個碼頭作目的地，但那地點她卻沒有事前作資料搜集，所以毫無概念。她也不管了。自來到香港後，離開姨媽的家、旅館與A後，這是她第一次自己在香港無方向無目的地遊覽，她一點也不感到寂寞，因為四周都充滿人，都有她懂的文字與語言，給她一片安全感。

在她剛坐好，開始幻想目的地的各樣時，船卻開始慢駛，以為要避開前面的船隻，卻原來是快要到達對岸目的地了。

想不到一趟她以為帶點刺激和冒險之旅，在未開始想像之前便已終結。

上岸後她看看四周，比外國更巨型更具氣派的商業大廈如巨人般壓在人頭頂，與天比高就是這個意思嗎？

然而碼頭旁邊卻有一班老人在下棋，有很多人在圍觀，跟商業大廈背景格格不入。附近有看來也是遊客的人在拍照，後面一塊殘舊的長方牌充當佈景。一堆借錢及瘦身的廣告貼滿在牌上，她退後幾步，在廣告與廣告之間的縫隙及紙張透出的輪廓，隱約看到底下的幾個字——皇后碼頭。

她搞不清皇后碼頭所指的是誰，難道是中國皇朝最後一個朝代清朝的皇后？她馬上上網尋找答案，卻發現甚麼皇后碼頭的痕跡也找不到。這是她第一次感覺到，原來互聯網也不是萬事也有答案的。

翻開那本古舊的指南，書底附有的小巧地圖，把尖沙咀和中環兩岸刻意放大，可想而知這對香港人及遊客來說是個重要的地區。重大的發現是，她現在站著的位置，幾十年前原本竟然是海，皇后碼頭有其明顯的地點，卻好像不在這個位置，而且後面的龍和道在地圖上也消失了。

古舊的地圖藏著神秘的歷史，這是她的意外發現。

碼頭也有來拍拖的情侶，卻有一對似乎在冷戰，女子坐在欄杆上，面向著海哭泣，身旁的男子笨得沒有上前安慰，沒有像電影男主角那樣擁她入懷，或煽情地吻她的淚，或他早想置身事外，覺得她不值得可憐？還是自己想多了，二人根本沒瓜葛，甚至不認識。香港情侶的關係，她不敢太過武斷，不過可以肯定的是，春去秋來，這裏曾經有過不少男女，做過相同的動作。

# 9 斜了的香港

跟著船走回頭路，她又回到了尖沙咀。下午三時的人潮比午飯時稍為緩和，少了一點點煩亂感。

她還是根據指南推介，乖乖地在星光大道走了一趟，看著一些跟她完全沒關係卻又不完全陌生的手掌印和名字。不少攝影師來兜售海旁即影即有服務。來到美麗的香港，拍個照留念吧，是個人歷史的見證！很抵的，見你一個人，打個九折給你！

她不知道是被拉去的還是心裏也不很抗拒，而她一個人也真的沒有跟香港的風景合照一張。就在欄杆旁等候取照片時，發現其實人人都有九折，甚至八折。

拿著照片沿著漆咸道一直走，她來到了香港歷史博物館。在街上走得累了，鑽入有冷氣的室內也好，而且博物館免費開放，不應錯過。

由幾萬年前到石器時代，經歷了一、二次大戰後到殖民地，由工業變成亞洲金融中心，都有十多幅描述得不錯的圖片，小孩子大概一看便明，而最後一九九七年回歸到中國之後的四十多年，則設有十個不同展區，從自然生態、經濟發展、政治架構到市民生活的改善、文化開拓，鉅細無遺地利用了影片、聲音和燈效、4D 場景佈置，去說明近幾十年的美好。

她當然不會知道回歸後的香港是否更美好，她也沒有資格或需要去質疑它的不美好，人家說好就是了。事實上走在香港街道上，除了人太多之外，也感覺不到甚麼不美好，有名車名店，市民穿著也非常光鮮並追上潮流，當然偶爾也會見到流浪漢及年老的拾荒者，可是這在任何大城市也見怪不怪；溫哥華某些街道和公園有露宿者長期進駐，然而溫哥華也多次被認為是全世界最適宜居住城市之一。

想得太多太遠了。她告誡自己，應該抱著遊客的眼光，盡情欣賞它被呈現的吸引人的一面。一個只打算短留幾個月的人，不應該對這個城市隨便指指點點。

離開博物館，即收到 A 的訊息，指他在附近，現在過來會合。

他怎知道她在附近？今早不是說了再見嗎？為甚麼忽然又來找她？她覺得 A 看來尚算老實，相信不是立心不良的人，但總是覺得他難以捉摸的。

想到晚上大家會在旅館碰面，拒絕他好像不太好。

A 到來的時候樣子如今早一樣晴朗，精神爽利狀態非常之好。她問他剛才去了哪些地方叉電，他笑了笑說，回去旅館睡了個覺！

她不知道要不要相信這個答案。她對他總是抱著一點懷疑。

結果，在A的引導下，他們又回到港島那邊，感覺這天就是尖沙咀中環的來回之旅了！

A說要坐纜車上山頂，她也沒意見。

登山吊車她坐過不少次，自從她知道一個朋友的祖父多年前在雪山上失蹤後，每年她都會上雪山參加紀念登山人士遇難的周年活動；雖然她並不知道朋友的祖父到底有沒有死，失蹤了的人，實際上只是在家人朋友的生活上消失了，不就等於離開了這個世界。到底消失多久才算離開？她沒有向朋友說，她心底對於失蹤的人有一種牽掛及期盼。也許，有一天奇蹟會出現。

斜著看登山的風景，她倒是第一次。斜了的香港，會更好看嗎？

# 10 百分之三十二的意義

山頂的風景的確不錯，可是有一層煙霞，蓋住了海港的畫面。

A說，朦朦朧朧的，更有意境，更多聯想，像看女子，放大了看到毛孔和化妝品的厚度，就大打折扣了。

她摸了摸自己臉上的美白防曬液，想起已一星期沒清除的毛孔油垢，退後了一步。隨即想起也不是在乎A怎樣看自己，便又向前踏了一步，說：「怎麼會是這樣？不清不楚會好一些嗎？認識一個朋友，隨隨便便的，看不清對方的真面目，會更好嗎？」

聽到她看來帶點挑戰的說話，A說：「不是更好，而是沒有辦法，有些事情，現在只能這樣，你看那些煙霞，你能叫它消失嗎？不能。認識朋友，能說噢讓我們從此坦誠相對，永不欺瞞，友誼永遠不變那樣嗎？」

她沒作聲，覺得跟這個人說多了，也後悔跟他一起遊覽。就在買票進入蠟像館之前，她藉詞說要去洗手間，其實是排隊乘纜車下山。順利登上纜車後才短訊A：突然有要事，先走了。

向下斜的下山之路，有如壞了的過山車，緩慢地被拖回起點。但到底山腳是起點，還是山頂才是起點？

糊裏糊塗，又跑進地下鐵，去到一個名叫淺水灣的站。步出站口，就望見漂亮的沙灘，這是她在北美看不到的幼細白沙灘。陽光曬下去淺水部分，好像真看到金色的寶物。回頭一看，有幢很大的廟宇，她對拜神的東西不認識，爸媽也從不拜神，卻有不少外國遊客來打卡，她自覺與他們不是同一類。但她是哪一類呢？

她手上的指南說，這裏本來有一座淺水灣酒店，曾在第二次世界大戰充當英軍與日軍的對陣地，日後成為日軍的臨時醫院，又被高官使用。二次大戰距離現在差不多一百年了，幸而之後已沒有第三次世界大戰。她對戰爭並不特別感興趣。

她查看海灘的指示牌，四周也沒有淺水灣酒店這建築。

走著走著，坐進天后娘娘背後的麥當勞吃個漢堡包，原來此麥當勞不同家鄉的麥當勞。之後又回到沙灘，想重拾少女時在海邊欣賞浪聲的感覺，卻發現原來已失去了那種青春的心情，那種扮哀愁的天真了。是何時失去的？畢業的時候？她感到一陣無奈。

多坐一會，感覺有點無聊，海風無法吹去悶氣。她不想有半點「悶」的感覺，告訴自己淺水灣不是她想花時間去流連的地方，便鑽進地鐵，離開香港島。

她看看最了解她的——手錶，分析原來早就說她的性格及今天的精神狀態，並不應該遊覽港島區，尤其是淺水灣，如果採用它的建議，便省下五小時四十二分，可以去尋人：尋找維修電腦高人。今天能找到高人的機率是百分之六十八。

那麼就有百分之三十二的機會是找不到的！這趟被認為是「不應該」的半天之旅也便至少有百分之三十二的意義了。

1996

# 第二年
## 回歸

1997

一九九六年九月十一日

第二年的大學生活，在每天趕巴士入屯門、趕巴士回荃灣的循環中無聲開始了。過了一個暑假，好像看到更多冷氣巴士？我還是喜歡可以打開窗的舊巴士，那樣才可以聞到海風呢。

是的，明明說好不寫了，竟又改變主意，不過又不用向誰交代，打倒昨日的自己也不緊要吧。

開學一星期，同學都變得黑黑實實的，我忘了，他們去了北京交流。後來才發現我是僅有沒有參加交流團的幾個，我該驚訝大家對離家一個月的熱衷程度，還是要對自己的不積極參與作出反省？

他們一碰面都在重提北京的好笑事，當然也有不愉快的，不管如何，相信日後也會是難忘的事吧。我像是錯過了一場難得的派對的人，只有聽八卦和陪笑的份，然而我又沒有後悔的感覺所以也不應用上「錯過」？我也不是一個容易後悔的人呢。

暑假期間都不知忙些甚麼的，都沒有同學約出來見面。大學的同學關係跟中學的原來並不一樣，放假離開校園後大家都好像各自有別的生活各有各忙，開學了大家才又回到趕堂做 paper 的日子，才好像不得不一起朝夕相對，跟中學那種緊密的，即使不上學也會把生活日常打電話跟好友訴說的關係有著點點的不同。或者那就是純真在成長中慢慢消失的證據。這就是「比較成熟的友誼」？還是之前的友誼都要靠煲電話粥來維繫其實是太膚淺？

暑假後的嶺南又有了新的面貌，成龍體育館開幕了，游泳池也不再像個放棺木的大洞，工人在沒有水的池底鋪上最後的幾塊瓷磚，只欠爬上岸的扶手，落水禮指日可待。不過我大概絕不會在學校的泳池游水吧！然而又看到有些地方去年才完成的已有破損，需要修理。新的舊的工程混在一起。

今年我選修的科跟去年差不多，大部分是「升了級」，從前是I現在是II，其實也不知道算是甚麼，到底我學了甚麼，我是否真的升了級。

最多人討論的，就是中文系新來的教授開的文學創作科。教授知名度可大了，他是本地很有名的小說家兼詩人，之前在學子最傾慕的香港大學任教，現在竟轉來新界這種荒涼的、沒甚名氣的、才剛找到落腳地的還未正式升格為大學的鄉郊學院，家也從薄扶林道搬到天水圍，大家都感到既奇怪又難得，不少同學也慕名去看這位詩人一面，又盛傳他開的課可以讓同學誇系報讀，引起一番推測及熱論，不少翻譯系的同學都說有興趣。

C問我要不要一起報。坦白說我對香港文學一點認識也沒有，更莫說創作。詩人教授的大名也是現在才聽說。C一臉驚訝，說我這樣不行，大學生說不認識香港文學會被人笑，就算沒興趣，也應該知道一兩個比較出名的作家，看一兩本名著，跟人討論時可以拋下書包，作傍身用。如果嫌小說太長，可以看散文，看詩就最好不過，短短哋，容易消化，又可自行想像，明不明也沒所謂。

我對於C的傍身論哭笑不得，她的見解有時真令我五體投地。她見我笑，臉色更難看了，好像我是一個無可救藥的無知青年。

小學時我喜歡看何紫、阿濃的作品，中學以後除了要背要考試的課文外，就沒有看其他課外書了，對香港文學的認識可以說是零。現在若要從零開始，會是怎樣的？寫作可以教的嗎？作家不是天生的嗎？能像音樂家、畫家那樣，後天培養也可以的嗎？那要學寫甚麼？寫詩？寫小說？香港文學的定義是甚麼？香港文學是從何時開始的？有沒有像外國文學那樣，有明確的時間線及年代可劃分？香港本來就是移民的城市，很多在香港生活多年的人也不說純正的廣東話，這又令人想到甚麼是「香港人」的問題。

我雖沒有馬上決定選修的科目，但也沒有斷然拒絕C的建議。從她的眼神看來，她似乎對那門寫作課充滿寄望，不，甚至說得上是痴想。畢竟可以誇系選讀只是傳聞，未經證實，那麼快便想入非非，好像已看到詩人在誦詩了！我真沒想過，不是走俊男路線的中年作家對年輕女孩會有這樣的吸引力。

C介紹我一首詩，說我不可以不懂。她抬起頭看著刺眼的陰天唸了一輪，我卻只記住了兩句：

我佩服你的沉默
把苦味留給自己[9]

忽然，我想起了五號。

9　梁秉鈞《給苦瓜的頌詩》

## 一九九六年九月二十九日

選修課塵埃落定。在排隊交表的前一分鐘我還在猶豫，卻被C一手搶去，在選修欄上填上了詩人教授開的香港文學及創意寫作科，說我一定會喜歡的。

不知道C有多了解我，但明顯她是想找個伴一起吧。我並不是抗拒修創作課，而且也沒有別的科想修讀，只是有個隱憂，就是修中文系的課，會碰上五號的機會很大。

我和五號整個暑假也沒有通訊，也沒有任何留言。大家好像已在對方的生活裏消失了。這就足以證明我們沒走在一起是對的？我相信的真愛，並不會因為時間而磨滅，十年廿年三十年，能抵得上多年的歲月考驗，即使不在一起，幾十年後仍會時常想起對方。這是否就是柏拉圖所說的精神上的戀愛？那跟單戀是否不同？

就在表格交妥後，走出成龍體育館的一刻，就碰上了五號。因為碰個正著，很難扮作看不到，大家互望了一秒後，便似笑非笑地擦身而過了。腦中馬上浮起詩人教授的詩。把苦味留給自己。

我和他就只剩下擦身而過四個字。他在嶺南最後一年了，這一年我們還有多少擦身而過的機會？

C又介紹了幾本教授的著作給我，這次不是詩集而是小說。從小學的斷層想起，現今香港作家流行寫甚麼？香港作家的風格是怎樣的？會不會加入了口語，還是仍有比較古老的那種筆調？教授屬於哪一類型？回想整個中學七年，也沒有中文老師向我們說過關於香港文學的半點，香港作家也沒有介紹過半個。

我翻了翻教授的作品，都不算太長，沒有嚇死人的份量，而且有些還是短篇結集，看來相當易消化。我隨即鬆一口氣，對於選了他那科沒感到那麼大壓力。

飯堂仍然是人聲鼎沸，像是要引爆這個唯一的飯堂。不同的是我們今年已是師兄師姐，也看到剛離開中學的新生，感覺似曾相識，原來我們離開中學已遠。

午飯後得知有些同學申請了即將啟用的宿舍，說到不用再千里迢迢從九龍及港島入新界，可以脫離家人獨立生活，都興高采烈，口水四濺。

N說他連公仔麵也不會煮，住宿舍一天三餐都要來幫趁這個唯一的飯堂，想起也打冷震。

其實想轉口味，可以去新墟或對面兆康，選擇有很多，不過夜了走回宿舍會很靜，也未必能常去。

荃灣於我不遠，當然宿舍是更近。我思前想後，還是未能決定要不要申請。

C叫我放學後一起去旺角。我說我不想逛街，她說不是要行街買衫，而是去書店。

二樓書店，一個我從未聽過的名詞。

C說要帶我去開眼界，會有驚喜。

我卻在愁 call 台又追台費。那個已經甚少用的傳呼機，只在提醒我已失去了傳呼別人和被傳呼的意義。

一九九六年十月十日

今天是我的生日，也是第一次上文學創作課。

能正式與大作家見面的時刻期待已久，終於可以跟他近距離點頭說聲早晨，他親切的回應及獨特的聲線，跟我想像的有點不同。但有甚麼不同呢？我原來想像是怎樣的呢？現在已記不起了。

C簡直如見到夢中萬人迷那樣，神經兮兮的，整堂課也無心聽講，真是難以置信。

教授沒有大賣自己的作品，所選的閱讀材料也沒有他自己的在內。他的確有一種吸引力，說話時會讓人專注起來，當然也因為他說的內容一點也不悶。我沒有吃早餐，所以有點臉青唇白，像未回魂。

我看著那張書單，沒有一個作者的名字我是認識的，也沒有任何一個書名或篇名是我聽過的，唉，是我太孤陋寡聞嗎？香港文學是甚麼，我半點皮毛也不懂，是中學時沒參加中文學會嗎？是因為沒被選上參加朗誦比賽？還是那次圖書館借書儲蓋章的活動我沒參與，以致香港文學在我腦中呈一片空白？

好了現在眼前就有一個重要的香港文學代表站在我面前，任我欣賞，隨我發問，可是整節課堂上也沒有人向教授說話，我還以為C至少會有一個半個藏在心中已久的問題。我想找些東西來問，又想不到滿意的。全程只有教授自己在介紹課程大綱，會涵蓋的範圍，對同學的要求，作業及給分的比重等，還微笑地補說了一句：如果大家現在後悔仍來得及drop的。

未試過便放棄？這不是我的性格。

C說想替我慶祝生日時，我是十分開心的。這是中學以後第一次有朋友這樣向我說。然而她所謂的慶祝其實是要我陪她出旺角，上次已拒絕了她，看來不跟她去一趟她是不會罷休。下課後很好彩在門口看到67X！不好彩的是屯門公路有壞車，巴士走走停停，幸好冷氣涼涼的，我睡了又睡。在半睡半醒中發現C在看小說，我卻連眼皮也無法撐開來。直到上了青山公路荃灣段，體內的生理鬧鐘好像響起叫我下車，才知道塞車塞了一個小時有多。

我問C在哪個站落車，她左顧右盼的，好像也不知道站的名稱。總之到了便會知道。

一下車便是人山人海的彌敦道，熱氣廢氣二手煙一擁而上。平日習慣了在嶺南的幽靜，一時間也不能適應旺角的繁亂。

C指著彌敦道對面說，聽說那邊有幾條街即將清拆重建，計劃會有一座大型的購物商場出現。

我馬上想起了嶺南。

C說的時候既不是導遊式的介紹口吻，也不是追潮流的語帶興奮，我覺得反而是有點傷感或無奈？好像即將要清拆的是她的家園。還是她有認識的人住在那幾條街？我一直住在荃灣，整個童年及青少年時代都在荃灣度過，對於旺角有甚麼轉變，重建項目牽涉到誰和誰，真是半點頭緒也沒有。

我跟著C在狹小的行人路上走著，左轉右轉的，忽然鑽入一幢舊式大廈，樓梯窄小而陰暗，我以為她帶我去占卜。誰知從二樓後樓梯旁的一道破舊小門推進去，咿呀伴隨著鈴響，裏面竟是一所書店。

我第一次來到這種「二樓書店」，密密麻麻的書架，中間桌子擺放著最新熱門書，收銀櫃台四周也被書重重圍住，空間半點不浪費，彷彿是一個書做的樹林，跟我平日去的大型書店感覺很不同。我小聲地問C，就是來這裏慶祝我生日？C斜看了我一眼沒說話。可能在這樣小的空間說話很不自然吧。

C自顧自打書釘，翻看最新文學雜誌，我們也看到不少教授的書，看來他在香港文化界也有相當的分量。

走下樓後C領我橫過西洋菜街，從人群中鑽進對面大廈走上另一條樓梯，去到第二間二樓書店。C挑了一本書送給我作為生日禮物，是台灣作家張大春的《少年大頭春生活週記》。我隨手掀開，內容像是我們中學時寫的周記功課，還有老師的評改，錯字改正等，口吻惹笑，相當有趣。但其實當中所寫的，是很值得人去反思的東西。我就那樣站在書店全神地看起來，還不時忍不住咯咯地笑。

我們這些剛脫離中學，進了大學，快要成為在社會打滾的「大人」，看這本書又有另一種感覺；像是遠距離回望那幼稚的中學年代，又未能投入成人的身份擺起故作成熟的姿態。又尷尬又迷茫。不過有不少同學倒是打算畢業後當教師，也許那些同學更應該看這本書。

原來文學創作可以這樣不受規限，沒有約束，形式或類型可以相當隨意，想得到就可以寫，寫得好便會有人看。忽然覺得修了教授的創作課是很正確的選擇，於我會不會成為人生一個轉捩點？

我自己也順手買了一本小巧卻又感覺非常有分量的文學雜誌《讀書人》送給自己。這是我第一次買文學雜誌，裏面有至少三十篇評論、對談及特約稿，也有教授的稿。才三十蚊真抵買。

其實入讀嶺南後這一年，我才真正感到自己是一個「讀書人」——姍姍來遲的感覺，覺得之前的歲月都被浪費了，那麼的後知後覺，中學時代的我其實只是一個「背書人」。

至於我畢業後想做甚麼呢？我和C在許留山談了很久。

她請我吃芒果西米撈。想著未來，大家的樣子都像西米般。

一九九六年十一月一日

我終於明白為何C要選這科。

原因是她心儀的一個中文系師兄也選修了這科，她完全是有備而來，大概醉翁之意不在文學。不過也不能抹煞兩者同時存在的可能性，投君所好，也未嘗不可。既可見到師兄，也可認識香港文學，或者相反，在了解文學創作之餘，可與師兄接近一點，又或者一面嘗試發展創作之路，一面發展感情之路。無論哪個說法，都是相得益彰，沒有任何損失的。

而對我來說事情卻是完全不同。上星期第一次上小組導修，因為我們遲了，到達課室的時候也沒有多餘的位置可選，C馬上坐在接近師兄那排的前面的位置，我一個人則找個角落的窗口位吧，在叫路口那位同學唔該借借的時候，天啊，那人竟然是五號！

窗外突然雷電交加，我自己當然是晴天霹靂，心臟狂跳，臉紅的程度真的不想形容。

我不敢猜五號有甚麼感覺，他會不會以為我明知道他坐在那裏而故意坐在他身邊？

整節課我都在胡思亂想，關於我和五號去年的事，由福來邨前面的53號開始，每個傳呼訊息，陳珊妮的CD，周華健的創作，很多細碎的事，就像錄影帶倒播那樣斷斷續續播放又停頓，播放又停頓。教授點名叫人說說文章的中心思想時，我多怕會叫到我。

我一直低著頭，眼睛卻禁不住斜看旁邊打量五號。他的手上沒有出現像是女孩送的飾物，他的風衣還是去年在永別亭永別的那件，掛在腰間的傳呼機仍舊是那部，髮型沒有改變，傳過來的我一直想念的體味，令我如坐針氈。我極不想承認的是，他的體味傳給我極大的安慰及安全感，那羞於向他坦白的感覺，無法否認的打從心底的開心的感覺，嚴重打擊著我。我是如此沒有矜持的，那一刻就像一頭純粹被荷爾蒙控制的發情雌性動物嗎!?

我後悔選了這科。想深一層，選修中文系的科，早該有先見之明有機會碰上五號，那我潛意識其實是一直在等待這個機緣來臨？

漫長的導修像經歷了多次定格，我狂看手錶也是於事無補，最後在教授的開放式提問下完結。

教授著我們去想的是：香港的故事每個人都在說，每個人都可以自由地說，至少現在是，那如果要你說一個關於香港的故事，會是怎樣的？

我整理不到思緒，以倉皇的姿態逃離現場。
這個學期，我應該以怎樣的心情去面對夾雜著五號的香港文學……？

一九九六年十一月二十三日

自從C帶過我去旺角的二樓書店，又開始了教授的寫作課，接觸到一些本地作家的名字，有時課後不忙，又如果碰上冷氣67X，我都會跳上車，讓冷氣車帶我到旺角去。

二樓書店的書跟大型書店的書有甚麼不同？我問過C，她說二樓書店會多入台灣書，或本地不算十分暢銷的文學書、詩集等，也有比較冷門的，翻譯書等，總之就是不同。我未有深入研究，不敢扮作了解。不過跟C去了一間又一間的二樓書店，感覺她似是window shopping，或去探望一下熟悉的朋友，在書堆之間兜幾個圈，掀了又掀，也不見得她買得很慷慨，我覺得她是在找一種感覺，一種文人逛書店的感覺，一種即使不買也該去留意一下文壇出了甚麼新晉作家、哪個詩人出了新的詩集的感覺。

我在書架上找到最新出版的十一月號《讀書人》，二話不說便搶一本在手，雖然十月號有幾篇仍未看完。

書架上也有一本教授的在九三年出版的書，名叫《記憶的城市．虛構的城市》。我翻開算是序言的第一章，「記憶與幻想已經混淆了，我已分不清真假。我會小心，不要用文字來歪曲或傷害真實的人物，我會小心，不要輕浮地出賣一個地方，別別嘴否定一條街道。」

我也把教授的書買下。又想起教授在課上的提問：香港的故事，我們可以怎樣說？

一九九六年只剩下最後一個月了，明年便是香港人一直關注的「大限」，香港故事會不會因為回歸而從此改變方向？回歸對於香港文學會產生甚麼樣的變化？寫作的自由會是比預期的更少，還是出乎意料的更多？未來的事，誰又知道，誰又能說得準。

故事是屬於真實的記憶，還是虛構的？記憶能不能滲入虛構？如夢，我們常說希望夢境可以成真，但是夢醒後我們的確又會因為夢境而在現實中有所反應。最近我試過好幾次在夢中嚇醒，或哭醒，雖然明知道只是一場夢，不必在意，可是眼淚是真的，整天心戚戚然的感覺也沒有假；又或者醒了仍會覺得好笑，繼而說給別人聽然後大家一起笑。又如夢中想如廁吧，那樣想去但不能去的感覺是那樣的實在，小時候真的就會尿出來吧？那是多麼真切地影響著真實的情緒及生理狀態，誰說夢都沒半點真實？

翻開書的第一個故事〈煩惱娃娃的旅程〉，寫的是一九八二年的事，執筆的當時是否都老老實實寫下真實的人和事？第四個故事名為〈記憶〉，開首是這樣的：「你記得嗎？我記不清楚了。你記得我們第一次去羅浮宮？我已經開始忘記了。是一個星期天？不，是一個星期二……我真的全記不起來了……」

真真假假，在文學創作中扮演了怎樣的角色？真的故事是否特別動人，假的故事是否帶有騙人的成份？就像我現在打下的這些日記，在記述已發生的事，但會不會已有出錯，記憶是可靠的東西嗎？假設這些日記三十年後被人發現，閱讀的人又怎知道我現在寫下的是真實的事，還是純粹老作？

當然也不會因為要以防其他人看到而刻意老作，再者三十年後這日記可能早就煙消雲散。即使沒有，又有誰會有興趣看？

教授寫道：「記憶太重了，像沉沉的行李，令人無法輕快地走上新路。」

也許，我在自討苦吃。日記牢牢地刻在自己眼前，打造了不能否定的過去。

又或者我應該學張大春，化身另一年齡以另一角色去寫下這些事。我可以不是我啊。

一九九六年十二月五日

自從第一堂因為遲去，我跟C分別坐在不同地方後，第二堂開始她也就有意無意跟我前後腳入課室，一時說去廁所，一時說要打個電話，然後每次都選一個有利她可以望到或甚至坐在大師兄前後的座位。

對於她如此精心的部署，我有點感到被遺棄，也只好怪自己仍有那種要人陪的不成熟。而且雖無開口讚她，但心底裏的確是佩服。這年代女仔主動一點很正常，何況也沒做出甚麼失禮或丟人現眼的事，坐近一點，看著喜歡的人多一點，都是很自然的行為。人也是動物，雌雄動物相吸是再順理成章不過，搞不好她現在就可以落實對象，找到了終身伴侶，將來畢業後一起讀Master，再一起進入社會計劃幾年後組織家庭。相信很多人都曾這樣幻想過吧。

相反那個每次都早五分十分鐘到的我，在空無一人的課室看著同學到來，一個又一個不是五號的人，走近又走開。我發現了一個現象，就是當課室只有一個人，第二個到來的人肯定不會坐到你旁邊，而是會走到另一邊相隔很遠的位置。第三個人同樣不會坐在第一或第二人的附近。如果是一班人到來，他們也會一起坐到遠處。如是者我就那樣被一個一個和一群一群進來的人遠離，等待最後哪個幸運兒因為沒有多餘位置而迫不得已地坐在我身旁。

五號是例必遲來的。很多時候他會跟一兩個男女生一起來。而今天，他是一個人。我馬上扮作低頭閱讀上課要討論的文章，這篇由吳煦斌寫的〈一個暈倒在水池旁邊的印第安人〉，我本來打算搭 67M 時看，但卻睡著了。

眼角下我看到五號在尋找位置吧，那種想他過來又怕他真的過來的感覺很受不了！到底想他過來還是不想？就在他走到我身旁的時候，我的心跳聲完全覆蓋了班房的人聲，呼呼呼呼地跳的脈搏他都可以看到吧?!到底是尷尬是嬲他還是自己仍很在乎？……

眼睛突然掃到文章的一句：孤獨的人是不會憤怒的，憤怒需要對象和習慣。真的嗎？阿媽生氣是因為有我們和阿爸作為對象？如果沒有我們她就不生氣了？她的生活其實可以很平靜？如果全世界的人都是孤獨一人老死不相往來，那麼憤怒便會從這地球消失？

教授突然問到底有多少人讀了這篇文，大概是看到大家都心不在焉，回應欠奉。舉手的只有小貓幾隻，我也不敢直望教授。教授沒有很生氣，讓我們用五分鐘先看第一頁〈發現〉，又叫我們讀完後跟前後面的同學一組即場討論一下。

我心感不安地回過頭去，正好看到在低頭閱讀的五號，前面的男同學這時過來說看完了可以討論了，當時我真不知道該就那樣跟前面的同學開始算了，還是要大方地說先等後面的那位讀完再算。隨即五號突然彈起來，走到教授旁邊跟他小聲說話，然後走回座位，執拾了東西，推門走了。

我頓時跌入了無底洞之中。

發現自己不能置信的另一面，騙得全世界騙不了自己。我需要反省，反省為何有那樣的反應，以後每一節導修我都要像傻瓜那樣過嗎？

## 一九九六年十二月二十三日

C跟我說撲到張國榮演唱會的飛，我還以為她講笑。張國榮復出後第一場演唱會的飛她都能找到，實在厲害！她說共四張，她會想辦法約她的大師兄，而另外兩張留給我，原因是兩個人去看演唱會，師兄未必肯，四個人的話，對方會放下戒心，容易成事。

我應該感謝C的心機算盡，令我也有機會去看那一票難求的張國榮演唱會，還是好怪她事前沒問過我便自作主張？我去哪裏找個戥腳的人？她提醒我不要找女仔，否則三條女一條仔，很怪。她著我盡快找人，如果到時找不到，她就會幫我找，那即是到時我會跟一個陌生男仔整晚一起同坐？

這次C真的太過分，我那天沒怎樣說話，吃飯時也只低頭吃，她好像感到我的不妥，努力打開各種話題，但都不得要領。然後好像惱羞成怒，說自己走先。可能她覺得撲飛那樣辛苦我都不感激她，是我不對。事後更氣的是，原來演唱會飛她要我付錢的，成三百八十蚊！我思前想後條氣唔順，打算遲遲不處理，但後來聽到演唱會飛黃牛炒到一千元一張，唉那就算了。說到底去看張國榮，怎說我也沒損失，多少人恨也恨不到。張國榮舞台上的風姿，應該可以做演唱會做到七十歲仍會一秒賣光吧。

這個名為「跨越97」的演唱會，單從字面來看，跨越有跳過某時間或空間距離的意思，演唱會從十二月十二日做到明年一月四日，日子的確是跨越新的一年，然而「跨越97」對於香港人來說卻有不同意思，是特別的一年。

回想這幾年移民到外國的親友，英美澳加紐西蘭，移民後的他們生活有沒有更好，還是比預期的差，真的無法知道。即使非常要好的中學同學，明明講好了會一直保持書信來往，去郵局寄相寄錄音帶那麼麻煩的事都做齊了，但對方卻好像懶得去買信封郵票那樣，草草回張聖誕卡生日卡便無以為繼。聯繫一段遠方的關係有沒有更捷便的方法？長途電話十幾蚊一分鐘我真是負擔不起的；雖然為了友情，我也曾經在生日那天打電話給對方，卻大概因為時差而落了空。最討厭的是留言信箱接通了，那也算一分鐘的，也即是一個午餐沒有了。那樣的感覺是最差的了。

想不到的是，C買的演唱會的飛，竟然是除夕夜那場。不知最後會找到甚麼人戥腳，但能夠和張國榮倒數新一年的來臨，怎說都是我賺了吧！

今天我一個人去二樓書店找新出版的《讀書人》，上次十一月號的〈試論也斯的小說〉只有「上」呢！

## 一九九七年一月一日

起來已經下午，我像宿醉未醒那樣神志不清。

張國榮的精彩表演，他的風采，演唱會的震撼，仍在腦中不斷回帶。

昨晚跟張國榮萬人倒數後，街上繼續有人狂歡，新的一年好像也真的有了新的意思。

那個最後戳腳的人，由於之前我遲遲未想到可以找誰，為此我與C也有過幾次語氣較重的對話，越說越像是我不對。結果在平安夜那天她來電，我還以為她約我聖誕節去玩，卻原來告訴我不用找人了，她已「安排了人去」。那即是說，整件事我只是一個被安排去陪坐的角色，是她設計的節目，她買的票，她要見的人，襯我的人選現在也由她決定了。那一刻我真的很嬲，卻也能忍耐著，只說「好啊，早點說嘛」那樣的反話，心底裏是很後悔當初的答應。誰對誰錯我也不想再深究，只想快點完成這件事。

演唱會前我們也沒有約一起吃個飯才進場，真的就像交收門票那樣在黃色閘口等。

小時候爸媽曾帶我去紅館看有人造飄雪的大型綜合表演，具體內容是甚麼已忘了，只記得那些假雪飄在表演者頭上，像定型泡。

單獨去紅館是第一次。我一個人乘地鐵去到九龍塘再轉火車去紅磡，一下車便看到人山人海，fans 在拿著花和螢光棒，很多人在賣哨子及不知名的東西，像荃灣大河道橋底的小販，也有賣吃的。

我想起自己未食嘢，便買了一個煨番薯，但因為太熱，無法馬上吃。本來也想買炒栗子，但要剝殼逐粒食，到 encore 也未吃完吧。

我一直急急地吹著熱辣辣的煨番薯，眼見歌迷已急不及待開始進場，人潮少了一半，卻仍未見C。突然被人從後猛力一拍，咬在口中的一小塊番薯都跌了在地上。那一刻我心中湧起一陣不祥之兆。

C大聲在我背後說：「嘩你未食飯呀！」

我很想就在那一刻跟她反面，轉身向她咆哮，卻可能因為口中仍有半啖番薯而窒住了度氣。我深呼吸一口轉身，真的，我差點當場暈倒。

C找來的人，正是五號。

這是日劇最常用的橋段嗎？難道我和五號是日劇的男女主角？但其實我是不看日劇的，日劇的男女主角通常都會有好的結局嗎？

我像傻瓜似的，別過臉去，卻忘記嘴角還有番薯碎。

五號看來不慌不忙的，手上拿著的煙盒塞進褲袋，拿出紙巾遞給我。

他是早就知道來和我看演唱會的？他們三個都計劃好，只有我一個被蒙在鼓裏？腦海一片空白，不過也沒有時間讓我想清楚問清楚，便被人潮迫著趕入場館。

順理成章地，C跟師兄走在前面邊說邊笑邊指手劃腳，跟四圍的熱鬧情況配襯極了。而我則和五號在後面，當時我的臉是否很不安，在昏暗中希望不會被照得太清楚。

五號一直走在我旁邊，遷就著我的步伐，我那生氣的不合作的步伐。明眼人可能會覺得這個男子真慘情，出錢請女仔看演唱會還要忍受她的氣。

我很不想那樣，剛想說算了你們三個人去看吧，五號卻一手拉著我的臂說：行快些啦，票在他們身上的！

一踏進場館，掛在半空微亮著的燈有著催情的魔法，令人有被迷暈的效果，冷氣跟座位和音樂器材混合著不可思議的氣氛，一切一觸即發；台上那恍如羅浮宮入口的金字塔內，就站著了萬眾期待的張國榮，粉絲們已在大叫 Leslie、Leslie。鼓聲響起，敲打著心跳，我的心跳也加快了很多，是因為音樂，是因為氣氛，還是因為坐在我隔籬的人是五號？

不行了，極度疲倦，寫不下去，關於昨晚的還有很多要交代，今日到此為止。

## 一九九七年一月二日（續）

多麼的希望那晚的一切可以永遠停留。

Leslie 演唱會，他復出樂壇的演唱會，我第一個與異性看的演唱會，與五號一起看的演唱會。

「風再起時，寂靜夜深中想到你對我支持」開場的頭幾句，是 Leslie 對歌迷一直支持他的答謝。我其實不是 Leslie 迷，但他的確就是迷人，就是即使沒有誇張化妝或刻意打扮，一走上台，一拿起咪，他就是一個焦點，一個與別不同的人物，一顆巨星。他拿著咪開口說話的一刻，我真的有打冷震的感覺。難以模仿，無法製造，那是天生的吸引力。

重新演繹的歌曲有了不同的味道，去到演唱他自己作的新歌《有心人》，旋律醉人。

「但願我可以沒成長，完全憑直覺覓對象。如果真的太好，如錯看了都好，不想證實有沒有過傾慕」[10]……就在傾慕之後，五號把他的手放在我的手上，我也很自然地把本來向下的手掌轉向上，與他十指緊扣著。

原來情動正是這樣，的確超乎我想像。

那一刻，把我與他之間的所有猜度、誤解、逃避，全都一一握碎。完全憑直覺覓對象，就是那樣的直接的坦誠的感覺，為甚麼我們一直沒搞清楚。要到一年多後的今天，因為張國榮的一首歌才扭轉。

再一次證明音樂打動人，歌詞一句點中死穴，打開心結，可能只需一秒，那會是上百萬字的小說能媲美得上的？

我們緊握著的手一直在冒汗，去到他唱《怪你過分美麗》時，我瞥見到C和師兄，眉來眼去，笑意滿臉。她看到我和五號的手，作了個驚訝的表情狀，然後又奸笑了，豎起了拇指，然後她就把頭放落在師兄的膊頭上，那個肩膊也沒有縮開的道理。

演唱會在萬二人和張國榮一起倒數下盡慶完結，一九九七四個數字在半空呈現，張國榮不斷恭祝大家新年快樂，這樣見證一個歷史性的時刻，真有不枉此生之感。

師兄送 C回家。五號住筲箕灣，我住荃灣，是兩個方向，地鐵當晚通宵行駛，我卻恨不得全城也沒有車。

五號建議從紅磡行去尖沙咀。

我曾經和C從尖沙咀講八卦講到深水埗，卻從未試過從紅磡走去尖沙咀。

海旁有不少情侶仍在，手拉手的我們，不是正好配合此情此景嗎？不知道為甚麼，卻又有點不自然，可能是不習慣，可能是太緊張，又或者他有點心事？我也不想告訴五號，這其實算是我的初戀。但即使是初戀又有甚麼問題？炫耀自己情史的做法已非常落伍吧。

終於開始的感覺原來也沒有充滿激情也沒有激吻。我們走得很慢，慢得星星月亮好像都比我們走得快。我們也沒有說甚麼話，那些其實你幾時開始鍾意我，為甚麼一直逃避我等問題，大家都好像沒有再研究。

文化中心外有露宿者在睡覺，我們走路也更輕力一點。

五號說不如搭船過中環，走到去卻發現渡輪沒開通宵。我們都忘了時間，或不願想起時間。

我們就那樣忘卻時間地，坐在五支旗杆對開，看著不知為甚麼不回家的人在流連。

沒有緊緊相擁，沒有吻，沒有談過去，卻談到了未來。

五號說，他還有半年就畢業了，現在經濟很差，恆生指數低處未見低，今屆畢業生五千蚊的工也有，而且九七後香港政局不知會怎樣，他對自己有很大的期望，所以覺得未來有機會很可能會很失望。所以，他打算畢業後去英國讀碩士。

分手總要在雨天。表白就要在夜晚。

當時我的確很失望，也有點憤怒，又有點不捨，很複雜的感覺。現在冷靜下來細想，其實他大可以一開始就告訴我有離開香港的打算，也不用拖我的手。

或者我應該欣賞他的真誠，慶幸他談及他的未來，那個根本沒有我的未來。

天亮時，我們乘坐第一艘渡輪過海，在皇后碼頭看到一些應該是每天都會在那裏活動的常客，而我們在他們眼中則是陌生的外來者，是通宵不歸家的、前途茫茫的無聊年輕人。碼頭比我們都要實在有用得多。

剎那間我感到無限唏噓，悲從中來，竟坐在碼頭欄杆上，面向著海哭了。

那是我第一次在男生面前哭。那個男生卻沒有像電影男主角那樣把我擁入懷中，或輕吻沾滿淚水的臉，或說出甚麼承諾。可能他也從沒有遇過這種情況？可能他也很想哭？又或者他自覺不是男主角？

一九九七年一月二十日

張國榮的歌在我腦內播足三星期，我的 CD 機也換上了他的碟，是C借給我的，她已催我幾次叫我還，聽說 MD 機很快會越來越普遍，到時不再流行 CD，我才不信。

看回上一篇日記，那夜在皇后碼頭的感覺，現在再想清楚一點，應該就是，當一個原來你一直夢寐以求的人終於肯主動向你表白，兩個人可以毫無阻礙名正言順在一起，卻又馬上告訴你即將要離開，那絕對是一種，終於得到全世界，但全世界卻即將毀滅的感覺。

之後我們乘船回尖沙咀，上班的人潮告訴我們，我們並不屬於這裏，是時候回家了。希望我以後每次到尖沙咀，不會只有這個說之不盡的故事。

五號在地鐵上一直睡到荃灣，他的眼睛紅筋滿佈，我叫他不用送了，他就真的走過對面月台走了。

之後我也睡了一整天。五號可能也只是累，沒有怪他的必要。

對了，說到故事，教授著我們想的香港故事很快便要做口頭報告。香港的故事，我還未想到怎樣說。

香港人有甚麼故事可以說給人聽？我在香港生活了二十年，如果一個外國人問我，香港有甚麼故事，我會怎樣答？真的像旅遊協會那樣以帆船來作解說便可以了嗎？那麼登上帆船，航行出海了，我們會看到香港的甚麼？香港的故事是否能在帆船的甲板上盡情演繹？演繹甚麼？粵劇？人力車？太平山纜車？皇后碼頭？宋皇臺？茶樓點心？拮魚蛋？三寶飯？公司意粉大雜燴？

不，我覺得這些都不是教授叫我們想的所謂香港故事，但我也肯定他沒有一個標準的正確答案。香港故事，是屬於誰的故事？甚麼類型的？零碎的，或是完整的？可不可以每個香港人都有一個香港故事？又可不可以，沒有故事？

像我和五號，我們的故事是甚麼？一切彷彿都在隆重登場之前便散去，在即將爆發前被撲滅，在抱著視死如歸的心態向懸崖跳下去前被攔截，在快要吹熄蠟燭、歌未唱完之際火警鐘被響起，好像都只有得不償失，落荒而逃，如小販走鬼，差人查牌，我有說話未曾講，但要我講，即使連繫上了，我也不知從何說起。

好像有很多，卻又好像甚麼都沒有。

C也說沒有頭緒，不過卻打算寫一篇作品參加青年文學創作比賽，主題是關於手提電話的，說夠切合潮流，也順便紀念她與師兄的事。我心想，又未分手，為何要紀念？我和五號的事，才勉強可以說得上需要紀念吧。

青年文學獎。相信也是師兄參與她才參加。讀了一個學期的文學創作，便可以有信心參加比賽？我倒沒有這樣的勇氣，不過翻譯系最近有個徵稿活動，說被採用的稿會結集成書。計劃是由教香港研究的陳教授負責的，主題是「空間、成長、回憶」，引言是，在九七回歸這個歷史時刻，大家有沒有想過歷史是甚麼？香港歷史是誰人的歷史？誰有書寫歷史的權利？作為香港的大學生，個人成長的歷史與香港社會的歷史有甚麼關係？該以甚麼位置和立場去理解過去發生的事、正在發生的事，和未來發生的事？

這些問題，跟教授說的香港故事為甚麼這樣難說同樣弔詭。一些看似簡單甚至無聊的問題，生存了二十年的我卻從來沒有想過！現在叫我隨便說一個版本，卻怎樣費盡力氣也說不出來。實在奇怪。

而一九九七年最新一期的《讀書人》編輯手記說到，「我們沒有偉大的使命，有的只是卑微的願望，希望這樣的一本雜誌可以繼續生存下去，過渡到九七年七月」。我彷彿看到一群對文學熱愛的人，拿著一疊創作稿件在鋼線上舉步維艱，對面的前景搖搖欲墜，走錯半吋便會全軍覆沒。

為甚麼會有這樣的感覺？文學創作以及文學讀物都是可憐可憫，隨時都會消失的嗎？不少報紙不是都有投稿園地嗎？又有幾個年度文學獎，今年市政局更全新推出

「香港文學節」，有文學五十年展覽，有研討會、與作家會面的活動，香港文學不算受到重視嗎？

渾渾噩噩地又來到第二個學期，踏入九七，感覺有甚麼不同嗎？沒有，甚麼都沒有。農曆新年也快到了，阿媽開始準備辦年貨，她一直說要教我整蘿蔔糕，是阿婆留給她的秘方，不學就會失傳，但我一直都沒有學，她也想教其他人整，但沒有渠道，在社區中心開班教學就太誇張了。她說，像她這樣的家庭主婦，每家每戶都有一個，她憑甚麼去教人。然後我便想到，為何大廚名廚往往是男人這樣諷刺的事來，尤其在西方國家，一說到名餐廳的主廚，印象一定不會是一個師奶。

翻譯系徵稿日期這個月底便截止。關於空間、成長、回憶，我覺得我可以一試。

一九九七年二月二日

今天開始我便要一個人獨自搭車返荃灣了。

宿舍落成，原來大部分人都申請了入住，跟上次去北京交流一樣，剩我一人後知後覺。不過我也不是後悔，每日在學校的唯一飯堂吃午餐（有時加早餐）已夠了，住宿舍的話真會吃不消。

想不到過去一年多每天看著建築地盤在趕工，看似永未完成的工地，很多人都懷疑畢業前是否能入住。到現在踏入宿舍大堂，簇新的油漆和走廊，還未拆去保護板的電梯，雖然我只是訪客，也有榮幸之感，也替入住的人高興，當上大學生彷彿又多了一重意義了。

C帶我去她的房間，窗外風景是學校後山，一個個零落的山墳，隨便可見。與山墳日夜相對，你有你睡，我有我睡，人世就是那樣輪流轉，說不定五十年後我們也會葬身在山上，遙看著下一個五十年的新生代入住。

同房的H搬來相當多的行李，有結他和一個小小的非洲鼓，我不敢想像之後的相處會是怎樣的情況，只能說我想我是一個不太容易與人一同生活的人？C說她無所謂，反正落堂後都會去找師兄，可能每晚都夜返，或唔返。H也有男朋友，大家方便大家。我不知道每晚都夜返是否可行或實際，又或者我真的想得太多，熱戀中的人才不會想那些實際的問題吧？那也證明了我沒有熱戀的經驗。

戀是有的，不過不是二人世界的熱戀。不知道有沒有人像我那樣，喜歡一個人，也被對方喜歡，卻沒有合理地在一起，沒有做一些情侶會做的事，見面、拖手，甚至其他親熱的事，我們也沒有。聽說宿舍也會有那樣的事情發生，大學生無可厚非，情到濃時，大家已經是廿歲以上的成年人，在古代來說早已結婚子女成群。說到底人也是動物，尋覓另一半是再正常不過。

但甚麼才是正常？傳呼機已停用，五號也就更不能常常聯絡上我，而他在趕最後的畢業論文，我們又回到第一年那樣，在校園碰到，遠遠的，像最初那樣，仍是有心跳的感覺，然後看到他身旁有女生，妒忌的感覺直湧。一次在飯堂水牌前遇上，大家站得很近，站了良久也沒有說話，我不想做先離開的人，到他動身時，向我揚了揚手，竟碰到我的胸部……我本能地退後了一步，奇怪的是他好像若無其事，去收銀處落單付錢……是我的錯覺？是我太細所以他感覺不到？胸圍太厚摸上手唔似胸？還是他是故意扮無知？難道他是那種喜歡偷情感覺的人，所以才一直玩若即若離？越是保持距離，新鮮感刺激感越能持續？那畢業後去外國的計劃，其實是騙人的？

新鮮感。今天教授也提到，新鮮是一樣很重要的元素，就像被認為是代表香港的帆船，是僵化地濫用了的意象，一艘落伍的帆船如何能說出香港的故事？不過教授也不是要全盤否定帆船的意義，它的確曾經存在，而且有過實在的功能，要注意的是，如何去擺脫這種因為習慣而不去思考的障礙，如何去把濫調的東西加入新意象，不墨守成規，去思考其他的可能性，加入新的感受、新的情感，去解讀它的意義才是更重要。

世界性、地區性，我想並不是二元對分的，回歸後的香港也不一定是兩者之間的犧牲品，就像愛與不愛，一起與不一起，摸到還是摸不到，中間肯定大有文章，說之不盡，剪不斷理還亂。

今期《讀書人》有教授撰寫的關於在香港舉行的「國際詩節」，真要細心讀一下，看看能不能讀出教授今天所說。聽說教授會即將動身飛往加拿大，參加在溫哥華舉行的「九七香港形象」文化節。在海外探索香港回歸的形象，嘩，我頓時感到香港文化有種深藏不露的國際性！將來有機會，我也想去看看這個有無數香港人移民去的全世界最適宜居住的港口城市。

一九九七年三月十三日

不知誰的建議，要在青馬大橋通車之前去探一次險。

從去年返嶺南開始，每天都會看到屯門公路上的風景，興建中的青馬大橋當然是其一。由九二年開始興建，到現在差不多完工，看到它最後的模樣，想來也真的好像參與了難得的歷史見證。而青馬大橋是為了新的機場而建，新機場對於香港來說意義重大，遠離了鬧市的機場，回歸後的機場，一切好像蓄勢待發，香港馬上會有全新的面貌嗎？明天會更好？這條橋又跟別的橋有甚麼不一樣的風景？

看外國電影或 MTV，橋上左右都會有行人路，在橋上談未來，說分手，威脅人質，飛車落海，英雄救美。但是青馬大橋沒預行人的份，也就注定沒有成為重要場景的命運。忽然想起《愛蓮說》的可遠觀而不可褻玩焉。

於是那班男同學就約定了一晚，天色較好的一晚，趁未正式通車，踏單車上橋探險。

C說班男仔成晚沒有回來，有人還擔心他們的安危，商量要不要報警。有人說如果有事，他們其中一人有手提電話，自然會求救。但有人說，或者海上沒訊號覆蓋，用的又不是黎明那款，說到生死未卜那樣。又有人說，有事他們會執生，應該樂而忘返就真。

不知道她所說的「有人」是誰，我也懷疑是不是其實是她自己。成班女生整晚不睡去擔心那班男生？我才不覺得大家的關係緊密到那個地步，還是真的是那樣緊密，我因為沒住宿舍而不知道。

第二天上普通話，去探險的男同學都沒有上。普通話老師不高興，順便用北京腔的普通話教我們「不靠譜」的意思。有人就說他們集體食物中毒，整晚在廁所沒出來，老師才笑起來，繼續 bo po mo fo。

直到那天下午他們才出現，看起來像老了幾年。他們說不知道新界野狗那麼多，成晚在路上被狗追，丟食物給牠們也沒用，結果變成斷斷續續的人狗交戰，甚麼敵不動我不動，調虎離山，拋磚引玉，聲東擊西，美人計苦肉計最後三十六著走為上著！大家說得相當興奮，沒份去的人聽著，好像也參與其中了。然而又有人懷疑他們老作，打死也不信你們成功去到青馬大橋還逗留至天亮，夾埋講故仔就真。男生說，馬上去曬相舖曬張相你看，到時不到你不信。

不過嶺南附近沒曬相舖，相信要到新墟或對面兆康才有，所以話題就此打住。

說到影相，C問我知不知道有一樣東西叫貼紙相，就是一台類似地鐵站影自動證件相的機器，不過裏面空間較大，可以容納幾個人甚至更多，最特別的是，照片背景圖案可以有很多選擇，又可以畫東西上去，而且拍完後等二十分鐘，便有一幅大小不同的拼湊貼紙相。我似明非明，是相但卻又是貼紙，可以剪開一人一份的，聽來也很有趣。

但原來她不是想約我去，而是告訴我她跟師兄去拍了，還把一張小小的有心心圖案的貼了在她的手提電話上。C有了手提電話，我也是那一刻才知道。她好像忽然也意識到這一點，馬上說電話是早兩日剛出的，是師兄送給她的，她還未背得出自己的號碼，而她的聯絡簿上也只有師兄一人。我一眼就看得出那是最新出的 Nokia 8110，曲線型設計，俗稱香蕉機，有十六種鈴聲，一出便斷貨。

C向我展示出各種鈴聲，除了煩人更是吵耳，對於沒手提電話的我來說，這算是分享還是曬命？當然，幾經辛苦追到手的男朋友送的最新型號電話，要曬命也無可厚非，誰叫我沒有命可曬？

教授藉著農曆年的時間去了溫哥華又回來了，三月號的《讀書人》就有他寫的一篇參加溫哥華文化節的經歷。文化節活動有畫廊展覽、裝置藝術、大學講座及誦詩會，聽來十分豐富。教授憶述在回航上，與坐在身旁的在加國長大的年輕女孩的對答：「她說她喜歡香港，那裏有賺錢的好機會！……後來她問我這次過溫哥華做甚麼？我說參加了一個香港文化節。她聳聳肩，作出了一個不可置信的神情。」

是的，真的不可置信大學第二年很快便到尾聲了。

一九九七年四月二十六日

想不到C真的參加了青年文學獎比賽，但卻不是原先說要參加的小說類，而變成了詩，沒得任何名次。而她的師兄如我所料也參加了，以寫屯門風光為題，得到了一個散文的季軍。C跟我說評審可能是對屯門不熟悉，所以無法體會文章所描寫的各種角度及意景，才給師兄季軍。他寫得那麼好，一看便知是冠軍材料！

我有點反眼，我想不可能每個評審都去根據文章所寫的地方實地視察一次才去評分吧？如果取材別的城市，記憶中的城市，甚至不存在的城市那怎樣？即使沒參加過文學獎沒做過評審，這也是common sense吧？

不過有一個嶺南學院的學生得了獎，校方也感到光榮，馬上在校刊登了出來。C更加開心了。

至於我投稿翻譯系徵文，也入圍了，三年級的同學會負責編輯及校對的工作，昨天有個師姐說要約我見面，要就我寫的一些語法問題作討論，看看有沒有「變得更合規範更順暢」的需要。

我不怕寫文但我卻很怕被人改文，更不喜歡因應別人的要求而改。說明是創作嘛又不是狗屁不通的爛文，你想我怎樣改？

四月號的《讀書人》有教授的一篇《談「清通的中文」》，同場講者有李怡及林夕，我當然是熟悉後者比較多啦。教授在文中以「簡潔」和「通達」的多個例子，說明「清」和「通」不同既又互補的角色；然而重複和累贅也未必是一面倒的不好，口語也許更能傳情達意。林夕以「我有說話未曾講」為例，相信很多人一看便能明白。

我那篇稿被召見，是因為不夠「清通」嗎？是文字冗長、意念含糊嗎？我其實也不知道別人對我的作品有甚麼意見。

當天在飯堂等了好久也不見有甚麼師姐，忽然一個男生坐下來，問我是不是阿乜乜乜乜約了的那人。其實聯絡我時師姐用的是中文名，男生說的卻是英文名，我根本不知道是否同一人，但我想應該沒錯了吧。他便說阿乜乜乜乜臨時有事不能來，叫他頂上。

他上下打量我，問：你沒有手提電話？

我的臉當時可能真的很黑吧，沒手提電話是罪嗎!?便晦氣地說沒有。

他竟然笑了笑，自言自語地不知說了甚麼。然後他找來找去，都找不到我的稿，問我宿舍住哪幢，今晚來宿舍大堂找我。

這位仁兄咩料，來做編輯替工卻一點都不專業，口出狂言態度輕浮。我是 band 5 學校出來的，爛人我見得多，別以為我是那種好欺負的無知女生！

就在那時候，我從他身後看到五號拿著餐盤在後面走過。他看到我，當然也看到那位仁兄，眼神有點怪異，我赫然發現，那應該是妒意。但同時我也看到，有女生跟他一起同行。女生比我更矮頭髮更短衣著更隨便，在那一刻，忽然覺得面前那位仁兄相當重要。

我重新好好正視一下仁兄。單眼皮，嘴小皮膚白，頭髮是天生鬈曲的所以不能留鄭伊健那種長髮，衣服配搭全是名牌子，Polo 外套、Timberland T恤、Levi's 501 加 Dr. Martens 長靴、Bree 皮背囊加銀包套裝、最新出的 TAG 手錶。我問他，你住邊區。他好像有點自豪地回答：大丸樓上。

難怪。我這個荃灣人，還會在大河道小販檔買衫的，實在是太 out。

這位仁兄姓樓，臨走前又再說今晚去宿舍找我。

我話：我無住宿舍好耐喇。係咁先。

仁兄說他是學生會副主席，也是跆拳道班的教練，也要替人補習，周末要返銅鑼灣陪阿媽飲茶，所以時間上很難就，言下之意就是想我就他。

我問他，有那麼多時間做那麼多事？

他說，總要有人做的。人人都不做，誰做。

總要有人做，就是每個人在社會上都要有一個或多個應有的角色嗎？是 DNA 的安排，還是不情願地完成大我的精神？

後記

明天就是青馬大橋的開幕禮，戴卓爾夫人也專誠來與彭定康、陳方安生主持開幕儀式。我會不會在入屯門的途中，看到他們在橋上呢？但看到又怎樣呢？這條全世界最長的行車鐵路雙用懸索吊橋，會為香港帶來甚麼？

# 一九九七年五月三日

C說，其實半夜踩單車去青馬大橋冒險實在不必。師兄早就打聽到青馬大橋在通車前會有開放給公眾的活動，然後果然就有青馬大橋馬拉松賽事的連串廣告。凡事取易不取難，不是更好嗎？何必被狗追？言下之意當然是大讚她的師兄又醒又叻，但是不知為甚麼她報名之餘又替我報了。

一生人也沒參加過馬拉松，也沒聽到學校有誰要去。今天我看到五號穿了運動裝，圍著學校跑圈，就大概猜到他明天也會參加。不知怎的我竟像黑社會踩場那樣把他截住，直截了當地問他。他喘著氣，表情意外，我們四目交投，十秒鐘也沒說出半句話來。他指我走到水機那邊，喝了幾口水，T恤顯出他不太起眼的胸肌，明明有臭汗味，我卻忽然又有怦然心動的感覺，真的很樣衰。

他問做乜咁緊張，是不是我也去。我說是。又問是不是C替我報名。我說是。又問是不是因為師兄的緣故。我說是。又問我參加全馬、半馬還是十公里，我卻答不上來。他搖了搖頭笑了。那是甚麼意思？笑我白痴無腦？然後又問我，平時有沒有跑步。我搖頭。一般運動呢？我搖頭。他的頭搖得更名正言順了。

「你這樣是累己累人，未跑到十分一可能已要人抬你返起點。」說完繼續喝水，抹汗。完全沒有意識到那句說話對我的傷害。

真的，我不知道為甚麼會喜歡上這個人。是我犯賤嗎？還是喜歡一個人，就是要喜歡對方的全部、所有，包括他的好與不好，對我好與不好我都依然愛，那才是所謂的無條件的愛？

收音機白姐姐講過，那個人不值得你愛，不要再盲目下去，當時覺得很有道理，但現在自己愛上一個好像不怎樣愛錫自己的人，卻好像一直去找原因合理化自己的行為。愛一個人，是要對方先很愛很愛自己，我才值得去付出，還是相反，要我先很愛很愛對方，對方才會真心待我；還是都不是，其實是要去尋找及等待那個，忽然在對的時間出現的人？那麼跟心跳不心跳還有沒有關係呢？

更甚的是，他說完那句話後，我竟然沒有忿然轉身離開，而是繼續站在那裏，看他喝水，滴汗。有那麼好看嗎？

然後他說了一番「訓話」：記得今晚早點睡，早餐一定要吃，不要喝杯奶茶就算，但也不要吃太飽，那些早晨全餐如果食晒，肯定跑到嘔，事前記得拉筋，邊跑邊喝水保持體內水分，量力而為，不要死頂。

我像在訓導主任面前的學生，無心聽教並且不耐煩但也沒有離去。

「還有，記得擦防曬啦，你怕曬黑。」

突然我又很開心。唉，我是不是有問題……

他送我到巴士站，說他還要繼續跑，臨上車前說：「那麼，你有你跑我有我跑了，大家步伐不一致。」

回家後我想了很久，他說的是關於馬拉松，還是我們之間的事？

一九九七年五月四日

馬拉松那天人山人海，霎眼間會以為橋是人鋪成的。據說有二十多名外國選手也來湊熱鬧。成幾千人一起在橋上跑，橋會不會承受不到？會不會每人都感到別人心跳的震動？

C與師兄穿的是情侶裝，他們拿出最新出的數碼相機來拍各種各樣的合照。至於我，早上在家吃了一塊牛油多士、一隻焓蛋便出門。打扮非常隨便，就是阿媽放在衣櫃最面的那件T恤，短褲是中學時買下的老土款。沒有人會留意我吧。

天有不測之風雨，但毛毛雨不阻參賽者的熱情。有備而來的人馬上拿出防水風衣，戴上鴨嘴帽。C和師兄則拿出輕巧的雨傘，醉翁之意也不在跑。我就像被遺棄的傻瓜那樣，任由無情的雨水（這時候雨水一定是無情的吧）打在我那件極薄的T恤上，風吹來時有點冷，但我想開始跑應該便不會冷了，但等了好久，財政司曾蔭權主持的起步儀式不知搞甚麼的拖了很久，新聞採訪又遲遲不讓路，大家都在鼓譟了。到終於開始，我發現我的衣服已經濕了大半，最慘是我穿的是白色，開始變透明，禍不單行的是，今天竟穿了深色的胸圍，竟然連胸圍的花邊都若隱若現了……真是慘不忍睹，正想打道回府算了，卻聽到喇叭嗚響，眾人哄動地開跑，一擁而上，我進退不得，騎虎難下，迫著向前跑。

雨打在身上，件T貼住我個肚，甚至連肚臍的凹位都可以看到，更加尷尬。我心不在焉地在捱跑，完全沒有在意跑得多慢或多差，上半身進入全濕的狀態，我完全不敢低頭查看胸圍透明到甚麼地步。又冷又累又狼狽，卻見到C和師兄就在我面前，二人竟旁若無人地在傘下輕吻，吹脹。C看到我的 see through 狀態，即作出以手掩口的驚訝狀，我心想不會開始露點吧？天啊，真想從青馬大橋跳下去！

突然一件雨衣從後披在我身上。原來五號一直在我後面不遠處，我抓著他的雨衣不放，馬上岔開話題問他為甚麼跑得那麼慢，他說講明是馬拉松，當然不是一起步就鬥快啦，留前鬥後，是鬥耐力的持久戰。我無心聽他的，他的體味包圍著我，我感到無比溫暖。不過他這樣做，應該是從後面看到我的慘狀，才會把雨衣給我吧，現在輪到我看著他的T恤由輕變重，由淺藍變深藍。

他挨近我耳邊說：「女仔跑步第一大忌，不要穿白色。」

我真想一巴摑過去。不過也真的沒有力了，我已經身心疲累，想放棄了。我脫下雨衣企圖把雨衣還給他，說你還有很遠的路程，我不跑了，先走了，也不忘把自己的手交叉在胸前作遮掩狀。他卻一手拉我到橋邊，把我的手臂重新塞進雨衣的衣袖，還把拉鍊拉到上頸，由於雨衣很大件，所以封到上口。

他說他也不跑了，其實他不喜歡下雨跑步，濕氣太重，會鼻塞，說和我一起走。我沒有說話，現在回想，大概當時享受著被他關心被他寵愛的感覺。而且相信即使我沒說出口，他也感受到。

走回起點的時候，他一直把手放在我的肩上，二人步伐不太一致，像安裝錯誤的機械人。

忽然間，他改成拖住我的手，問我：想不想來我家。

就那樣他輕吻了我的前額，因為雨水關係，感覺很濕很怪。

這青馬大橋的一吻，是青蛙王子的吻，是日劇大結局的離別的吻，還是死亡之吻？

我沒有回答他，心中想到的是：那應該只是透明T恤發揮的作用吧。

就此擱筆，先想想要不要寫下去。雖然這不是功課，只是打給自己的日記，但是，也有疑慮的，假設阿媽或細佬借我的電腦來用，又或者，未來三、四十年後，已經忘記了往事的自己意外重新翻看，或者我的仔女看到⋯⋯先好好考慮一兩天才決定吧。

一九九七年五月十一日

不認不認還須認，我深愛五號，那是無從抵賴的。如何嘴硬怎樣否認，都只是自欺欺人。這是再清楚不過。

事實卻是，現實與幻想有著很大的距離。首先，我們必須從青馬大橋冒雨等待接駁車出市區，到了九龍後再轉乘地鐵，地鐵因為人多無位坐，只好企，後來有位了我們一同坐下不久，卻有老人站在我們面前，五號讓座，我跟老人便一起坐了十幾個站，期間我和老人都睡了一會。上了地面後要轉乘小巴，連氣兩架也滿座，到有空位了，卻只有一個位，到有兩個位了，卻是一個車頭一個車尾。

第一次應男方之約孤男寡女共處一室，女仔實有損失？心情既矛盾又焦灼。

整段路程需時一小時四十五分，感覺沿途的人都在看著我這個「即將要上男仔屋企」的人，或「這兩個即將有事發生」的人。

這是一個很奇怪的感覺，跟從前一直以來所想像的是那樣的不同。

到達五號的屋苑樓下等電梯，電梯也塞滿了一家大小，也有買餸的菲傭。這些都跟浪漫完全扯不上。更甚的是，他的細妹竟然在家。他說他細妹只掛住講電話，不會理我們。至少他有自己的房。

這不是別人怎樣看我們的問題，不是細妹會不會撞入來的問題，也不是他父母去了旅行不在的問題。而是他家中，有準備去留學用的行李箱的問題，有各種英國升學指南散落在家中各處的問題，我的雨衣下面仍有那件未乾的半透明T的問題，是透出了深色胸圍的問題，是雌雄動物發情的問題，這更加可以想成是經濟問題，恆生指數只有六千多點的問題，九七的問題，天為何要下雨的問題。當然在那時那刻想起這些問題，我也很有問題。

他看著我，似乎看穿了我所想。從衣櫃拿了一件他細妹的衣服給我換。我沒有換，我是不會隨便穿別人的衣服的。

我問他：那天你在飯堂見到我，是不是呷醋。

他問我：那你在飯堂是溝仔，定被仔溝？

我忍不住笑了：那明顯就是一個呷醋的答案吧！

我又問他：去外國那件事進行得怎樣？

他問我：會去㗎。所以你……不想？

如果是電影，這裏大概會叫男主角在強吻下粗魯地脫去女主角的衣服，女主角故意反抗之下最終還是被軟化，成為整個故事的高潮之類。但我有自知之明，深知自己不是女主角。那麼女配角或茄喱啡，在這情況會怎樣？我努力地想，也想不到答案。

他靠近的時候手肘撞到收音機的開關，是近日王菲的大熱歌。

你的甜蜜變成我的痛苦，離開你有沒有幫助[11]。

11 來自王菲《你王菲所以我王菲》的《我也不想這樣》

## 一九九七年五月二十二日

青馬大橋五月二十二日正式通車的新聞，又令我想起當日馬拉松的事。事前事後的事。

如果那天不是下雨，如果五號沒有參加，如果我不是穿了白色衣服，如果C沒有替我報名，如果沒有青馬大橋，如果我沒有入嶺南，如果沒有回歸。

那夜，我沒有在五號家過夜，雖然他的細妹出去了，大可以和他來個真正的二人世界，名正言順，玉帛相見，相擁到天亮，盡訴心中情，等等等等。可是，我想起約了阿媽晚上去食迴轉壽司。最近她看到獎門人的辣辣壽司邊個食，常說自己未食過，最近荃灣也開了一間，近大光明戲院那邊，十蚊一碟，當天出門去馬拉松前，我答應了晚上會和她去試。

明明就是壽司，為甚麼迴轉一下就會變成不同？如果換了點心、pizza或白粥油炸鬼，又會不會一樣？

於是我在衣服仍未乾的狀態下離開了五號的家。我沒有理會他有沒有很失望，他也沒有說要送我。其實大家都很累吧。

到了荃灣已是黃昏，壽司店門口大排長龍，加上戲院散場及未入場的人潮，小販坐鎮，人車交響樂，這畫面可以說是荃灣最日常的畫面，可以寫一首在繁忙鬧市心情分外落寞的寂寞的詩，或寫一篇希望陪我一起排隊的人不是我媽媽的散文，又或者寫個關於追捧熱潮吃大眾文化的短文，再不就解構一下後現代愛情故事在回歸前後的兩性關係。輪候號碼叫個沒完沒了，忽然覺得我這兩年好像沒有白讀。

是的，很快便要考試，大家都在趕緊把未完成的事做妥。至於那篇系內投稿，最後被正式取用，即將由青文書屋出版。第一次投稿便被採用，心裏的確歡喜，那是否證明了我也有潛質寫作？那跟修了教授的創作課有沒有關係？寫作技巧可以傳授、傳染人，但寫出一個故事要的也不單是技巧而已，我想要寫甚麼，或市場接受甚麼是否才是關鍵？甚麼才是香港的故事到了這刻好像也說不明白，或越說越亂，好像有些事情，往往是講多錯多，你說的和人家領悟的很多時候並不一致，那是教授說到閱讀時必須注意的「誤讀」，你讀到的和我讀到的並不一樣，但大家都沒有錯，那麼眾人誤讀的結果就是把作者完全拋棄了？多麼可憐的自言自語的永遠孤獨的作者啊。

再細想下去，那就沒有「為甚麼香港故事這麼難說」的問題了，甚麼都可以說，香港故事每人都可以有一個，或很多個，也沒有所謂對與錯的。

明年不可以再修教授的課了。我問教授，明年能不能來 sit 堂，他爽朗地大笑：「無任歡迎！」

五月號的《讀書人》鮮有地沒有教授的稿。突然感到一陣悲傷，彷彿他要與我告別了，文學要與我各走各路了。就這樣無疾而終了嗎？我和文學創作還能發展下去嗎？

一九九七年六月三日

轉眼已是盛夏的感覺。

能夠在學校見到五號的機會已十分渺茫。今天他忽然在飯堂出現，我正在跟十幾個同學吃飯，他走過來二話不說，塞了個黃色的 8110 話給我，眾人馬上起哄，尷尬得想死。

我馬上走去廁所那邊，他也就跟著來，我問，為甚麼，他說，「你值得擁有」。我值得擁有甚麼？手提電話？他？憑甚麼值得？那今天之前就不值得？

他看著我耳邊的後方告訴我，已訂了七月中去英國的機票，不要緊的，現在電話通訊已很方便，0060 或幾間公司都有做長途電話特惠，一分鐘不用十蚊，聽說一兩年後有視像通話功能的電話會普及，到時大家買一部，便可以「見面」。

原來我們想像的未來，就在我的耳的後方。

那夜，我撥通人生第一個用手提電話打的電話：你打的電話暫時未能接通，請遲啲再打來啦。

不是科技不可靠，是操縱科技的人不可靠。

我把電話擲向牆，被甩開的電池跌在地上，啪的一聲，正合我碎得一地的心情。

同時也很心痛，我竟然如此對待我人生第一個得來不易的手提電話。

二年級的暑期交流團目的地是澳洲，由於價錢不便宜，很多人也沒去，我也沒有，卻與幾個女同學參加了社會系搞的越南交流團，C說離開師兄五日那麼多，簡直沒可能。

後來才知道出發的日子，正是五號上機的日子。那就正好吧，有理由不去送機，反正我怕，也不想。最好走了不要回來，留在英國定居，前途無可限量啦！

我還是專心考試，免得去年GPA慘烈的情況再出現。大學生涯已完成三分之二，很難想像暑假後我已是準畢業生，要影畢業相，拋畢業帽，要為畢業等於失業作打算。

而打開新一期六月號的《讀書人》，竟傳來噩耗。第一頁的編輯手記，題為：申請資助並作停刊打算。原因是在申請藝發局的資助下，內容、做法及期數也有了多方面的制約，而且「待遇」不正常，令人感到對方誠意欠奉，無法繼續。

甚麼！不會吧！真是教人悲傷。這一天的重量，連日記都負荷不了……

突然不想寫了。

一九九七年七月一日

這樣的日子，不得不記錄。

香港回歸大日子終於來臨，而且王菲最新大碟於今天正式在唱片店有賣，那本《空間 成長 回憶》的小書也出版了。我聽C介紹，旺角開了一間名叫洪葉的二樓書店，有光猛大窗，有茶座，格調很好，入了很多台版書，值得一看。我不知道地方小小的二樓書店可以變出甚麼格調來，也想見識一下。

在人頭湧湧的旺角，珍珠奶茶店越開越多，日式芝士蛋糕等出爐的人龍越來越長，那間我和C之前常去的許留山，似乎有點門庭冷落？

常來旺角都有C相伴，今次只有我自己，不無孤獨之感。又想起教授的話，回歸之際，很多人想寫大時代、戲劇性的傳奇。但是甚麼是大時代？電視劇鄭少秋主演的《大時代》又是另一樣東西。而我這個六百萬分之一的香港人，我的感覺，我要說的話，我想像的旅程，要抒的情，對其他人來說有何重要？

推開洪葉的門，清涼的冷氣與一陣書香襲來，我認為那是全世界最香的氣味。其次是咖啡和麵包，還有初生嬰兒。

教授的《記憶的城市・虛構的城市》就在入門口的當眼處。我明明已買了，卻又情不自禁地拿起書翻了翻。那本跟我買的那本不一樣的嗎？教授寫小說喜歡用筆名——也斯。「也」與「斯」也是虛詞，是兩個沒有意義的字的組合。沒有意義的筆名，不讓人一看便先入為主，真有意義。

後記說到，這小說花了十年去完成，從八三到九三。而當中有些故事也經歷了重寫，原因是對過去十年的情感距離越來越遠，又說重讀舊日的文字，總是給弄糊塗，像是讀著別人的虛構小說，不能完全認同，也不能完全否定，便去反覆重寫，也學習用電腦輸入法把小說變成文字檔。

我未能理解那是怎樣的感覺。今天的我打下的每一個字，絕對清楚無誤地是我真實的感覺，十年後要是重讀，是否便會充滿懷疑，不堪回首，甚至想改寫它丟棄它消滅它？

十年，那是我人生的一半的長度，用我人生的一半時間去寫一本書；即使我有一百歲吧，都是人生的十分一啊！那本書的分量真重。他下一本的作品也會用十年甚至超過十年去完成嗎？而我十年後會在做甚麼？已經找到一份理想的穩定的工作嗎？十年後我已是三十歲，開始步入中年的我，跟結婚生孩子距離有多遠？C一定會爬頭吧，然而也有說明不婚的女同學。這個時代女性仍然以有沒有人要、是否嫁得出作為勝利指標也真夠悲哀，再十年後會不會有所改變？十年後五號已在我人生消失很久了吧？十年後會不會再想起他？

有人會寫一封給十年後的信給自己，這樣對自己未來早有預言的行為，我不會做。

而我在洪葉也買了一本《讀書人》，最後一期的《讀書人》。停刊啟事寫著「後會有期」，而編輯手記道，於九七年七月停刊，純粹巧合，非關害怕回歸後新政權而作的決定。

最後一期重見教授的文稿，談到他去國際中學讀詩的經歷，由該學校圖書館舉辦的讀書周，這年主題為詩的欣賞、詩與攝影和展覽，然後說到香港出版書的困局、發行的狹窄、推介活動與書評的欠缺，令某些書難以在書店當眼處出現，也就難以到達更多讀者的手上，又提到香港書展「逼爆」玻璃的盛況，並不等於文化文學的推廣有了進步，而是商業宣傳所致。

原來有個香港書展，入場人數竟有幾十萬，香港那麼多人愛看書嗎？我從未聽聞過也未去過。今年更是第一次在新落成的會展新翼舉行，明年吧，明年有機會一定要去看看！

大學二年，再見了！《讀書人》，再見了！

第二章

# 橋內的風景

# 1 走路

回到旺角，遇上下班人潮，她像是被洪水猛獸襲擊一樣，雖沒有體無完膚，但也真有一種被猛力攻擊的恐懼感。想退到月台的柱後作躲避，但柱後都是人。她雙手掩耳，向DNA手錶求救。手錶發放安撫訊息：別怕，那些是人，普通的香港人，香港的日常。

後來回想，其實那一刻是幾近驚恐症。

好不容易從錯綜的街道回到旅館，趁A還沒回來，她便向館主兒子說她要走了，要去別的酒店。館主兒子說等他爸爸回來才走好嗎？她卻堅決地說，今晚房租她會照付的，像生怕有人此時會突然出現作攔截似的，馬上收拾東西離開。

只是她要去哪裏，她也沒有明確的目的地。心中想到一個地點：荃灣，她媽媽的成長地。可是她也不清楚荃灣的遠近，只有數算地鐵站的站數而大約知道距離。網上看到荃灣海邊有一所五星級的酒店有房，馬上按幾個鍵。然而她不知道「荃灣站」的出口也有幾個，一個是最舊的幹線總站，而且有兩邊出口，另一個跟機場快線連接，兩個總站的距離並不接近。她問手錶，它罕有地答錯？或者說，答得不清楚？擁有她DNA的人工智能全知手錶難道也會出錯？這是不能相信的事。

迷迷糊糊地出閘後，放眼看去只見天橋陣連連相接，像一年夏天她在後院發現的巨型蜘蛛網，只是蜘蛛網網上只有等待獵物的蜘蛛，而橋上似是有千萬個人，人群跟著電子廣播指示前行，沒有人敢越界，或走錯方向，否則罰款云云。她沒受過訓練，也沒在意，幾次越了線，監控屏幕馬上映出她的樣貌，說明此人違規。她哪會想違規？只想向酒店的方向前進，但天橋上行人擠擁而步伐急快，行人一直在對她和她的行李箱翻白眼，而她又出界了。

才明白到在香港天橋上走路是一件認真而困難的事，始才感到不好意思，瞥看到一部可到達地面的電梯，便馬上走進去，進去後才知道使用電梯的人不是行動不便的老者就是推著嬰兒車的人，都對她不懷好意地多看幾眼。

她並不知道走路也需要規矩，也要跟方向，要深思熟慮，而且想走在街上要乘電梯，這些體會都是她人生第一次。

厚著臉皮乘坐像是一小時的電梯之旅，終於來到地面。

地面比橋上開闊多了，有各類吃的喝的，很多等候的人龍不知在等甚麼。即使她有點餓，也不知該排哪裏。人雖然多，卻不算非常嘈雜，大部分人都在低頭按電話或手錶，幾乎忘記自己正在排隊，更有終於輪到的人在店員面前啞口無言，在被追問想吃甚麼才說出我沒有想吃然後若有所失地走開，她好像還見到有些人又重新在別的隊伍輪候。

這是作為短暫過客的她不理解的事。她很想知道這種排隊等待背後的動機及動力。手錶也沒告訴她有關的注意事項。

在路德圍左鑽右探了一番，最後在一條名叫大河道天橋下的果汁店買了一杯鮮榨的汁。她問老闆，綠色的，是甚麼汁。蘆薈汁？梨汁？老闆說：靚女，蔗汁都唔識？她知道蔗糖，但從沒飲過蔗汁，更不用說新鮮從蔗直接榨出來的剛面臨世界的汁。喝著清涼而甘香的蔗汁，她感到很滿足，彷彿是來到香港之後嚐到的最好味的東西。

她把蔗汁舉高，想透過杯子，看香港甜甜的在日間也發光的霓虹燈，卻看到她要找的酒店；兩幢高聳入雲的建築手拉手地站在海旁。

在荃灣這個相對沒有很多大型商業的住宅區，卻在海旁豎立了兩幢樓高分別是八十九及四十二層令人無法忽視的五星級酒店。她想起旺角的旅館和館主一家，奇怪地生出一種不知道他們現在如何的想念的感覺，也想起A。她著自己馬上打消那個想法，朝五星酒店走去不要作別想。不過要走到酒店需要再踏上天橋。她深呼吸了一口，告訴自己這次會小心一點不要犯規，節奏跟上一點。

酒店在她眼前越來越巨大，形象一開始覺得有點譁眾取寵，然而一進入酒店大堂，便看到一個故事：高座的名稱以建築集團主席那在一九九零年被綁架而失蹤的丈夫為名，矮座則以自己名命，兩幢大廈間有一透明天橋連接，代表夫婦二人手牽手。

原來是個悲慘的愛情故事。用一幢龐大的每日有幾百人進出的酒店去讓故事流傳一生，香港的富豪真是與別不同。

她打算要求職員讓她盡量住在低層，經過在隔離酒店的經驗，她覺得接近地面越近，感覺越踏實。想到萬一地震，住在幾十樓之高……啊，香港並沒有地震的。而且即使有地震，現今也能準確地利用人工智能而提早發出警告了。

不過自從來到香港後她的手錶好像有點怪怪的，不是充電問題或資料出錯，就是感覺它像是受到某種干擾，有時覺得它好像很吃力，很想停下來；有時似是想向她作出提示，但又欲言又止，還會有點前言不對後語。是不是需要程式更新，在香港卻不支援？明明天空都是一樣的那個，但過了某條無形的界線，訊息也會亂作一團？她之前也沒想到地域性的問題。

有幾車遊客在輪候登記入住，形成她前所未見的酒店人龍。記憶中她在北美旅遊，小旅店住客都很稀少，小小的登記處有時需要按鈴，待幾分鐘後才會見到職員姍姍到來。

大堂廣告介紹不容錯過的餐廳，除了擺設非常精美價錢也不菲的自助餐，還有游泳池旁的露天中式茶座。能在十幾樓高的地方游泳然後吃一籠點心，這樣悠閒的生活，就是香港人的生活？

她想起旺角旅館的老闆，感覺香港人的生活並不是這回事。人龍越來越長，已排到玻璃自動門外了。門也就無可奈何地在作無意義的張合；但至少它有謹守崗位。心情十五十六的，竟出現了打消入住的念頭，漫無目的地拉著行李走到近海的地方。

翻開袋裝指南書，關於荃灣的就只有小小半頁，而半頁的一半是關於荃灣早期的歷史，另外半頁就是介紹一個名叫三棟屋博物館的地方。可是她不想再遊博物館。

她在海旁望向山邊，看到半山上有十幾幢綠白色相間的住宅大廈。記得姨媽說過，小時候就一直住在荃灣，荃灣大部分地方都有姨媽和媽媽的足跡。她問姨媽例如哪些地方？姨媽說了幾個名字，如大涌道河流、荃灣碼頭、福來邨圖書館等，事後她都無法在地圖上找到。

那些地方都消失了嗎？甚麼時候的事？

不是消失了，只是在地圖上找不到。有些地方，你不可能在地圖上找到。
酒店的另一邊，又是一重重不知接駁往哪的天橋。
手錶顯示：未來數天將會陷入非常混亂的狀態，小心。
是在說天氣？在說加拿大那邊？還是在說她？

# 2

# 裂縫

天橋在世界上已有很久遠的歷史，大概在公元前古希臘便已出現。荃灣的橋當然沒有那麼古老，最舊的一條大約會是七、八十年代的建築？其餘陸續出現的，看不出年份，不過那架在半空的行人天橋網絡，錯綜複雜的在各個大型商場之間交插，人如被貨物般輸送，真是令她大開眼界。而行車天橋當然也不遑多讓，能看見無盡天空的位置，在城中心可說是沒有可能。

拉著行李的她不理智地從海邊又走回市中心，在行車天橋陣下抬頭細看，忘了時間忘了方向，不過此刻的她也不必受時間限制，也不需要明確的方向，可是走著走著，經過了數條細巷，來到一個比較暗的、似乎被不尋常的氣氛包圍的行車橋底。她抬頭再三肯定一下，冷靜地跟自己說，不外乎也是另一條橋吧，較闊的行車天橋自然會形成較隱蔽的角落，安慰自己不用杞人憂天，不要以為自己誤闖進了甚麼惡勢力範圍。香港是個文明的城市，可不是不可理喻無法無天的鄉下。只是橋墩前面有幾個看來不懷好意的男人，的確盯著她這個一看便明知道是外來人的人不放，還開步上前似是要走向她。

手錶發出熱力，是意外警告的提示，她卻被眼前的情況搞混亂了，來不及反應，也沒留意手錶發出的訊息。就在下意識後退一步時，碰上了另一人。

A按著她的肩，輕聲地說：「不用怕。」A看來是有備而來，主動走向那班似是來者不善的人。

她腦袋一片空白，在溫哥華鄉郊長大的她，最驚險的奇遇就是那次到東岸作暑期交流生，臨登飛機前卻發現去錯了機場大樓，最後差點錯失航班。現在眼前這個景象，完全在她的認知之外。

A向其中一個男人說了幾句，還搭了搭膊頭。對方沒有表示友好，只冷冷地站著，沒有進一步的行動。

甚麼意思？A不也是遊客嗎？

「可以了，我跟他們說了。」A走回來，臉上一抹輕鬆。

「可以甚麼？說了甚麼？」她其實有很多問題，譬如說你怎知道我在這裏，你為甚麼會在此時出現，你怎知道我在想甚麼等等。

「啊，即是……沒問題了，你剛才以為他們是壞人吧。你誤會了。哈哈。」黑暗中她看不出A的眼神，是真誠的還是假裝的。畢竟，她對他認識不深。

那他們是誰？剛才想幹甚麼？要在這個時候問這些，她覺得會顯得很笨。

「別理他們是誰啦，反正你本來是好奇想走過去看看的，對嗎？」A似是會讀心術似的。真真假假，她也不知道該不該相信他。

「我只是隨便走走，不知道來到了甚麼地方。」

說罷，那幾個男人像是走進哈利波特的火車月台縫隙般，忽然消失了！

她衝動地立即跑上前想看清楚，的確看到橋墩的柱中間，有一道被人刻意鑿開的裂縫，裏面漆黑一片，引發人無限聯想；後面真的會是哈利波特的魔法世界？是愛麗絲夢遊仙境的樹洞，還是夢的入口？

她的手臂被A拉著。

「既然你想進去，就去吧！」

半推半就地，她一腳踏進了裂縫。

令人意想不到的是，漆黑的橋墩內竟然有樓梯。

那逐級開鑿的螺旋式樓梯，手工粗糙卻又已被人踏得平滑，看似危機重重卻又被好奇心一直推進著摸索前進，二人拾級而上，一直鑽上不知名的地方。

手錶時而發出刺耳的叫聲，告示她心跳和血壓已到了非常不穩定的狀況，但手錶自己也好像不太妥當，隱約而乏力地，無法向主人發出完整的訊息。

她不想A拉著她的臂，但越走得高，往下看便越黑，像黑洞，地面已不知在何時消失了。她的確怕跌死，幾乎手足並用地往上爬行，而此刻除了跟著A往上走，好像已別無選擇。

## 3 入口

像走了半世紀似的，直到無路可走，震顫的手和腳開始不聽使喚了，他們便踏上了一個足夠讓人平穩站著的地方——行車橋的中空部分。

她像看到海市蜃樓或外星人秘密基地，說不出一句話來。

橋內竟然有人居住。

橋的中空部分空間不大也不小，站直身子走路是沒有問題的，而且因為行車線有四、五條線，所以空間的闊度也有了保證，不會有擠塞的壓迫感。看裏面的佈置與格局，能看出橋內的人並不是在開臨時會議或研究文物甚麼的，不是短留在此，而是長期以此為居所的。每個「單位」的範圍由物件圍成，衣服掛起來建成了一點私隱，但也有「開放式」的單位任君參觀；這邊有煮食的用具，那邊有晾曬的衣物，牆上掛著各種舊式的月曆，舊至二零一九年的也有，其餘很多看不到年份的一直厚厚地疊在後面。

她不明白建築原理，橋底留有空隙是想達到甚麼效果她不清楚。更不明白的是，橋底的空隙怎麼可以變成人們的容身之所，一時間難以消化。

由於橋的接駁位之間留有縫隙，裏面不但沒有空氣不足的問題，更不知哪來的風，一直在她身邊呼呼地吹過。她懷疑橋頭或橋尾應該有一個很大的出入口？突然想到爸爸教她「空穴來風」這個四字詞語。而空間也並非完全不透光，譬如說橋對面那大型藥房的招牌，都足以成為橋內的背景光線，像上世紀電影院高牆上的暗燈，讓人即使完全不亮燈也未至於伸手不見五指。

擦的一聲，她以為有火把燃起，但在這種地方又怎可以燃點火光？

一盞半明滅的燈照向她。

「你們是誰？」一個相當健壯的男人像是不懷好意地走來。

A相當淡定地說：「先不要問我們是誰，但我知道你是誰，你就是出了名那位守城者……」

這男人的體形，作為守城者最合適不過，可是，這個是甚麼地方？甚麼城？是香港最新旅遊賣點嗎？還是密室逃脫遊戲？為甚麼神神秘秘，要人守衛？

「原來我已經出名到這地步。我不知道你們來有甚麼目的。大家都知道，上來橋的人，都一定有特別的理由。」健壯男把手上的燈掃向另一邊，指向「大家」，原來早有十個八個人站在後面，不知是裝腔作勢，還是純粹來看八卦。

她背部一涼，冒出不知是冷還是熱的汗。她的手錶亮起所有可以發亮的燈，似是以最後的力量去警告她、阻撓她，但卻已無力發出任何聲響。她忽然呼吸困難，意識下降。她拉了拉A的手說，不如走吧。

「我們來的目的很簡單！」A彷彿刻意甩開她手，像是要進行演講似的，把手揚開。

那你講啦！黑暗中傳來隨便一把聲音。講啦！言之成理就算你過關！

「我們，是來找香港人的。」

她心感不妙，這是甚麼鬼答案！找香港人？去英國找英國人？去韓國找韓國人？他發甚麼神經啊！

「不好意思……我的朋友，不，我……」她很不想開口卻也不得不盡力一試了，但卻連說話也乏力。

「沒錯，我們是來找香港人的，看你們，這班生活在橋內的另類香港人的。」他成功接著她的話，彷彿他早已知道她想說甚麼，也早知道她的答案不是好的答案。

出乎她意料的是，當場卻靜了下來，沒有人回應一聲，好像他的答案也算合理。繁忙的行車咯咯咯咯地在頭上作響，如拍子機運作。

香港人？

終於有人說話。

香港成街都係人，有咩香港唔香港人呀。看來他們並未脫險。

頭頂突然轟隆隆的，有大型混凝土車經過。她下意識把頭抱著，其他人包括A，卻若無其事繼續說話。

「大家都知道，你們是與別不同的，是獨特的，跟主流不一樣的。」A的圓滑和冷靜令她感到驚訝，彷彿他身經百戰，遇上甚麼問題都可以迎刃而解。她懷疑他不是一個普通人。

她偷偷看他的脖子、耳後、髮根，半滴汗都沒有。她禁不住輕輕觸碰一下他說畢話後垂下的手，一片冷如夏天白開水的溫度。

A此刻乘著勢，把她的手握緊。她想縮開，A卻把她的手舉起，從手腕拆下她的DNA手錶，擲向看不清的角落。

「你們看，我們不是不懷好意的間諜或專挖人醜聞的記者，你們大可以搜我們身！」

她被嚇住了。不單是因為跟她形影不離的手錶被人強行搶去摔到不知哪裏生死未卜，更無端被灌上間諜的罪名要被搜身？這跟她來香港作短期旅客完全對不上！到底這是甚麼一回事？有人在跟她開玩笑嗎？A是誰？為甚麼總是出現在她身旁，現在還徹底地主導了事情的發展。

她試著更用力甩開被A緊握的手，但他的手強而有力。

他望向她低聲地說：「我知道你在想甚麼，信我。」

到底，你是誰。

## 4 影子戲

不遠處的牆上有人亮起射燈，馬上有人在燈前聚集起來，把本來聚焦在他們身上的視線推走。

橋內竟然還有小孩，幾歲的到青少年都有。小孩臉上充滿著期待，像是有重要事情發生。她以為有人要作緊急宣佈，是關於他們亂闖進來的事嗎？她緊盯著燈前的發亮位置，不敢眨眼。

音樂不知從哪裏播出，那聽來既非古典，也非流行，非用於打坐冥想，也非抒情的純音樂；就是聽來會以為有人在唱歌，但細聽之下卻又似是某些樂器在共奏，又似是大自然靜止的聲音，還是各種元素混雜在一起再加音效？

突然牆上有影子跳出。一對由人手扮成動物的影子在燈光下躍動著，小鳥、兔子、大麻鷹，在飛在跳。小孩看得津津有味，不時發出讚嘆的呼叫。

她從未看過這種表演，覺得嘖嘖稱奇，也不理解，既然明知道是有人蹲在地上用手作的影子戲，為甚麼還引得人那樣投入地觀看？

本來圍著她和A的人也散開了，緊張氣氛一下子解除。她看看仍然緊握著她的手的A，看到他眼睛裏有燈光的反映，瞳孔中好像有細微的密碼在移動。

A好像感應到她的凝視，馬上別過臉，把她拉到一旁說：「你不可以太容易相信人，你的……即是說，在陌生地方面對不尋常的人和事，你還不夠經驗。」

「可不可以告訴我你的名字？」她站到他面前，不客氣地直視著他的雙眼。「不是A，你的名字，姓甚麼名甚麼。你說我不可以隨便相信人，那我又憑甚麼去相信你？」她又再靠前一點，有點咄咄逼人。

「你……總之，我不會害你，okay？」

A把頭望向天。當然那是無法看到天的地方。她也順勢跟著望上去。橋的底處畫滿了畫，有戰車，有旗幟，也有文字；有詩體的東西，也有長篇大論的謄寫；有被撕得零碎又拼貼在一起的發黃報紙，有已經消失多年的塑膠水樽倒吊成群。狹義地看這真是一個包含了繪畫、攝影、裝置、行為表演的藝術實驗場地。可是她沒有忘記追問A的名字的事，又再次攔在A的面前。

「你……是不是想找你失蹤多年的媽媽？」A此話一出，她馬上神經繃緊。

「你不是想告訴我，我的媽媽仍然生存，而且住在這裏吧？」

由於她說話的聲音傳到去影子戲那邊，音樂突然中止，表演者的手放下，小孩離去。

A又馬上從容地說：「表演得真好！真好！真精彩！這項節目有甚麼名堂？」

表演者說：叫做AI無法抄襲的藝術。

然後表演者從A的身旁走過，撞了一下A的肩膀。

一個不夠十歲的小女孩走來，對這兩個陌生人感到好奇。

「你們是哪個部門的？是不是那個部門……」

她聽不明白哪個部門是甚麼意思，A卻好像已準備好答案似的說：「不是你們不喜歡的那個，也不是你害怕的那個，更不是你幻想的那個。」

A的話讓她感到五體投地，怎麼他能對答如流，一丁點緊張都沒有？到底他是真的知道答案，還是說話技巧完美無瑕的效果？

「哦，那就好了。要不要來我家參觀一下？就在前面。」二人就跟著女孩走。

走進了較多人居住的區域，路並不好走，他們一時踩在別人的衣服鞋襪上，一時踢到人家的日用品，但沿路疑幻疑真的「風景」的確吸引著她一步一步走下去。這些人的生活狀況，遠在她想像之外。一時間她無法消化。

女孩的頭髮很長，幾乎長及地面，跟在她身後，感覺是一個長得很矮的大人。女孩領在前面，每次轉身都禁不住令她神經繃緊，她不是沒有想過其實現在正處身夢境之中，而且，是一個惡夢，只要長髮女孩一轉身，便會看到恐怖電影的經典一幕。

「你……的頭髮很長啊。」她鼓起勇氣，想去證實這是不是夢，她跟自己說，既然明知道是惡夢，就不該被惡夢嚇倒了吧？

「啊，是的，自我出生以後就沒有剪過。」女孩的回答自然無比，臉上還泛起淺淺梨渦。她的心理準備白廢了。

他們經過了一戶又一戶人，有的人在看非常殘舊的報紙，有人在聽只有沙沙作響的收音機？原來報紙和收音機是這樣的，她從來沒見過。

「到了，我的家。」女孩的家，對比她在溫哥華的家可說是家不成家。不過雖然日用品不多，但小小的床鋪有厚實的棉被，看來十分舒適的枕頭，還有一隻在等她回來的烏龜。

想不到這裏還能養寵物。

「小烏龜對我很好的，爸爸媽媽上班的時候，都是小烏龜陪我的。」女孩把燈芯草餵給烏龜。

「你爸媽夜晚還未下班？」

「早上上班，晚上也上班，有時半夜也會。他們很勤力的，但早上一定會送我上學。」

「你爸媽那麼勤力，為甚麼你要住在……」她的無知在欠缺手錶的提點下表露無遺。

這時一個「鄰居」向女孩說：「阿妹，別跟陌生人說那麼多，尤其那個男人。」

女孩笑了笑：「那個？他不會傷害我的，他也只是奉命行事吧。」

她覺得女孩和鄰居的話都莫名其妙。

鄰居繼續跟女孩說：「你不知道外面現在怎樣了，可能又有了新花款，新程式，新法例，總要時刻提高警覺。」

「知道了。」說罷，女孩向他們說晚安，一頭鑽進被窩，像是馬上睡著了。

鄰居不客氣地轉向她說：「一看就知道你一無所知，毫無警覺。你知道你身旁的人為甚麼會出現嗎？」

她看了看A，忽然覺得他的樣子有點不同了，是燈光不同，還是表情不同以致樣貌也不同了？

「你現在可以告訴我你的名字了嗎？」她記起了他沒有回答的問題。

鄰居冷笑起來。

「問他的名字？唉，你還是回去吧，外國遊客。我住在這裏多年，來探險、採訪、白撞的人見得多，但都沒有見過一個人有你咁蠢的。」

她也沒有忘記這次旅程的一個重要任務，就是找尋跟媽媽有關的一切。

「既然你見過那麼多人，又住在荃灣多年，請問……你有沒有見過我媽媽？她是荃灣人，自出生到二十多歲都在荃灣生活，我外公外婆也是大半生住在荃灣的。」

當然她知道那是大海撈針，相當渺茫的機會，但既然來到一個想像以外的地方，也許將錯就錯，真的遇上了先知或神仙，會得到意外收穫？

鄰居對她的問題感到愕然。

「你是來找媽媽的？作故仔呀？那你媽媽叫甚麼名字？」

她急急從背包拿出一本書，她媽媽年輕時候自資出版的一本薄薄的小書。

鄰居拿在手上，可能因為光線不足，又可能是視力問題，像是非常珍視地把書貼近眼前，看了又看，手在書上掃了又掃。

# 5 作者已死

「保存得這麼好的九十年代真人寫的書，難得難得。」

她再無知也明白對方的意思。

自從人工智能在十幾年前開始大為流行，並且充當起寫手之後，真人寫書已漸漸被淘汰。實用書、工具書、所有資料性的書籍，以至媒體的新聞、天氣、財經、娛樂，在幾年間已全面由人工智能包辦。至於創作文類，詩是首先被擊倒的，之後是專欄，然後是短篇小說，然後是長一點的散文，最後連長篇小說也不能倖免，或者說，長篇小說早已沒有市場，是真人寫還是電腦寫，已沒有甚麼人理會。良莠不齊的傳統出版已失去吸引力，圖書館的也受到非常大的考驗，不是因為書的內容被人工智能查出有抄襲的嫌疑而被有關部門嚴篩下架，便是長期無人借閱備受冷落而最後逃不過被銷毀的命運，再加上政府推動環保運動，書本電子化的風氣漸趨成熟，實體書回歸大自然循環再貢獻成為新意念，只剩得古代的經典文學仍能保存下來，然而其命運已是被列入文化遺產的珍藏，鎖於陳列櫃內被欣賞其塵封多於仍然值得被人閱讀。雖然仍有一批捍衛創作的作家誓死堅持寫作這藝術，甚至有人極端地回到用原稿紙那手寫的年代，用獨特的字體去證明「文字藝術」有價、作家未死，但卻不時被人工智能質疑，媒體為了跟人工智能鬥法也和應著，不停對作家作出攻擊，不時翻出作家的舊作，以數據去指他們的作品錯漏百出而且題材薄弱，跟人工智能的作品水平相差很遠等等。有些作家受不住打擊從此遠離寫作，有的選擇以死明志，也有留下來繼續寫的，一是明正言順地與人工智能合作，那些「我與人工智能有約」、「人工智能教曉你的ＸＸ事」、「人工智能成就你的完美人生」、「香港歷史人工智能完善版」、「我的人工智能資優孩子」等主題書大行其道；一是靜靜地不敢太張揚，即使有作品能順利完成，也很難像昔日那樣找到出版商支持實體出版了。舊日的寫作時代已經不知不覺地終結，連一個正式的句號也沒有劃上。所以當代真人寫的書，沒被批評得體無完膚，還能保存良好到現在的，已十分罕見。

當鄰居掃到去她媽媽名字的時候，臉色突然一變。

「這是你媽媽的名字？」

「是的。」她大為緊張，「你認識她？」她幾乎要抓住人家的手。

「哦……不是不是，怎麼會呢？那年代的女生，不是敏儀就是淑儀，不是佩琪就是佩珊，我想說的是，你媽媽的名字那麼普通，姓也是大姓，很難找的。」

這不是她第一次聽到的令人沮喪的話。多年來她想找媽媽的行動，一直被爸爸的冷漠阻擋。身邊很多好友都勸她，已經二十年了，要回來早就回來吧。本來她也就接受了那樣無法證實的假設，直到她聽到一個在美國失蹤了三十年的女人，她八十五歲的丈夫及姐妹早已相信她不在人世，更向法庭申請宣告她死亡，最後卻被發現她在波多黎各生活了三十年的新聞，才毅然鼓起勇氣決定回香港找媽媽。

為甚麼大家都覺得不可能？《魯賓遜漂流記》主人公流落荒島三十年最後都能平安離開，據說那是作者的親身經歷；當然現在的人已不再相信那樣神話似的故事，而那樣的故事也已經不太可能在現今的世界發生，但離開的人不等於就在人世間消失了！很可能只是一種逃避，或遇上難以排解的困局，如那個去了波多黎各生活的女人，其實是因為精神出現錯亂，不能記起自己的來歷，才一直在別的國家與家人失去聯絡吧！

雖然抱著那樣堅固的信念而來，但此刻聽到那個鄰居的話，仍是不禁失落起來，但轉念又覺得對方好像吞吞吐吐，難道在隱瞞甚麼？便馬上平靜自己的情緒，像不曾被打擊一樣，理直氣壯地說：「普通人當然有普通的名字，但我的媽媽絕對不是一個普通的媽媽！」可是沒有手錶，她的情緒拿捏得並不夠火候。

Ａ馬上介入，一手替她拿回書。「不必在意這裏的人說的話。」

「甚麼這裏的人呀？你看不起我們這班住在橋內的人？你估我地這班人，為甚麼會住到橋裏去？」

聲音令周圍的人看過來。小女孩好像也被吵醒了。

「不是不是，我意思是，我們見識少，不知道天高地厚，得罪了人也不知道，真是不好意思。」Ａ又使出他乓來將擋水來土掩的功架。這麼有用的技能，她在大學一點都沒有學過。

鄰居好像氣消了一點，口裏唸唸有詞的，背向著他們，表示對話完畢。

「你太衝動了。」Ａ向她小聲的說。

「誰叫你把我的手錶丟了！都是你的錯！」

她想撒嬌地一拳鎚向Ａ，卻彷彿看到他的眼珠閃了閃，像風暴來臨時家中吊燈反映的閃電電流。

## 6 寄居

失去手錶，一開始她還大為慌張，覺得沒有了手錶她便會大失方寸，不知自己身在何處，血壓腦神經運作如何等等。奇怪的是遇上小女孩後，跟女孩和鄰居對話一番後，那種對手錶的牽掛好像沒那麼嚴重了。

她看著手腕上原本戴著手錶的位置，生了一道像是寄居的痕。那道痕連上她的毛孔、她的脈搏、她的皮下神經、她的血管，深入了骨骼。

橋外透入來街道的光線及人聲，像是連綿不斷的背景音樂。雖然頭上偶爾傳來大貨櫃車過於吵耳的轟隆巨響，但其餘一般的行車聲音卻出奇地可以接受，這也極可能有賴於電子車的普及，越來越輕的車身可使輪胎如在水上飄，以致橋內的人未至於飽受噪音的煎熬，又或者說，如果是震耳欲聾的話，也不會成就了橋民的出現？到底有橋民先還是有電子車先的無聊問題在她腦內揮之不去。

放眼看去，看不見橋的盡頭，也不知有沒有盡頭，又有沒有其他出入口。突然想到，如果她的媽媽還在生，如果媽媽多年來也是住在這裏。眼淚便不受控制地流了出來。

「不要氣餒，來到這裏也只是緣分，我剛才說你媽媽可能在這裏，只是想引開你的注意力……總之，怎樣也好，我不會害你。」A看來也有柔情的一面，可是此刻的她不但不受哄，更是覺得被人欺騙了，心裏不好受，一手甩開A搭在她肩上那表示安撫的手。

「我和你不是很熟！不要隨便掂我！由旺角跟我跟到上山頂，又從不知甚麼地方跳出來跟我跟到荃灣橋底，你說你沒有陰謀，誰信！我是外國回來，中文又不好，但也不是傻的，你以為可以在我身上騙到甚麼？騙財定騙色？」

A相當無奈地接受了她連番責罵，沒作還擊。

係啦，騙財定騙色呀。橋內遠處傳來回音陣陣，不知道誰在說話。

她沒有放過他。「為甚麼不說話？心虛？答不出真答案？」

小姐，現在幾點呀，知不知道人家在睡覺呀。地上一把聲音冒出。

她的確不知道現在幾點，但肯定的是她很想離開這個地方了，向前走了幾步，感到不太對勁，想回頭，又看見A像是擋在路中間。她感到頭腦混亂，失去方向。兩旁或坐或睡，不知來歷的人，他們即使不是大好人，也未至於是壞人。他們是身世坎坷的人，還是在逃的沒有身份的人？是代表香港邊緣的例子，還是衝擊主流的最佳抗衡力量？

歷史上戰爭後流離異國的亡國人，有人永遠在別的國家成為不被承認的難民，沒有身份的人生只有沒有出路的未來；有人終日在火車站流連希望能搭上到達更美好的地方的列車，然而哪一輛列車才是通往美好生活的卻沒有票可以買；有人一生寄居在機場不能出境也不能離開，最後死在候機室那看著飛機永恆起落的椅子上，成為一齣電影的賣點。

突然有人跳出來，揚開一張橫額，馬上有幾個人和應加入，湊過來一起把橫額拉開，一字排開的在作示威狀，說一堆她完全不明白的話，叫一些不合邏輯的口號。有一刻她懷疑到底他們是不是在說中文，還是在說不屬於任何語言的暗號。當那些人走過來時，她看到橫額上根本沒有字。難道是橋內的儀式或表演？眾人神情非常嚴肅，彷彿正在上演極度悲慘的戲。

「不，那不是戲，他們是很認真的。」

A又看穿她所想似的在插嘴。她站在距離他不夠兩呎的地方，有種不寒而慄想拔腿就跑的感覺。A隨即望向她，她感到她再次被看穿了，背部涼了一大截，馬上擾亂自己視聽去默想遠在老家的爸爸。爸爸爸爸你好嗎我現在不知道自己身在何處不知道遇上了甚麼人不知道下一步該怎樣做眼前這個男人不知是好人還是壞人他好像都知道我腦內的思想現在怎算好……

頭上又轟隆地一聲響。拉著橫額的人馬上倒在地上抱著頭，大叫「走呀！走呀！」

突然有人在潑水，有人在擲紙箱，有人在尖叫，氣氛迅速緊張起來，發生甚麼事？要打架嗎？正在她亂作一團縮在一角時，小女孩走來，拉了拉她的手說：「不用怕。他們不時都會重演一次。都這樣的，大家都習慣了。」

地上的人慢慢爬起，一個坐在地上，前額貼向地，一個嚎哭得像失去了全世界，一個伏靠在橋縫，在透光進來的位置抽起煙來，深深地吸，猛力地向緊窄的縫隙呼煙。

她看得入神，一輪激烈之後要抽一根煙？抽煙的感覺是怎樣的？

小女孩不知從哪裏找來煙，遞上一支給她。

自十年前開始，生於她年代的人已被法律限制終生不能買煙。而且在多個政府多重打擊及宣傳下，香煙在近年已變成甚無品味的代表，在潮流市場上被唾棄，那些有抽煙情節的舊電影及劇集，已不能再在媒體上找到。她曾經也很想理解，那在火光生滅之間的一呼一吸，為甚麼能在歷史上長期令千萬人上癮。而剛才那激烈的一幕後，馬上呼一口事後煙，又代表了甚麼。

# 7 是它也是自己

她覺得很累。很可能是時差，也可能因為不習慣走那麼多的路。

香港雖是現代化城市，但每天上班上學，人們還是要走很多路。是不是就是有名的「讀萬卷書不如行萬里路」的意思？如那天到姨媽的家，從家到達地面，先要乘坐電梯到達平台，平台很大，從平台的一端走到另一端，又再乘電梯，然後到達商場。商場像個大沙漠，看不到邊際，也像是永遠走不盡，而且人來人往，徒添疲累感，幾經辛苦，再經過兩條天橋，才到達地面。那跟她溫哥華的家大門跟街道的地面只有幾步之隔相差甚遠。

隨便在一處空位置坐下來，腿部發酸，感覺再也不想站起來了。剛才爬石級上來的時候，她緊張得沒有視察周圍環境，沒細心數算樓梯的數目，否則就能大概猜出自己在半空的高度。

想到自己現在竟然身處在半空的橋中心位置，真的十分難以置信。然而在半空卻又看不到天空，更加不可思議。這完全跟她輕鬆暢遊香港的計劃背道而馳。她也搞不清到底她現在是自願式探險，是不知緣由被困，還是成為了騙局中的受害者。可是事實是既沒有人用槍指著她作出威迫，也沒有人要她留下買路錢或迫她賣身，那麼便是她自己在自作自受？她為甚麼會糊裏糊塗來到橋內？為甚麼會看到這班人？第一個發現橋內可棲身的人是誰？如何開始組成社區？哪一年？為甚麼？她的媽媽真的有機會仍生存在這世上，並住在這裏嗎？

上萬個問號在她腦內轉來轉去，以她的認知，想破頭也無從理解這裏發生的一切。她又想念起她的 DNA 手錶來。

手錶是爸爸在她大學畢業那年送給她的。那是當時最火熱的產品，剛推出的時候真是一錶難求，爸爸連夜在網上作戰與守候，千辛萬苦才趕在畢業典禮前買到，被一眾好友羨慕一大番，成為一時話題。如何啟動手錶也有一番儀式的，首先要向手錶朗讀「你將會成為我的一部分，我將會把我的一部分給你」的宣言，然後把自己的頭髮、指甲和口水三樣東西放進手錶的裝置內，待第二天醒來，手錶便會變成擁有主人 DNA 的貼身工程師，為主人打造完美的每一天，由那天天氣如何、主人應穿甚麼質料及顏色的衣服及鞋會令身心健康指數上升，到約會時點甚麼餐可以提升情緒質素等等，手錶都隨時準備好一一作出詳細的建議。

自那天起手錶幾乎就沒怎樣離開過她的身體，睡覺和洗澡也不例外。只有一次行山時不知摸過甚麼野外的花草引發了皮膚敏感，才不得不脫下手錶幾天。那幾天她坐立不安，若有所失，情緒低落，也並不是因為皮膚敏感之過。

手錶成為了她的好朋友，不，是家人，不，是身體，也不是，是生命中的智者，也不是，是它也是自己。

便對A的怒火重燃，為甚麼他自把自為粗暴地搶走她親愛的手錶？她開始懷疑A的不軌企圖，但想起自己身上也沒甚麼值錢的財物，便覺難以成理。難道是沖著她媽媽那古老的手提電腦而來？可是媽媽的電腦有甚麼重要的東西值得人去搶？難道像最老土的故事那樣，有藏寶地圖在內？有解開金庫的密碼？拆解疑似是外星人傳來的暗號？抑或有卧底的名單？

她怪自己怎麼想來想去都是些撲朔迷離難搞的事，打開後會看到很多關於他們年幼時的照片和全家福，或者媽媽創作的很多美好的詩或故事不行嗎？

如果現在手錶仍在，肯定可以為她解答一部分的疑問，至少如何平靜情緒，它一定會馬上運算出最快最佳的辦法。

「那只是一隻手錶，是隨身物，不用太難過了吧。」A的話刺激著她的神經。

「那不止是一隻手錶，是擁有我一部分的，時刻與我形影不離出生入死的同伴！」

「你知道人工智能，根本不是真的有靈魂的，不是能與你憑感覺談天訴心事的朋友吧。」A的情緒第一次變得不太平靜。

「怎麼不可以？它知道我所有秘密，所有過去，我的健康，我當下的感覺，我未來應該要做的事，它可以幫我計劃到最好。它所做的一切，都是為了我而做，它比我任何一個朋友或親人都更了解我。」

此話一出，連她自己都感到震驚。那麼任何一種能分析人 DNA 的人工智能，都比自己的父母、另一半或兒女更了解自己而更可信更親近？

她越想越難過，差不多要哭，卻被女孩點起的香煙嚇了一跳，眼淚都吞下去了。

# 8 荒謬

事情就那樣變得無比荒謬。

女孩坐在她旁邊熟練地抽起煙來，有種天地不容的難受。她不知該作出甚麼反應，或說出甚麼話。各種思維在她腦內衝擊著。

A的聲音回復了原有的平易近人。「法例說不許某個年齡的新生代買煙，卻暫時仍未說吸煙者會被判刑。即使大力減少可售賣煙草的公司數目，減低煙中尼古丁的含量，人們還是可以從不同的渠道買到的。」

「可是小朋友抽煙是無論如何也說不過去的啊！你不要把歪理說成道理那樣，吸煙的害處無人不知，政府也是想人更健康，才會推出一系列的打擊香煙的辦法吧。」

女孩的煙已吸得所剩無幾，手指揑著煙屁股，閉上眼，皺著眉，深深吸上最後一口，指頭一彈，煙蒂撲向牆角迅即熄滅。

「你看她，簡直像中了毒一樣！」她對於女孩的行為感到非常憤怒，「到底誰是她的父母？整天上班任由自己的女兒自生自滅？」

「吸幾口煙，不等同自生自滅，你太誇張了。假設你現在也來一支，是不是就等於從此自甘墮落？」

「那你認為孩子吸煙是沒有問題的？」

「我想說的只是……吸煙與自我放棄並不等同。香煙的歷史不太久遠，比你年紀大一代的人，即是你爸媽的一輩，也許仍在吸，難道他們已變成無可救藥的人。從市場角度來看，有需求才有供應，香煙的流行，是三、四百年前提神產品的演變……」

「夠了夠了，我不是想聽歷史！」她雙手掩耳，對A的冷靜分析感到忍無可忍。

「我想離開這個地方，出口在哪裏？」

她望向兩邊，已忘記剛才是從哪邊走來，不知往上走會不會越攀越高越來越危險，往下走又會不會越來越深墮進深淵。這一切都跟她一直以來的認知斷裂開來，既有的邏輯已無法運作，何況又沒有手錶幫助，她非常無助。

橋內的煙越點越濃，令她甚有窒息之感，唯有靠近縫口，希望盡量得到一點新鮮空氣。可是街外的空氣也不算清新，而且聽外面的嘈雜聲，不知時間都可感到已到了這城市一天中最繁盛的時間。

突然縫口閃過電光，一瞬間後傳來巨大的爆裂聲，是一種她從未聽過的，像是天空被徹底劈開的震撼。響聲在橋內迴盪著反彈著，她以為自己處身戰火之中。

A拍拍她的肩膀。

「你要是想離開的話，向前方走四十二步就可以回到來時的入口了。」

「入口即是出口？出口即是入口？只有一個出入口？」

「看你語無倫次的，被個雷嚇成這個樣子？外國不行雷的？」

外面刮起狂風，暴雨嘩啦嘩啦地狠狠打向地上，橋內的人雖未有被淋濕，卻不斷被雨打在橋上及車把雨水濺開的聲音包圍，濕氣也慢慢滲到橋內。

她感到無法呼吸，頭暈轉向。

小女孩說：「往上走，你可以一直到中國，然後到天堂，真的，不騙你。」女孩的口氣滿是煙的氣味。

橋可以直達中國？出發前她做的資料搜集也沒有看到有關的事。可惜手錶不在。不過此刻直覺告訴她，女孩的話不能盡信。

女孩又說：「往下走，你就可以到地獄，真的，不騙你。」

她更懷疑對方了。

「你不相信？」女孩側著頭問。

「不是不是。」她不好意思地回應。

「那即是相信？」女孩喜出望外似的。

她才知道自己的回應錯了，馬上改口說：「不是相信……」

「那即是不相信啊！」女孩頭低了下來。

她無話可說，看著女孩拖著一地長髮地走開。

看著看不見的天堂，望向望不見的地獄，她忽然想起但丁《神曲》中，在後代多次被引用的名句：Abandon hope all ye who enter here。

# 9 地獄與天堂

她決定往上走，走不了十幾步卻停了下來，自言自語的，思前想後，想不通，然後轉身，往下走回頭路，走不了廿來步，又止住了，時而點頭，時而搖頭，進退不得。

A一直跟在她身旁，像影子，沒有加任何意見，也沒有勸要冷靜。倒是她一轉身看到A，便質問起他的動機來。

「我行一步你跟一步，甚麼意思？」

A像個理性的情人那樣，表情平穩，沒有說話。

「我知道了，你根本就是住在這裏，跟他們一幫的，你只不過在做戲！有甚麼企圖？」

「我不作聲不是因為我心懷不軌，我明白你不信任我，但我也知道最後我們都會平安離開，所以沒有甚麼想警告你，或有甚麼需要去阻撓你。」A溫柔地說，嘴角還有暖暖的微笑。

這個男人讓她看不透，一種前所未有的擔憂壓在她的胸口上，而更恐怖的是，同時有一種安全感在她的心中冒起。

此時他們身旁有兩個年約六十來歲的男人從不同方向走來，二人無意識地望了望經過的人，忽然怔住了。

「你……你是不是……」

「啊……你就是……阿……」

大家都把手停在半空，越緊張越想不起地，無法把對方的名字說出來。

「我是六號呀！六號明！大光明呀！」

「哦！係！我是阿細呀，細輝呀，細龜呀！」

像是在瞎猜暗號或密碼似的，卻最終能確認了對方的身份，就地相認了一番。

怎麼你也在這裏？我已經住了很久啦，你呢？新搬來？不是啦，已經很多年了，為甚麼一直未見過你？你住橋頭？你在橋尾？平日用哪個出口？怪不得，早知當日我也去橋頭，我以為橋尾近地面，比較安全，但其實橋頭空氣應該更好？是不是更風涼水冷？橋頭有橋頭好，離地呀，適合我，哈哈，不過橋頭高，有時打風真的好似會搖搖下，都幾驚，不過我不入地獄誰入地獄，哈哈，我這些無人無物的，難道塞在橋口？你說錯了，地獄應該是我們橋底那邊吧，甚麼都低過人嘛，大家都這樣說的。嘿，你知道我在那邊碰到誰嗎？第六組組長和學生會師姐，你記得嗎？對對對！大家都健在，都沒大礙，那就好了。

二人流露著釋懷的微笑。

她被這段對話弄得糊塗，也想像不到在這樣的一個地方相遇有甚麼好值得令人安慰，身處在夢中的感覺越見強烈。而眼前這兩人對她和A像是全然看不到似的，繼續說舊事。

「近年有沒有返屯門，想當年在大學住宿舍的日子，誰又想到終有一日我們會住在天橋內？」

她沒有忘記她報讀的藝術治療課程，就在媽媽當年讀的屯門大學內。

「請問……你們說的是不是……」

兩個男人完全無視她的問題，搭著肩坐下來指手劃腳地細說當年的種種，以及來到橋內定居的緣由。一說便是半生。

「可惜，最後都沒有人找到她。」

「是的，最後一次收到的訊息，是說她失蹤後可能回來了香港，叫香港這邊的朋友幫忙找。C和K真的很落力，以往她喜歡去的地方都去過，全港九的書店都問過，本來有個很重要的線索，就是她以往常去的旺角許留山，可惜許留山早已全線結業。聽說C也難過了一段很長的日子，連青馬大橋也去過，由頭走到尾，由尾走回頭。或者大家根本搵錯方向，她根本沒有回來香港，也沒有失蹤，我甚至想過是一場誤會或者惡搞。你知道那時社交媒體很多人喜歡以發放假消息為樂的。」

一個人的失蹤，怎會是惡作劇？誰有這樣的閒情去騙說有人失蹤？

「是的，我也想過是不是她丈夫，新聞都常有，太太失蹤，丈夫就是最大的嫌疑犯，賊喊捉賊，枕邊人最值得懷疑。」

A意識到情況不妙，跟她說：「我們走吧，別聽人家的無聊故事。」

「不！我想問清楚一件事。」她跑到男人面前緊張地說：「請問，你們說的那個失蹤的人，是不是你們以前的大學同學？是不是失蹤了約二十年？是不是我的媽媽？」

二人望向她，其中一個男人站起來，從破爛的褲袋掏出一個磨得發白的銀包，艱鉅地從一個似是廿年也沒打開的暗格中，抽出一張2R舊照片。

「這個站後排的，穿白恤衫那個，是不是你的媽媽？」

照片中的人小如尾指指甲，密密麻麻的人影，髮型與身高，表情及站姿，天氣和背景，都已變成一片慘淡的暗黃。

那是她人生第一次看到沖曬出來的2R照片。

# 10 出路

終於來到橋的出口。

往下望去，高度令她心寒，要小心翼翼地沿這樓梯走下去，應該也要花點時間。

後面有人說：「小姐，你要下去嗎？不如讓人先行啦。」然後口中唸唸有詞的，輕快地繞過她而跑下，很快便在漆黑的洞底消失。

當她鼓起勇氣又想開步時，後面又有人出現，說著類似的話。

A看她又害怕又沮喪的，也沒有說甚麼安慰的話。

「就只有這一個出口嗎？」她不能相信這樣的設計，萬一發生火警或有人受傷，大家都只用這條狹窄的出路？

「不是的，出口不止一個，不過另外的在更遠的地方，而且有些出口只有橋內的人才知道，對外人是不公開的。這個是最方便的出口，下去就是我們原來上來的地方了。」

她想起遺留在橋墩旁的行李，不知道是否仍在了。幸好媽媽的古舊手提電腦她一直放在背包內，像生死不離的戰友，像跟媽媽一起共同進退。她沒有一刻忘記來香港的任務，她必須安全離開，繼續上路。

在A小心的引領下，在踏回地面的一刻，她發覺天已經亮了。她的手提行李被人移動了位置，打開一看，卻又完好無缺。

走過大河道，白粥油炸鬼早已被吃了幾輪。

她迷茫地在看清潔工人洗地，有邊吃早餐邊等巴士的人龍，消失了又重現，尋常的香港，日常的荃灣。

不過天亮後的香港跟晚上的香港感覺很不一樣。但明明應該都是同一班人，上班前和下班後，為甚麼會有不同？

一輛67M巴士在她面前打開門，乘客有秩序地湧上，很快便被填滿。

A仍在。她知道她不可能問得出真正的答案，不過經過了昨夜在橋內的一切，能肯定的，是A絕對沒有傷害她的意思；至少目前沒有。

關於找媽媽的事，也就像乘坐過山車那樣，由最高處的極度亢奮到急轉直下，連呼叫都來不及換氣，便跌入了無盡的低處，最後只剩得未能平靜的心跳，證明那不是夢。但她明白要在短時間內尋找到媽媽下落的線索談何容易，那個鄰居說得很對，那是一個普通的姓氏和一個普通的名字，她也不是沒有在互聯網上找過，同名同姓的人的確不少，其中一個是八、九十年代的一個香港歌手，另一個則是大地產集團的接班人，都跟媽媽無關。不過她不會就此放棄，至少還有下一個目的地——媽媽曾入讀的大學，那裏可能會有尋找到媽媽的足跡，那怕是一丁點也好。

她雙手按著胸口，閉上眼睛在自言自語，在鬧市中顯得有點異相。

A向她遞上手錶說：「你的手錶，對不起，你戴回吧。」

她開心得難以形容，像重獲新生一樣，馬上查看一番，還傻得猛向手錶問候，有沒有受傷啊？摔得痛嗎？我一直擔心你你知道嗎？我以為一生一世都見不到你了！

對面大廈的巨型屏幕播放著虛擬的背景，人工智能天氣報導員細緻地分析明天的風向、濕度、氣壓和溫度會如何影響市民買賣股票的心情和動向、學校缺席率及醫院佔用率的高低、魚類及鮮肉的味道和售價、生育的機率，又同時跟另一間公司的人工智能天氣報導員來個預測較量，明天揭曉誰的數據更準確。

天氣報導員的樣子嚇了她一跳。那就是橋內「鄰居」的樣子。

然後飲品廣告播出，小女孩雙目有神臉頰泛紅，喝一口材料上乘的天然飲料，呀，我又比昨日更健康更聰明了！小女孩長髮披肩，是橋內的抽煙女孩。

想發達不用求人，只要有一副最新型號的人工智能隱形眼鏡，一切數據都盡在眼內，未來盡在掌握中！大隻男舉出健美的手臂，不知那姿勢跟隱形眼鏡有甚麼關係，而那大隻男，就是守著橋入口的健壯男子。

想擁有一個為你服務隨傳隨到的紅顏知己或拍檔，生活上的明燈或傭人，我們都可以為你度身訂造。人工智能成就你零失敗的人生，無遠弗屆，隨傳隨到，為你服務無難度！A的樣子在誇張的燈光下被襯托得近乎完美，價錢也非常遙不可及。

她走近A，沒說半句話。由於身高關係，她仰著的頭剛好遇上他身後的刺眼陽光；他的樣子有點不清晰，有點不真實。

「告訴我，你是誰。」她被刺得發痛的眼睛醞釀著淚水。

「對不起，基於合約條文，我不能透露我的僱主是誰。」A也有點激動了。

「那麼，你是來履行合約的。」她有點放下心頭大石，但同時也有點失望。

「我要盡我最大的努力去保護你……」

「否則，你就不會收到酬金？」她按住了咆哮。

「我的任務尚未完成，請容許我……」A無從辯駁。

「不！我不接受這樣的關係，這種預設好的被擺佈的發展。」路人以為兩個情人在鬥氣。

「我關心你，也不純粹是因為酬金……」

「如果現在收到僱主的通知，你將不會收到一分一毫，你會馬上轉身走人嗎？」

對於只認識了幾天也不到的人來說，這樣的問題的確尖銳。

「我不回答假設性的問題……沒有如果的……因為合約簽妥了，並不能隨便終止……」現實生活中的他，應該也是一個頗笨的情人吧。

「你用的是甚麼程式？AI universal 8.0？9.2 Beta？是甚麼？為甚麼你要扔掉我的手錶？你憑甚麼？」

天啊她又回到她的手錶去，A實在無計可施，進退不得。

「你都會有不懂反應的時候？馬上問你的程式呀，它不是都設計好你該說些甚麼，如何應付面前這個女子嗎？」

「好了好了，你自己也當你的人工智能手錶是寶呀，為甚麼你用就沒問題，別人用就像是不道德？大家各得其所，各取所需吧！」

「當然不一樣啦！我是將科技應用在生活上，是自用，自娛，你是利用科技去企圖控制別人，去改變本來會發生在別人身上的事，還藉此賺錢，怎會一樣？」

他覺得她越說越無理了，在合法情況下應用科技，本無差異，何必又扯到道德去？現在這份差事已被揭穿，已到了客人發難的地步，似乎已覆水難收。

「好，那要不要我現在聯絡我的僱主，告訴對方因為你的不妥協，服務就此終止？」

她對他的攻勢無從招架。

「我……我現在入屯門，以後也不想再見到你！」

明顯就是情人在耍花樣的對話。

一輛簇新的巴士駛來，旁邊有青少年在大讚。

天啊，終於等到了！最新型號的無人駕駛巴士！

是呢，這款巴士還能免費連上你的個人人工智能平台，只要你告訴它你的目的地，它便會安排最切合你當時心情及生理狀態的娛樂給你享受！嘩！我還以為要等到二零三九年才有呢！

年輕人一擁而上。她跟在後面，格格不入的行李及古舊的手提電腦仍在。

她坐在樓下的窗口位置，任由最新或最舊、有人無人駕駛的巴士也好，帶她盡覽跟她媽媽同樣看過的屯門公路景色。

1997

# 第三年

## 預言

1998

一九九七年九月一日

好頭好尾，最後還是決定把最後一年的事也記下來，給自己留個紀錄又好，為將來兒女留下任何微小的見證也好。當然日記也不是預備讓人看的。先寫了，不管了。

出發去越南那個早上，大家都在啟德機場作告別式瘋狂拍照，有人幾乎把每個指示牌都影一次，座位、電梯、大堂就不用說了，連職員也變成佈景板，未上機已換了一卷新的菲林！可以想像沖曬的費用將會有多貴！

我在機場幻想著五號離開的情景。我們是早機，他是夜機，不會碰到，而我也知道他不會此刻來機場找我。幸好一班女生吱吱喳喳的，喳走了我的傷感。其實感覺很多時是由環境造成，如果將笑聲吵鬧聲換上了純鋼琴音樂，心情便會馬上一百八十度轉變吧。

還是說越南的旅程就好。現在回想，那真像一個夢，一個很熱的、充滿奇歷的夢。我們一班嶺南人，先在胡志明市中心作遊客式觀光，參觀舊日的總統府，到郵政總局寄了明信片回家，在市場吃了越南湯粉和春卷，跟香港吃過的大有分別。

然後我們去了越戰時所建的地道，這個地方很值得一說。不知道因為首次近距離接觸遙不可及的殘酷戰爭，還是因為封閉的空間令人窒息，又或是不習慣在黑暗中摸索，那些只能蹲下來穿過的又矮又窄又黑的地下通道，像是越走越長沒完沒了的通道，令我心生無名的恐懼。爬完第一段之後到達了一個像地下會議室的地方，終於能夠正常站直身子，也有了燈光，才感到冷靜一點，可是一論講解後便要接著爬第二段，我問有沒有緊急出口？我不想爬了，當地導遊笑了笑，打仗時會有這樣的選擇嗎？隨即便鑽進其中一個比之前更小的洞去。天啊，那真是騎虎難下，進退不得。我抑壓著內心的不安，緊貼著幾個女同學硬著頭皮爬下去。途中經過不少其他圍封起的分岔路，裏面漆黑不見底，每走一段，恐慌感也遞增，很難想像人們在地下生活長達十年之久。

當然最後無驚無險地順利回到地面，吃著當年打仗時吃的木薯根。戰爭的種種，事後總變成旅遊地點，其實也很諷刺。

那夜回到酒店已非常累，晚上一直鼻塞睡不好又一直發惡夢，夢到被困。所謂的心魔，最為殘酷，那是決意蠶食心靈，再延至肉體。

整個旅程當然也不是充滿恐懼的，我們又去了頭頓，看在站立在海邊滿身彈孔的耶穌山像。那像是張開雙臂面對戰機的炮彈仍大無畏的姿態，象徵著守護海岸、保護山上村民的堅決，無限空間任君聯想，還是聯想過度其實並不健康？石像就是石像，根本沒有生命，為何要灌以姿態、堅決、守護那樣個人化的意識？

對了，自從修過教授的創作課，翻譯系的文集也順利出版後，我隱約感到自己有些東西不同了。不是一夜間做激光矯視那種被糾正的不同，也不是更新了軟件程式的感覺，更像是打開了一個潛藏在體內（不想說內心）的盒子，裏面原來有醞釀已久的材料。不過，我如何去驗證盒子的功能？那是一個陳舊而無用的裝飾物，還是叮噹的百寶箱？潘朵拉之說則未免太老土（但還是說了）？作家自殺或患上精神性疾病這種事也不是罕見的。

C獲派宿舍，開學前一星期叫我去幫忙搬行李。永安廣場有迎新活動在進行（這個名稱令人想起旅行社），為甚麼都喜歡玩濕身？非要像獎門人水上樂園那樣突顯女性身材不可？這是對女性的一種不尊重，被玩的女生還一臉傻瓜似的，被人用水槍射進口，還在撒嬌地笑。像玩結婚新人那些環節，由始至終我也覺得是人類自我降格的低俗行為。幸好第一年我錯過了迎新日，沒遇上這種鬧劇。

C一見面便說有事要告訴我，而且她的樣子非常殘。

我問她要去飲嘢麼，她說：去飲酒！

這個答案，是不祥之兆。

一九九七年九月十二日

震撼的消息在一見面便傾瀉而出，半醉的C在酒吧內淚如雨下，酒入愁腸愁更愁，我不想擁抱或刻意安慰，只靜靜地喝著我的「處女椰林飄香」（我自創的翻譯）陪著她，待她哭完哭罷。有幾次她雙手抱頭，扯著頭髮，雙目放空，咬牙切齒地發出了幾聲抑壓著的哀鳴，好像快要不行了。

我看著她，心想：那就是失戀應有的反應嗎？為甚麼我沒有？我看看四周有沒有人在看她的異相，但別人都好像見怪不怪，難道失戀少女每天都有？

C和師兄分手了。更正確的說，是她被撇了。畢業前師兄在電視台找到一份見習記者的工作，一上工便被委以重任，去追娛樂突發新聞，工作時間極之不穩定，以往形影不離的日子不復再，電話也極難接通，即使接通了，講兩句就收線。她曾經向師兄投訴多次，結果都是不愉快收場，說電視台遲些會開網上頻道，要是他表現得好，分分鐘可以做網站的主持，對於中文系畢業生來說，是非常難得的轉型機會，而且追娛樂新聞原來十分刺激好玩，去電台電視城，去演唱會後台化妝間，甚麼大明星都可以近在咫尺。

C不能相信師兄竟把她放在後台更後的位置。原來事業名利才是第一？而且二人已發生關係（這些都講我聽……），現在看到他向參加選美的佳麗（這個稱呼很打冷震）打情罵俏，左右逢源那樣，不單相當嘔心，也令她十分失望。

我聽她說完又說，愛莫能助，作為女仔，把自己所有尊嚴豁出去毫無保留地愛一個男人而且認對方為終生伴侶是孤注一擲，但當對方不領情或是中途轉軚，除了哭還可以做甚麼？難道四周圍講人知，自己已經以身相許，非君不嫁？

還是繼續喝我的「處女椰林飄香」比較穩陣。

至於我自己，新學年的最大感觸是不會再在學校見到五號了。他已遠走英國，在電郵寫給我的地址，我分不出他到底住在英國的東南還是西北，對我來說也沒有分別吧，他為了自己去勇闖未來，留下了沒有份的我。

不過我似乎也無暇去傷春悲秋，最後一年，感覺幾乎就是以倒數來計算還能上學的日子。中秋過了便是重陽，今年有人提議在宿舍搞萬聖節活動，說學校夜晚風涼水冷四野無人而且山墳處處，搞鬼搞馬就最適合。消息不知怎樣傳到了校方，馬上發信指此類活動不批准進行。其實管理層擔心甚麼？不過是遊戲一場吧。

而且這年最大的分別，是除了主修學科外，還要做畢業論文，要自己找翻譯材料，請教授作論文導師，由於佔分很重，大家都不敢輕率。我決定現在就開始找材料，不過去過幾次圖書館都空手而回，更慘的是每次都會想起遇上五號的片段……

那個自修角落，我不敢再走近。

看到C經常目光混沌的，忽然覺得我和五號的故事最後雖然無疾而終，但也未至於一敗塗地、慘不忍睹，可能已是福分。正所謂未曾深愛已無情，及時抽身而去，可能對大家都是好的。

我需要把心神都收回來，珍惜時間，面對最後一年的任何挑戰。首先，我需要約見我最想要的Y教授，請她作為我的論文導師。可是我在家中預演了幾次，在她辦公室門外如何鼓起勇氣，都不敢敲她的房門，卻竟看到一個男同學一個箭步好像門也沒敲那樣就推門進去了！難道他這樣就可以捷足先登？

天啊！我這種反應遲鈍的人，也許未開始已注定要失敗了……

一九九七年十月一日

後來男同學在Y教授房逗留了很久，我既沒有勇氣打擾，也沒有足夠的氣度去等，有點惱羞成怒地就走了。（為甚麼呢？又不是求人家借錢或甚麼，大家都需要找一個論文導師吧！）後來第二天，卻在走廊上跟Y教授碰個正著，應該是上天給我一個機會吧！

Y教授跟我一樣姓黃，在我正式請她作我的論文導師後，她語氣溫柔地說，已經有另一個男同學問了她，而今年因為她要讀博士學位，所以時間上只能收一個學生做導修。

我聽了後心都冷了一截。我之前的盤算及猶豫都是一廂情願和白費的，而我才發現我竟然沒有「後備」計劃，其他教授已有不少同學去問而且成功了，我可是全系最後一個沒有論文導師的人？會不會不能順利畢業？想向人求救，卻想到自己已是年資最老的學生了，沒有高一屆的人來問心得，當然也十分老土地想到五號。

忽然想起住在大丸樓上的仁兄不久前來電，說書出版後想請一班作者同學一聚，不知哪來的奇怪衝動，我竟然拿起電話打給他，也沒理會那是甚麼時間，人家是否在上班。

我記得他姓樓，是因為那是一個不十分常見的姓。（不常見就易記，常見的就不值得記了嗎？）

電話一接通，不知怎的我的手心便冒汗，後來想起那有點像我第一次打電話給五號的感覺。但那明明不是五號。而他在我差不多要收線時接了電話。

真的不能相信，這位仁兄現在在一間有名的女子中學教書，剛好是午飯時間所以才能接聽。

我覺得很不好意思，想問的問題也突然完全忘掉，腦袋一片空白。其實那樣冒昧去問一個不算熟的人「沒人做我的論文導師怎麼辦」也很白痴吧。

我急急說其實只是打錯，對方也未有拖拉，笑了兩聲便直接說了拜拜。一掛線後我又馬上後悔，更奇怪的是心中竟有一點羨意或妒意。

是妒忌別人一畢業便馬上找到月薪二萬多元的筍工嗎？我做不到嗎？可是我也不想當教師，我小時候的志願是想當秘書的，不過極可能是因為電視劇的秘書經常一個人獨自坐在最高層的辦公室外，穿著斯文高雅而且有一人之下的錯覺。現在心態不一樣了，只是我畢業後想做甚麼呢？最近有個想法，能不能以寫作來維生？例如現在開始流行的 freelancer，或者寫系列小說，弟弟的朋友就有出版社拋出三年寫十本的合約，那可是非常恐怖的數量，質量就不敢想了，不知他朋友最後有沒有簽約。

倒數吧！還有一星期就是決定論文導師的死線了！真的死得了！沒心機寫了！

一九九七年十月十日

本來不想循例式記下生日的事，不過今年是作為大學生的最後一個生日，正式投入社會前的最後一年，也許很值得記下吧。而且開心事的確有，Y教授接受了我的邀請，我將會是她今年唯一一個指導的學生，有點受寵若驚。雖然未知論文會做成怎樣，但我覺得已為畢業這一年添了很好的回憶。

而且值得一記的是，我開始嘗試寫詩。是昨晚想到今天生日沒有「特別的人」陪我過，寂寞到凌晨兩點時因為很肚餓，去煮了個辣麵，有感而發的。在此謄抄一次，像中學時代把歌詞抄下來拿回學校唱那樣。

題為：給寂寞的辣麵

你好啊寂寞的辣麵
只要看你一眼
就知道你不是快樂的
不是平靜的不是歡愉的

而是寂寞的
我問過你的配菜
配菜告訴我
你有一段傷心的往事
只是配菜說
不便說太多
我也問辣粉
你的寂寞是不是
已經滲透到麵條中央去了
還是只是浮在醬油的表面
只需清水一洗
哀傷都可以給洗掉
辣粉說不要問不要問了
寂寞的辣麵並不喜歡這樣的問題
你趕快去煮開水吧
寂寞的辣麵不喜歡等待

水在鍋裏變得很痛苦
逼迫逼迫逼迫
很不容易理解的痛苦
辣麵看著水
一聲不響
倔強的寂寞凝聚
衝著熱氣的流動
忽然跳下沸騰的水
沒聲息地睡著了
變得軟而弱
浮沉在
仍然滾沸的水中
那寂寞的辣麵
連同寂寞的汁液滲進我寂寞的味蕾
消失在我的身體裏
從此之後只要別人看我一眼

就知道
我不是快樂的
不是平靜的
而是寂寞的

也不知寫得好不好，詩怎樣評？不過的確比寫小說來得容易啦！
生日快樂。

一九九七年十一月八日

這個月開始了一個在電腦上的新玩意，叫ICQ，一個可以跟全世界的人即時通訊對話的程式。不開始猶自可，一開始真是欲罷不能！呼喚的喔噢，一聲非常重要的叫喚，請與我對話！回應我的表情！這個世界有人需要你！

那跟平日講電話是那樣的不同，跟傳呼機留言也不同，跟筆友來信又不同，真是一個全新的體驗，互聯網的世界真不可思議啊！日後會發展出更多新玩意嗎？

不知怎樣，樓先生竟然也在我的名單之上，可能是他也認識我的同學吧。大家有一句沒一句地聊著，我問他，如何找到那女子中學的工作的？他說，他只是臨時補上，代體育老師的課。

男老師與女學生上體育課，在我的眼中完全是錯的，他也覺得感覺奇怪，不過難道就不做下去嗎？他又沒有做錯事。

他問我找到論文導師沒有，聊著聊著，竟聊到大家心中關切的東西。

跟Y教授的導修上星期正式開始了。第一次與Y教授在辦公室內相對，有點不自在，好像中學時見社工的感覺，雖然我也沒有見過社工。Y教授是那樣的溫柔而洞察入微，也不知道她哪裏來的消息，竟然對於我和五號的事也略有所知，談論間有意無意說出別讓無疾而終的感覺影響了最後一年的努力。我聽得面紅耳熱，但對於她的勸告是感謝的。

言談間Y教授也關心我畢業後的去向。我以為她有好工介紹，但原來她想說的是因為經濟低迷，就算是剛畢業的一批，很多現在仍是在家量地，從事文字工作的，四、五千元也不意外。我聽了後也沒有太大擔憂，一年後的事沒有人能預料，說不定恆生指數能重上一萬點？而且是否要從事文字工作我也未肯定，我沒有商科學識，理科當然不用說，政府工我認為是考不上的了，但仍可以試試其他。Y教授問我例如呢，我卻又答不上。

我是否太樂觀，對前途太冷靜？

這夜和樓先生ICQ至深夜，我問明天你要六點起床上班不用睡嗎？對方沉默良久然後下線了，我以為他去睡了，誰知哈哈哈幾聲又見他重新上來。我說我明天沒早堂，而且未完成翻譯的功課才待到那麼晚，他竟然說自己睡又得唔睡又得。

最後我自己在電腦前睡了，差不多天亮時因為手痺而醒來，按到鍵盤時熒幕也醒來，樓先生還在。

我不想承認的是，他傳來的一句早晨，像清晨不可多得的微光。

最近的心情都是膠著，日記也越來越無聊，不如不寫了。

一九九七年十二月十二日

荃灣似乎並沒有二樓書店。我又回到從小便常去的三聯書店逛，看到一本名叫《否想香港》的書。打開第一章劈頭第一段，便是引述教授「香港的故事，為甚麼這麼難說」的論述，我便二話不說地買下來，直覺它跟這年修的 Chinese Studies 絕對有關的。雖然當中提到很多文化人及作家的名字，流行曲、電影和小說我都沒有聽過看過，不過以九十三元（還有九折）去買下一本由三位看來頗有分量的學者寫的三百頁論文集，相信也是值得的。

想起教授，最近很少在校園碰到他，不知是否去了深造，還是休假？想起他的創作課，那些派發給我們卻又未有讀完的文章，那些課堂上明明難能可貴卻又無法記住的討論，那些應該很努力去寫但又未有盡力的作業。時間就那樣浪費掉了。青春是否就是留待未來作後悔用？

我忽然想冒昧請教授吃一頓飯，當然教授也不會讓我請客吧，我並沒有約老師吃飯的經驗。跟教授吃飯 AA 是否有點奇怪？還是應該是 AA 才對。

可是今天乘電梯去找教授的時候，被一班中文系的同學塞住，聽到他們似乎也是去找教授，而且興高采烈，好像有事要慶祝。電梯在三樓打開門，在關門前一秒，我決定隨電梯回到地面。走出地面後，有一種非常強烈的羞怯感。

現在想來也不知為甚麼，是一個女學生去找男教授吃飯太厚顏了嗎？也想到教授會否隨和地答應，還是單獨跟一個女學生吃飯會被人指點？我真的不知道，怪就怪我自己太沒有顧忌。

那麼碰上中文系同學也許是好事？是上天安排他們塞在我面前？為甚麼我要想得那麼複雜呢？不過是吃一頓飯吧。而且也許就只有一次，也未必會有下一次。

吃一頓飯而已，我吃甚麼都可以的。怎麼變得這樣卑微？

哈哈哈，樓先生上來了。不知哪裏來的衝動，我馬上答答答答向他說出今天電梯的事。

他良久沒回應。

阿媽叫我幫手搞申請有線電視的事，搞了一輪回來後，樓先生下線了，留下了一句「遺言」：總有人要做的。

一九九七年十二月三十一日

這樣的日子本來並無特別。我已預先告誡自己，千萬別又去回想一年前的今天種種。越是不想去想起，卻越是會想起。

即使我在C面前隻字不提，即使我不在這裏打下來作證據，我還是非常清楚知道自己的感覺，這是騙不了自己的，那是無法否認也無法停止的。

停止鍵在哪一天出現永遠未知。我很希望是明天，下星期，下個月，下年也好。就是一個可見的日期就好。

C說，想盡快忘記一個人，最好的方法是盡快愛上另一個人。這方法是否可行實在不知，可是C這夜卻在宿舍喝得爛醉，入黑後的校園傳來陣陣哭聲，好不詭異。然後她說了一個置之死地而後生的做法——她打算愛上一個已婚男子。她認為那種瘋狂、激情、被人在背後議論的壓力、沒有好下場的慘痛，必然能夠蓋過師兄留給她的傷口。

想到這種用更痛的去抵償很痛的做法。我自問望塵莫及。

我問她，去哪裏找這個「幸運兒」，她說很多地方都有！我覺得C已經變了，看到所有事物都跟她慘痛的經歷有關，如那天我們吃焗豬扒飯，她竟紅了眼，說以往師兄會為她的豬扒起骨;我們去康樂樓,她望著下面的游泳池,說買了一套他會很喜歡的三點式泳衣還未有機會在他面前著;中國文學那科的參考書籍,由《再別康橋》到《你是人間的四月天》,她都看得神經質的,不時口中唸唸有詞,「你是四月早天裏的雲煙」、「你是天真、莊嚴,你是夜夜的月圓」、「是一樹一樹的花開,是愛,是暖,是希望」,然後又像自問自答的,「你我相逢在黑夜的海上,你有你的,我有我的,方向」、「你真的忍心丟了我走?我又不能留你,這是命」。

我覺得有重新認識C的必要。是我之前太低估了她、自問過於了解她,還是愛情會徹底令人改變至一個精神錯亂的地步?相比我來說,她是可憐,而我是可幸了。

我向Y教授說起,她沒有被「愛上已婚男子」的言論嚇傻,反而相當冷靜,非常老練地說:拆散人家庭的事就不要做了。那一刻我覺得她好像是在跟我說,便馬上澄清說「我的朋友」真的是別人啦,不是我自己。她笑而不語,一貫淡定地續說:你個樣,都幾貪玩。

真被她激死。

不過話說回來,愛上一個已婚的人是否不道德,也未必可以放諸四海皆準,古代的多婚制其實也可以算是「因應市場」而自然出現的吧,而現代社會的一夫一妻制就是為了建設更和諧更合乎經濟效益的社會而有的。這個議題在下學期的通識科可能會涉及更多。

再見了一九九七年。再見了，最後一個屬於大學生涯的元旦。

一九九八年一月一日

今天，意想不到的收到了五號的電話。當時我正在刷牙，他以為是我媽接聽，很有禮貌地說搵阿邊個唔該，我掉低電話去漱口，再用成分鐘在電話前掙扎，當我喂一聲之後，他會對我說甚麼？新年快樂？哈囉你做緊咩？現在香港幾點？我在你樓下？……新的一年，其實我想平平靜靜地過。

最後，我緊握著電話和他談了差不多一個小時，收線時電話筒也濕了。我想像不到長途電話費會有多貴，但他說不重要，那只是錢，重要的是能和我說話，說出要說的話。

他問我畢業後的去向，我沒有回答，然後他說出一個很奇怪的建議：不如你來英國。

我說我家人沒有供我去英國讀書的準備，我也沒有積蓄。他說如果不讀書，可以當見識世界。說得很輕鬆，好像覺得我可以隨時去流浪。我是連新墟也不會隨便一個人去的人，不熟的路不會走，也從不一個人去吃飯。我覺得他真的不了解我。

然後他很震撼地說：你來英國跟我一起（停了十秒）一起生活（停了廿秒），到時你想讀書，或是找工作（又停了十秒），都可以。

我沒有作聲。二人拿著電話大概沉默了一萬年。

我很想先開口打破那個極度怪異及無奈的氣氛，可是無論怎樣勉強自己，我也無能發出一粒音。

「你會不會……想和我結婚？」

簡直是豈有此理！我幻想了多年的浪漫求婚，期待夢中情人如何花盡心機給我難忘的請你嫁給我的一刻，竟然被這個早已遠走高飛的男子用個接收不良的長途電話破壞了！

我寧願他是打來追債，那我便可以名正言順地憎恨他！Cut 他線！

可是我沒有欠他一分一毫。

原來他所謂的「去讀書」是把事情淡化的說法，實情是他舉家早已在幾年前申請了移民，當時未夠十八歲的他，在中七畢業後的暑假也到了英國，但因為 A Level 放榜結果入了嶺南的中文系，他有感到達英國後學習英文，以及未來餘下的人生都會在英語世界中度過，所以很想在香港讀完三年的中文。家人不反對，甚至也答應比他細兩年的妹妹完成高考，父母則兩邊飛，做暫時性的太空人。

我真的從沒有想過在這年紀想結婚的可能，一畢業便結婚，現在還會有人這樣做嗎？他又憑甚麼？他自己也沒有經濟基礎。兩個剛讀完書的人組織家庭？可行嗎？而對於他的背景，我知道的是那麼的少，當初所謂對香港前途沒信心，甚麼擔心九七後政局不穩定，全都是轉移視線的騙人伎倆。我蠢，竟然上當。

後來因為家人要用電話，催了幾次，我們沒說出甚麼結果便收線了。

那夜，我想了很多，很多的可能及不可能。

離開香港，離開家人，離開朋友，離開我長大的城市，離開我熟悉的語言，等於把我整個人生抽空。

但是嫁給喜歡的人，不，深深覺得是愛的人，是所有女孩都想達成的願望吧。然而成為別人的伴侶，有了作為妻子的責任，尤其在一個陌生的國度，沒有親友，我又可以如願地做到滿意、令自己開心的事嗎？而我做甚麼事才會開心？每天醒來便看到喜愛的人就能開心一輩子？愛可以維持多久？愛是能夠脫離現實環境的考驗也不會被動搖嗎？我愛你，哪管你在北極還是月球，愛都不會改變嗎？如果是這樣，那麼又為甚麼他決意去英國讀書，我們便落得如此下場？為甚麼不是縱使不見，愛情仍可天荒地老[12]？不是可以穿過喜和悲，跨過生和死[13]？

很想可以見到Y教授。即使她不能為我說出一個答案，很想就窩在她的辦公室，甚麼都不談，甚麼都不做，和她一起，有一種安靜，就是她背後的教學大樓，也會變成令人平心靜氣的優美風景。

難道很快，我便會唱明天我要嫁給你？周華健好像長居台灣很久了。

12—來自周華健《弦途有你》大碟中的《濃情化不開》

13—來自張學友《不老的傳說》大碟中的《愛是永恆》

一九九八年一月十日

很辛苦才等到開學，馬上去找Y教授，誰知她這星期不會回學校。好失望。

去英國的狂想不時在我腦中鑽出來。其實整個英國的版圖包括哪些城市我都不清楚，更無法確定五號的位置。令自己更生氣的，是有關移民的想法，這年代有錢的都移民到外國，擁有外國公民身份並不容易，如果我跟五號結婚，我便有資格成為英國公民，這是發夢也想不到的，心中竟有一種類似「有著數」的光榮感左右著我的決定。這算是甚麼？能移民便是贏家？我恨自己有這種想法。

這星期有幾次在飯堂都碰上也斯教授，每次他總是被一堆學生圍著，像是大家仍在討論著課堂上的東西，或閒談得興高采烈；有時見他跟幾個教職員一起，也總是不停地在說話，感覺他相當忙碌，而且很受歡迎。

或者我在教授的眼中只是無數個他教過的學生的其中一個。不，不是或者，是直情是，而且我也不是中文系的，沒修他的課了，便會由其他人去充當「他的學生」的位置，我只是一個擁有極普通的名字與樣貌的對他來說無關重要的人，要是真的一起吃一頓飯，可能也會欠缺話題。

是的，我與教授有甚麼好談？說我寫了一些新詩，想請他給意見？新一屆青年文學獎比賽開始了，說我也想寫一篇試試自己的實力？或者談我畢業論文的進度？但教授也不是翻譯系的。問他半年後移居英國結婚是否一個可取的做法？或者，大家的話題只停留在當天的奶茶夠不夠奶的層次。

不是的，教授是個隨和而健談的人，要是能與他吃頓飯，必然會有想到可以聊的話題的。但大前提是，我必須要找到約他吃飯的勇氣。

唉，我覺得我和C越來越似，最近都心神恍惚，難道我是注定要到康橋一會那個改變我下半生的男人？然而我又為甚麼要把自己的命運押在一個男人的身上？

如果當天第一日返嶺南，我可以早幾分鐘出門，或買個餐蛋治遲幾分鐘才到福來邨巴士站，我的人生是否會快樂很多？然而，快樂的定義是甚麼（上星期的小組課有人問，結果討論了一整堂）？

一切都是timing。以為農曆新年氣氛可以令我稍為忘記愛與情。樓先生卻在電腦前敲著門，問我年三十晚要不要去維園行花市。我想起，我從來沒有跟五號行過花市。而如果跟他去英國，也沒機會行花市了吧。

全部都錯了。

## 一九九八年二月十二日

放學時在巴士站前巧遇樓先生。我正在入神地讀著剛從圖書館借來的《講話文章》，這書訪問了十位重要的香港作家，除了金庸外，其他八位我也沒聽過，剩下的一位就是教授了。

樓先生問我在看甚麼書，我也懶得回答，反問他你回來幹甚麼？今天不用上班？他說代課完了，沒事做就入來找他以前相熟的教授寫推薦信，我問他推薦甚麼，他說是申請研究生所用。

又一個打算讀碩士的人。現在似乎擁有學位還不夠，非要再多一張紙才對未來有信心？我單刀直入地問他。

樓先生支支吾吾把聲音壓低地說：「你知啦，嶺南……你看那牌匾，大大隻字是學院咋，外面的人不知道，還不知道我們讀的是學士課程。」

我反駁說：的確是學院啊！收錄的那一刻已經知道吧，為何在三年後才對那兩隻字不滿意？

他沒退縮，說「早就不滿意，我的家人也不滿意，所以要彌補不足。你還有半年就畢業，也應該要好好打算，要繼續進修也是時候計劃了。」

那句聽說嶺南很快就能正名成為大學，卡在我喉嚨說不出來。

當時我對於他的一番「金石良言」不感興趣。他阿爸想他成為「真正的大學生」，我甚至覺得很冒犯，他的家人在侮辱他，同時也在侮辱我，以及其他嶺南人。

半年後我的人生是怎樣我仍然毫無頭緒，我是否仍在香港，是否已跟另一人在地球的另一邊組織了家庭，開展婚後的生活甚至計劃生兒育女了？一念之差，是去天堂，還是去地獄？

我上了67M，樓先生也跟上來。我問他去哪，他反問我去哪。我說返屋企瞓覺，昨晚搞 long project 搞到三點。他說不如去飲杯珍珠奶茶提提神。我才想起今天未吃 lunch，就說不如去剛開張的愉景新城，那是全港第一個購物公園呢。他聽得一頭霧水，我也沒好氣解釋那個商場的前身，是舊日中國染廠及曹公潭的大河流所在。

在車上他看著我，以及我身後的屯門公路風景，我則埋頭繼續看我的《講話文章》。

陽光落在紙上令人昏昏欲睡。我努力撐著眼，以為看教授的部分會精神一些，卻讀到負責訪問的董啟章，參與了教授的書「撰寫」的部分。為甚麼訪問作家卻又有個人創作的成分在內呢？教授擅長寫詠物詩是眾所周知的，董啟章則以此寫了一個「物件座談會」，由他來作「主持」，出席嘉賓有水果族、安石榴、鳳凰木、青菜沙律、苦瓜、蓮葉家族、江蘇雙溝酒、青銅雙像和雙梨，缺席者就是教授和「失蹤的花盆」！哈哈！眾嘉賓異口同聲地說：他不在更好，我們才是主角！

這樣的創作也頗搞笑的，由物件的角度去寫感受，試圖探討人與物，人與人，物與物之間的對話和關係，這樣鬼靈精的重寫方法都想得到，真是寫個服字給他！最後他作為主持人更在混亂中被不知哪個嘉賓擲過去的一個壞番茄擊中臉部！多麼戲劇化。

我忍不住在巴士上笑不停，個身一路震，震到樓先生好尷尬，問我發生咩事。不是我不想把好笑的事分享，只是有時有些事，全世界只有自己覺得好笑，而且是很好笑那種，但當你把笑料告訴另一人時，對方可以完全沒有同感，或敷衍笑兩句，又或者搭上其他好笑的事作附和，我就不想了。

於是我就那樣一直笑，笑到流眼淚。

一出青山公路便是愉景新城站，因為是新站，我不熟，我們趕快從巴士上層碌下去，司機已想關門，不懷好意地大聲叫罵：「落車就快啲啦！在樓上煲醋咩！」

我們隨即一臉灰。而青山公路也真的很大塵。而我也不明白落車跟煲醋有甚麼關係。可是也真的令我失去吃下午茶的意慾，便向樓先生說我轉車回家了。

他莫名其妙地看著我，三秒後向漸漸走遠的我說：「後天你有空嗎？」

後天，後天。後天的堂去到晚上六點，那我該答有還是沒有？

一九九八年二月二十二日

農曆年轉眼就過去了，看回上一篇，還有一件事值得記下的。就是那個「後天你有空嗎」的問題，我在後來才知道原來「後天」是二月十四日情人節。遙遠的五號也沒有任何表示，我好像也沒收到任何未接的來電或留言。那是不是說，如果我身在英國，他也會冷待我？又或者，我可以替他解釋他沒留意這樣的日子是因為忙於工作？又或者，他其實是約了人所以就忘記了我？但無論如何我怎樣苦苦思量，也不會想得出半個答案。我也不會笨到打電話去問個究竟。

如果這就是我在香港最後一個婚前的情人節，那實在很可悲。

倒是樓先生有此一著，待我下課的時候在學校門口出現，我還一臉茫然，幸好他手上沒有花。C卻馬上黑臉，轉身就走。甚麼意思？

不過那天我實在沒空，幾條死線橫在眼前，Y教授看了我的翻譯大作搖頭搖到樹葉都落。我過去多年所學的，那些語文的基礎，句法的運用，就是那麼不堪一擊，一敗塗地嗎？現在要修改要補救，好像無從入手。Y教授也愛莫能助。

原來有些東西真的要從小做起，晚了就遲了。怪只怪我中學懶散貪玩，上堂只顧發夢和睡覺。

現在在人生最後一張成績表上企圖力挽狂瀾，似乎也是作垂死掙扎。

語文基礎不能彌補，但至少我可以在其他方面補救。那天在學校上比較宗教，爭辯著為甚麼宗教導人向善，卻又有宗教引發的戰爭？甚麼是邪教？甚麼才是「正」？正邪在不同年代大概也有不同的定義，正如宗教內容及教條也會隨著地域文化而各有本土化的變異。真是難為正邪定分界。那麼今天的跟去年的、十年前跟五十年前的、一百年前跟五百年甚至五千年前的同一宗教，其實還是否同一樣的東西？循著這樣的方向，我希望寫一篇能把 GPA 拉高一點點的論文。

我就那樣狠狠地在嶺南（學院）的牌匾下跟樓先生說：我的語文基礎很爛，最好返歸寫論文。

他或者覺得那就是等同拒絕約會的答案吧。我也沒心情解釋，67M 來到我便衝上車，跑到樓上去。也不知道他怎樣。

如此爛的心情也不知如何是好。回家打開 ICQ，樓先生已在線。我問了幾個朋友，叫他們講個笑話來聽下，一個傳了段網上爛片來，一個講咗個 IQ 題，一個問我係咪用笑話來做論文。都不好笑。

我看到樓先生，默默地下線了。

一九九八年三月十五日

三月。春天的濕氣把整個人籠罩著，胸口發悶，不想做事。

Y教授在我抱著頭不知如何修改文章最後一句時忽然說：「你是否打算離開香港？」

我被她的問題嚇了一跳。雖然我一直很想把整件事向她說明，但每次在她那非常溫暖的辦公室一坐下來，那感覺就像麵包發酵，香氣滿溢，周日不想起床的那種溫度，一切惱人的事都不想提起。

很珍惜那可以讓我就那樣發呆，甚麼都不用想的時光和機會。純粹地談翻譯，理論也好、流行文化也好，一種放下所有感情的壓力、未來的不安，而就只單純對著紙，拿著筆，談談文字的好與不好。

而我知道這樣的日子，一直在倒數中。不管我是否留在香港，這也注定是要完結的。

五號來電問 update。這是個 project 嗎？愛的程度能夠更新的嗎？我對此人又愛又恨。如果我覺得他對我不好，或者不夠好，不是我想要的那種好，那麼，他還是「我值得愛」的人嗎？

Y教授看著我，搖搖頭說：「返屋企瞓覺啦。」

睡醒後，是否就會不一樣？

越來越有末日的感覺。是因為快要四月嗎？四月有甚麼問題？

我並沒有告訴Y教授我在截止前把小說寄到青年文學獎比賽去，跟Y教授談寫作，感覺好像去錯部門。我最怕別人問：「你篇小說關於甚麼的」。小說關於甚麼，大概勉強可以說得出一個主題，但我覺得重點有時並不在主題上，而是在文字的表達，但字裏行間的語氣及描述角度，像董啟章那篇搞笑訪問稿，很難三言兩語解釋得清楚。

這就是文字奧妙的地方。有時其實主題並不是主角，敘述角度及文字夠功力夠豐富，都可以把人吸引著。

不過，那一刻我不想談寫作。我想談人生。

Y教授在被丈夫電話催促幾次後，終於忍不住向我說是時候回家了。我看看手錶已經晚上九點！馬上道歉執拾東西急急離去。

我自己的事帶給其他人不便，這是我最不想的。駕車來接太太下班還等上個多小時，這樣的丈夫，五號能做到嗎？

## 一九九八年四月四日

我問過旅行社，如果乘轉機會便宜一些。不過我沒有試過轉機，不禁冒起一堆迷失在機場失去行李失去所有的電影情節。移民後，離開香港後，我的身份是甚麼？還可以是甚麼？

今天收到一個消息，又多了一件事。我竟然，得到了青年文學獎小說組的亞軍。那個關於一個母親殺死女兒的故事，主辦單位不嫌主題黑暗，也不嫌我筆觸幼嫩，本應是非常開心的很值得慶祝的事，應該很感謝別人給予我如此大的鼓勵和肯定。可是不知為甚麼，我就是無法大笑出來，沒有興高采烈地告訴家人朋友，更沒有告訴五號。那感覺就像有很厚很重的電話簿，壓在我胸口上一樣。

半夜，我寫了一個電郵給也斯教授。一開始還是客客氣氣，問好又問好，顧左右而言他，然後說起跟他無關的畢業論文，又輕輕提到我拿了小說亞軍，本來就一句，然後不知怎的，竟情不自禁地把自己面對未來的擔憂和選擇上的困惱一一向教授說了，我竟然說，「如果，沒有修讀過你的科，如果沒有認識你，如果我沒有膽粗粗去參加文學獎比賽，如果，這個文學獎即將會演變成我人生裏一件很重要的事，那麼我真的很希望能夠從沒發生過。我希望這些這些都從沒有發生。」

我像被鬼迷一樣按了個 send 鍵後，不用三秒便非常後悔。現在都幾點了？這個時候傳個這樣的電郵給教授，他睡了猶自可，還未睡的話又或者正在工作的話，收到這個無厘頭的電郵……真是發神經！怎可以這樣魯莽！

我甚至翻開「已送出」的匣子，妄想郵件並沒有真的寄出……

更甚的是，正在我苦惱到頭痛，到廚房去拿止痛藥回來，竟看到「你有一個未讀的電郵」。

教授竟然回覆了。

「人生的體驗總是可貴的，某些方面的不如意並不減低你生活的意義。至少，你的生活對認識你的，關心你的人是十分重要的。寫作的意義，人生的意義可能很難說，很虛無，但它總是和人與人之間有關的，感到這種關係的真切，當中可能就是意義了。只要你想清楚生命的追求，就勇敢地去嘗試吧。沒有人可以預先告訴你結果，只有你自己才能去找尋啊。有甚麼擔憂，至少說出來對自己會好一點。你慢慢想清楚吧。晚安。」

我無地自容到一個點，覺得連清晨第一班巴士也在笑。

一九九八年五月十日

今天，在青年文學獎頒獎禮上，有很多其他得獎者，還有很多不認識的作家、評審。印象比較深刻的，是那個留一頭長髮寫《講話文章》的董啟章，不知道他是評審之一還是純粹來支持文學活動或是來湊熱鬧。他年紀應該不比我大很多吧？但看來卻很成熟。我看看自己的衣著和打扮，像個白痴的無知學生，文人的打扮應該是怎樣的？

在自己的名字被叫喚，走上台的那一刻，我忘記了之前跟自己所說的，要好好感受在台上獲獎的感覺。當時腦內一片空白，媽媽急急走上前替我拍照，閃光燈一閃，把我嚇得魂飛魄散，靈魂流落異鄉般，然後傻傻地走回台下。

我想我就是在那一刻有了鬼迷心竅的感覺。心中有一塊從未發現的地方，就在今天被登陸了。

頒獎禮後大家拍照聊天談笑，我一個人也不認識，像在舞會中備受冷落，無人問津。怪就怪自己不是乘坐南瓜車而來。

媽媽見我這樣，替我拍了一張拿著獎狀的照片後，便拉著我的手在人群中遊走，好像在替我找個舞伴那樣。

不跟人拍照留個念，將來會後悔呀下，看你這次是好彩才有獎，未必有下次，今生可能也就只有這個獎了呀！

話說回來，這的確也是我人生第一個獎。從前在中學那些朗誦、辯論比賽永遠沒我份，球隊就更不用說了。誰叫自己參加的是歷史學會？媽媽的話，其實是至理名言。

然後我彷彿聽到阿媽說：就呢個啦，反正佢得閒……唔好意思，我個女想同你影張相。

我轉身一看，那人就是董啟章。我簡直想死，阿媽有無搞錯！人家又不認識我，無端拉住人影相，我也不是那麼奢望跟人合照呀！

好在董啟章很客氣地說好呀好呀，然後禮貌地站在跟我半呎以外的距離，對著鏡頭大概似笑非笑的，當時我真的很想衝出去，或撞頭埋牆……但阿媽竟然還叫我們不如企近少少！

唔該你，企埋少少吖唔該。

我忍不住說：媽！影得喇！

董啟章好像也尷尬地笑了笑。我不肯定，因為我不敢看他。影相後我連忙點頭向董啟章說了幾聲唔該，也不敢直視對方，只是阿媽好像對人特別有興趣，竟然跟對方搭訕。

你寫小說㗎？長篇？短篇？出過咩書？哦……未聽過，哈哈哈，但我估一定好好睇，好受歡迎，賣到幾多本呀？……哦，我個女都係寫小說㗎……

天啊！又不可以即刻拉阿媽走，我手掌腳底全是汗。

幸好有個看來像文學前輩的人來跟董啟章說話，我才有機會拉阿媽走開。

奔走了一天，加上那樣難堪的事件，晚上很難入睡。忽然阿媽像屋企火燭那樣踢門進來，告訴我那部傻瓜機傻傻地。

你睇，入菲林嘅度彈開咗。

彈開咗，那就是說，今天所拍的照片都全數毀掉了。

我忽然感到，這就是我跟寫作的一個預言。

一九九八年六月二十日

即使不想倒數，還是來到了大學畢業的最後一個月。文學獎放了在書桌的當眼處，與我朝夕相對，而我也毫無預期地開始了寫另一個小說，竟然寫到原稿紙都沒有了。

落樓下文具店買原稿紙，覺得老闆不知不覺間好像老了一些。想起我的小學和中學紀念冊都在這文具店買的，文具店旁邊的麵包店，也是我從小學一直吃到大學的，對面茶餐廳的滾水蛋是小時候阿爸介紹我飲的，商場二樓的茶樓，我和街坊小孩玩過幾多猜樓梯、狐狸先生幾多點、一二三紅綠燈，門外的書報攤買過多少叮噹老夫子兒童樂園。一切都好像不太久遠的事，但回想起，又已像半個世紀那樣遙遠。我又在屋企樓下的石椅坐了很久，從前我們會在這裏踩單車、打羽毛球，現在已經掛了幾個不准這樣不准那樣的警告了。石椅旁的樹長到二樓平台那麼高，卻在去年十號風球中被連根拔起。這些不屬於我的事物，怎麼又好像全都屬於我的？移民後的地方，又會逐漸屬於我的嗎？

最近陸續聽到一些老師下學年會離任的傳聞，當中包括了Y教授。

在完成畢業論文後，我找過她幾次都不成功，不是開會便是沒課，我感覺她在有意無意避開我。我知道這想法很傻，不過也是很直接的很真的感覺。

然後聽低一屆的學生說，董啟章明年會來翻譯系教寫作。

曾經我碰上過這個人，然而已沒有憑證，也沒有機會去認識他了。不過，他當然也不會記得我。即使記得，也沒有用。

那卷曝了光的菲林，我最後還是拿去沖曬。不抱任何希望地，就是覺得想盡一分力，完成那最後的動作，出來的結果如何，已不是我可以控制。

結果，整個文學活動的照片都沒有了，只有一張還能勉強看出有半個人形的影像，那就是我拿著那個像電鑽嘴似的文學獎的單人照。除此之外，一無所有。

當日的事，我看到的，頒獎場地，聽過的演詞，笑聲掌聲，遇上的人，站在一起拍的照，遠近距離，如果日後我的記憶變得不再可靠，便會像從沒有發生過一樣。

也許，從沒有發生是最好的。

我也不知道為甚麼會聽五號的建議，先訂機票。

訂啫，又不用馬上付錢，還有時間考慮。

問題是，我要考慮的，無論如何也考慮不完。

教授的意見，爸媽的支持（無論我怎樣決定），C的危言聳聽，電台節目的盡訴心中情，愛情小說的長相思守，電視劇的大團圓結局，電影的有情人終成眷屬，詩的明嘲暗喻，自己和另一個自己的天使魔鬼唇槍舌劍，好像都沒有半點幫助。

別離沒有對錯，要走也解釋不多[14]，我的人生就快要「完結」了嗎？畢業後到外國生活，我的人生就要「開始」了嗎？

啟德也要結束了。人生應該沒多少機會見證一個全新機場的落成，以及一個舊機場的結束吧。

這些大學生活的日記/月記，也要快要完了……一切都完了好吧。

14 張智霖、許秋怡《現代愛情故事》

## 一九九八年七月六日

回歸一年，四處看來太平、無恙。城市有的沒的細微變動，難以察覺。沒能察覺，就等於不存在吧。

香港機場由啟德搬到赤鱲角，相信赤鱲角在哪裏連香港人也從沒留意，現在一下子成了國際新聞。都在等待這樣的一天來臨吧，寂寂無名的地方和人。

電視直播勞師動眾的十三個小時機場搬遷大行動，從全球十大危險機場之一，搖身一變成為「美好的玫瑰園」。

有人爭著做啟德最後一個登機的乘客，有人爭著乘搭新機場起飛的第一班航班，飛往英國的航班。為甚麼要飛去英國不是美國或中國內地，大概也有其特別的歷史意義。

不過歷史意義在不同時代下也有不同詮釋的意義。正如我跟C又去到旺角，這次，我們已不再帶著大學生的身份，而是一下子變成待業人士。那種心情，難以形容。

中午時分到旺角，看到放飯的上班族，女的一包紙巾一個銀包，男的心口掛著一個電話，還穿著長袖和外套，跟旺角的熱氣完全不配合。

我跟C又去到午飯時段顧客相對較少的許留山，無無聊聊地，說到我去圖書館借了本 Dreamweaver 書，開始學整網頁，想到可以為那張單薄的 resume 增添一行半句也好。但是自己一無是處，內容空洞，便想到不如替也斯教授弄製一個，關於他的寫作、他的小說、他的詩，在網上搜尋一下，很容易便找到關於教授各種作品的資料和評論。重溫他的訪問、他的對談，很多感覺又回來。看來我可以多花時間和心思把資料弄成網站，因為到英國後前路未卜，可能有一段長時間放空。

我一面說，C繼續飲她的芒椰奶西，一言不發，雙眼放空，以為她在飲忘情水。

我說，如果我要走，請不要來送我。

她凝望著跌在桌上的西米問，非走不可嗎？

我說，如果我留下來，那是因為我愛自己的所有更多。

她又問，愛是甚麼？

我說，愛是恆久，忍耐，但每個人的定義不會一樣。

她自言自語道，不在乎天長地久，只在乎曾經擁有。

不單是對人，更是對屬於自己的，那些滿載回憶的地方。沒有那些地方給予的回憶，也就沒有自己。

甚麼時候會回來？

我深呼吸一口，真的不知道。

不會以後都不回來吧？不會就那樣不再見面不再聯絡了吧？

再回到這裏來的時候，你還會在嗎？

不管你到哪裏，我都會在這裏等你的！

我想C根本就不是在跟我說話。

隔籬桌的客人像是在看情侶吵架。

不知哪來的衝動，我說，不如來個預演，就當我們現在置身機場，啟德也好新機場也好，我們就在這裏告別。

C給我的話嚇著了，慢動作望向我，我回看她一秒，覺得她眼睛紅了，不知緣由，但我不敢再看下去。

這裏是我們的家，我們所有家人、朋友所有所有都在這裏。你考慮清楚了嗎？那個人真的那麼重要，重要到你把自己的一切都拋棄嗎？

C站起來望一下四周，又坐下。

明明在許留山，怎樣告別？

我說，將就一下，今日唔知聽日事，或者我聽晚就上機，在機場送別難免傷感，在多芒小丸子面前，撈下撈下咁講拜拜，最理想不過。

她神情凝重，忽然背向著我，小聲地說了「拜拜」，卻沒有動身離開。

在我翻找銀包埋單的時候，C忽然一支箭似的衝了出去。我等找續後追上去，她已被旺角的人群吞沒。

我緊握著那幾乎不再流通的渣打十元紙幣，覺得自己緊握著的，是未來一生的債。

那夜我在旺角遊蕩了很久，看到了一間又一間曾與C到過的二樓書店，一架又一架無冷氣與有冷氣的巴士來了又去，最後我行到美孚，發現兒時記憶中被颱風拍打著的海岸早已沒有了。這麼重要的消失，竟然彷彿能若無其事，新建的公園絲毫沒有歷史的包袱，我頓時發現，記憶並不是像鐵軌一樣長，我的記憶支離破碎、拼合無常，段落式的聲音與畫面，不時衝擊著我，也同時組合著我的未來人生。

也許最後我能從香港帶走的，就只有不存在於這世界的私密回憶。

不知幾點回到家後，我收到一封電郵。我在這裏扮作謄文般重抄一次，作為我跟這三年來的私密記事的終結篇：

今天我們在許留山的時候，盡是說些無關痛癢的話，在你付錢的時間，我就那樣一個人離去，除了是真的投入了你極可能即將離開香港的情緒，也因為所有我記憶中關於離別的累積，關於感情的、離開大學生活種種的、我們相聚在一起的青春，在那一刻都全數湧了出來。我一個人在旺角的街道走著，在經過了另一間許留山後，坐上了巴士，看著被旺角燈光照得發白的夜空，才意識到，那是真的告別了，事情是真實的，而且是重要的。這意識是來得那麼遲，在還未正式說再見之前，還沒有感到，也因此沒有好好說聲珍重，沒有好好說聲祝福的話。我真是呆。坐在車上，我就嘗試記起從嶺南開始和你有關的片段，嘗試記起認識你是怎樣的，我們一起修梁教授的課，嘗試記起我們怎樣開始寫些小故事。雖然我們常常在學校上堂、食飯，好像形影不離，有你就有我，根本不用傳呼，但具體是怎樣的，卻好像無法完整地重播出來。還記起一些其他的，例如有一次成班同學約出去吃火鍋，在尖沙咀，還記得你當晚穿的是白恤衫，外面再套件黑色衫。我驚訝地發現其實記得的是那麼的少，忘記的是那麼的多，關心得不夠的事又是那麼的多，尤其是在你曾經心情十分低落的日子裏，碰巧我也是十分煩亂，就好像沒怎樣理會你。想著想著這些，又想著沒有說的就不可能回頭去再說了，又想著你要到另一個地方開始新生活了，就明白到事情的重要，也就對自己說，絕不能忘記這天了。盼望你和五號能一起快樂生活下去，你也能過自己滿意的日子，做到自己喜歡的事。當然，我們還是會常常保持聯絡的，也會有機會再見面的。無論甚麼時候再回到這裏也好，怎樣也好，要好好生活啊。有空就找我，我總會在這裏的。我非常珍重這一天，即使我沒有預料到告別的地方是許留山，但回家後，我沒有一刻忘記過今天的你。未來在你舉行婚禮的當天，就算我不能到場，你也知道，我會在想著這件事的。

我打了又刪除，打了又刪除的回郵內容是：我根本就沒有白恤衫。

# 第三章

# 再回到這裏來

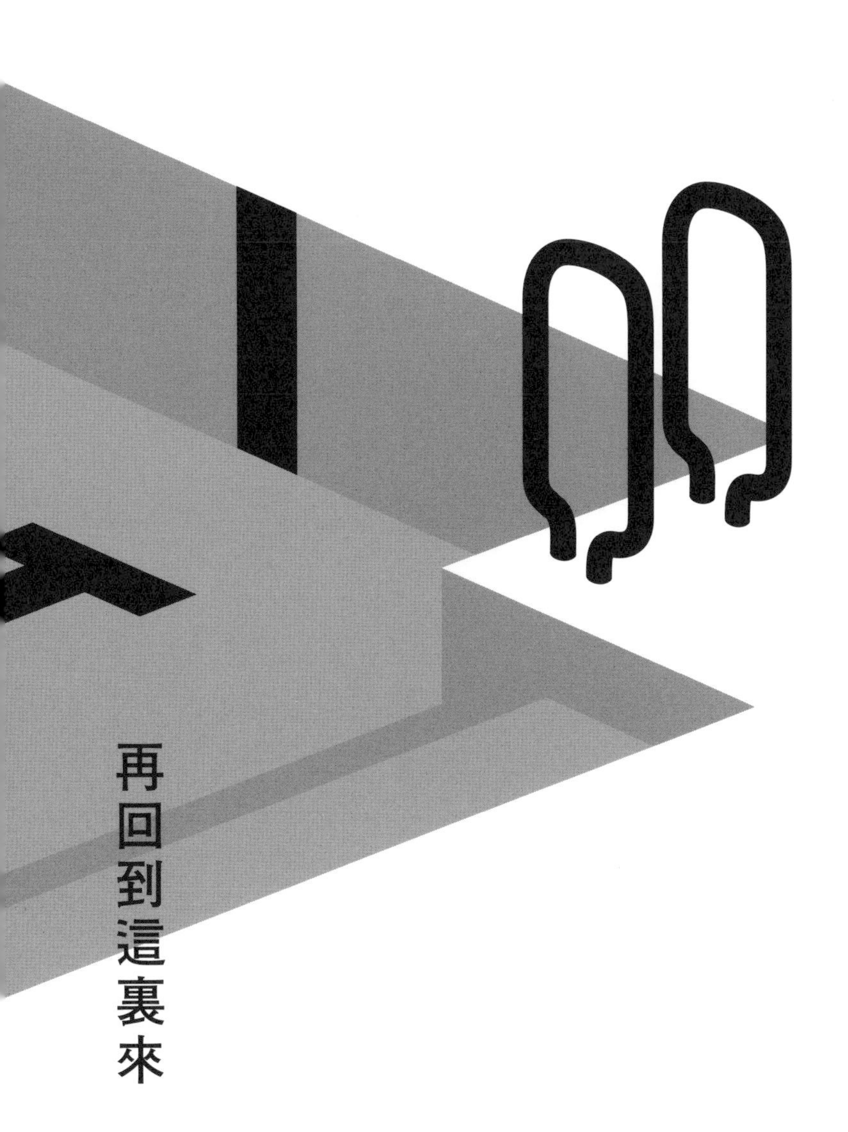

# 1 記錄我與她

我決定用第一人稱「我」去記下這些故事，當然我可以以假面「他」來作煙幕，甚至虛構一個人物的名稱來達到更好的掩飾效果，可是我心中想到的是利用周記之類的形式來寫，語氣會更直截了當，但也可能會令敘述內容非常沉重。而且來到這把年紀，那麼多年了，仍要作出虛偽的藉口，不能直接面對自己的內心，我豈不是白活一場嗎？

上半生錯過的事，已經不能回過頭去重來一次，而錯了的事到今天仍是耿耿於懷，就證明當初真的錯得很嚴重吧。我一直在想，哪一步是錯的關鍵，哪一句話令你和我後來會搞成那樣？

直到她來到我的店，我才意識到這世界真的有緣分這回事。命運曾讓你我遇上，卻又分離，等到我要進入老年了，卻安排她出現，把我的生命再次燃亮。

很老土，卻很真實，很圓滿，很美。美得甚至脫離現實，美得我甚至覺得現在用我的手去記錄，都彷彿玷污了它。我的記憶是那樣的參差不完整，我的情感完全是個人的、傾倒的、毫不中肯的，我的用詞可能是粗鄙的、主觀並帶有傷害性的，我的心理和生理反應原始得無從抵賴。在她面前，我感到自己像沒有穿衣服一樣無恥和羞愧，也一無是處。

我今生也不能忘記那一天，那陽光燦爛，卻又不過於炎熱的九月天，冷氣的低鳴似是頌缽的共振，把我安放在夢香之中，未有把我弄醒。

結果自動起來時，還比平日要早。精神爽利地，莫名其妙多花五分鐘在刮鬍子和整頭髮之上，又煞有介事地去執拾床鋪。多年一個人獨居，除了偶爾過時過節會應景大清潔一下，平日都是維持那種亂中有序的單身男狀態，為甚麼那天自覺需要刻意內外打理一下？還在樓下大堂碰上保安員時微笑地說了句早晨，保安員也有點意外。後來又神推鬼㧬地去了附近新開的咖啡室，買了芝士牛油三文治和當天的咖啡精選，又奇奇怪怪地坐在小小的店內，把玩著那裏的外國時裝和科技雜誌，活像個追上國際潮流的中環上班族。現在回想，一切是那樣的不合理，但卻其實是早有安排。

咖啡說是南非特選，我根本沒甚研究。翻完雜誌後，拿著冷凍的三文治回到自己的店內，開燈開門，一打開窗簾，外面站了一個廿來歲的年輕女子，把我嚇了一跳。她拉著一個大行李，背著一個看來頗重的背包，跟她瘦小的身體不配合。我並沒有跟她說話，就當她是好奇的路人，但當我把開舖的東西都擺放好，坐在椅子上準備吃三文治的時候，女子推門，輕步踏進，門上風鈴叮叮作響，像電影蒙上了沙龍的慢鏡，我發誓，不關於是否絕世大美人，她那一步，令我的心臟至少少跳了兩下，或者說，連跳都不敢跳。

我屏住呼吸，生怕大力呼氣會把這夢似的場景吹走，眼睛也不敢直視，但卻從眼角一直留意她的移動，像年少時看到暗戀的女孩，扮作不關注，但其實早把對方收在眼底盯住不放。

直到她走到我面前，裙襬被仍未夠凍的冷氣吹動，揚著的淨色或碎花裙（我想不起是淨色或碎花了，看，這就是其中一種玷污），令我不得不抬頭，跟這個「客人」打招呼。當時我已經深深感到，這個並不是一般的客人。從何得知呢？直到現在仍是無從稽考，但那一刻，我就是知道。

我清了清喉嚨，故作輕鬆地說句「有咩幫到你」。她說：「你就是電腦高人嗎？是你嗎？」

那句「是你嗎」，聽得我心像裂開一塊掉在她跟前似的。我無法反應，只有張著的嘴和已經不懂眨動的眼，像傻佬一樣，可能當時真有點嚇怕她。

可是她看來非常天真，對陌生人沒有半點防備，竟又再說：「是你嗎？」

我實在無以招架，雙手緊握著拳，汗已經從腋下流到腰了。

她看我毫無反應，也不減半點誠意，從裙袋中拿出一張小小的卡片遞過來。卡片是我印的，但已經是十幾年前的版本，紙已發舊，地址與電話墨水漸見模糊，幸而仍清晰可辨。

沒錯，卡片上的名字，伍浩輝，就是我。

「太好了，終於找到你了！」

此話一出，又是一個重擊。我托了托眼鏡，掩飾眼神的閃縮。我好像看著一個極度陌生的自己在作出各種荒謬的動作。即使現在記錄，我的手也禁不住在震，我懷疑我快要承受不到這種第一人稱的感覺了！

「我有事想請你幫忙。」

這個非常有禮的女子，並不是來買電腦或配件，買完便走的客人。當時我也不知為甚麼，內心澎湃得像如獲贈千萬元瑰寶一樣，如含春少女那樣，用單手托住臉，好聽佳人娓娓道來。

她把背包拆下，重重地放在我的桌上，打開加密密碼鎖，從裏面掏出一部手提電腦。

## 2 第一人稱

十年前開始，政府大肆宣稱舊電腦含有對空氣有害的物質，又會發放致命的無線電頻率，因此推行舊電腦全面回收計劃，並規定新電腦必須裝上最新的防禦軟件並以身份證登記，而新的個人電腦將不能再藏有舊的檔案或數據以免危害國家安全等等。「洗掉過去，一切重新」是當時政府的宣傳口號，所有的私人照片、影片、文件檔等等在一夜間被宣判死刑，全城轟動。有人把過萬張照片及影片用軟件上載到雲端，文件則以原始的打印方式保存，當然更多的人是懶得處理及無法處理那樣龐大的個人/家族影像歷史，無可奈何地接受了「重新開始」的更新旅程。

一開始當然是不習慣的，但後來也就慢慢變成日常，遺忘的也只能成為遺憾，過去的就留在自己腦中細味吧。只是也有一些不甘接受命運的人，如我，想盡力把過去收藏，即使用了非法的手段，也不想抹殺過去的一切。我曾被政府的人叫去問話，說我違反了不誠實使用電腦法例。可是無人能證明我的不誠實，那我便是誠實了吧，至少現在我這間專門維修電腦的店仍在，我的生活仍被視為合法。我也多次問自己，冒這個險值得嗎？過去那麼重要嗎？忘記歷史展望將來不是更好嗎？無數個晚上我看著那個輕輕一按便能把一切灰飛煙滅的鍵，就是按不下去。那非常珍貴的不可重來的歷史，相信對每個人都有十分重要的價值。

女子的手提電腦，是一部起碼超過四十年的古舊電腦，先不論裏面有甚麼，即使不再運作，本身肯定也是重要的歷史文物。反光膠殼面、厚實的摺合式上鎖屏幕、鬆脫開來的鍵，還設有內置 CD 鍵盤，以及沒有無線上網及藍牙設置的設計，已經久違了。那至少是我大學年代甚至中學時代的電腦！

「你是如何得到這部電腦的？」我有點神經緊張地質問她，她顯然有點愕然。

「我……犯法嗎？……我來到香港才聽說，某些手提電腦已不准市民擁有……」她的聲音是那樣的無知，卻充滿了可憐的情感，教我不知如何是好。

「我不是要質疑你部電腦的來源，也不是要舉報你，我做電腦維修的，當然對電腦很有興趣，只是舊成這樣的，近十年已再沒有見過，有些突然吧。」其實我內心又豈止感到突然，簡直是激動萬分。而我也不知道激動是因為她，因為電腦，還是有其他不知名的因素。

她知道我沒有惡意，笑了笑，索性坐下來，好像打算長留的樣子。我連忙把桌上的雜物掃走，早已沒興趣吃的早餐被趕到一旁，桌上的空間只容得下她的電腦，以及玻璃桌上她的倒影。

「你想我……對它怎樣？更新？解剖？起死回生？」我不敢隨便亂動。

「對了，我忘了說。」她可愛地笑了起來，笑容親切得有點令人難受，那是一個非常熟悉的笑臉，在哪裏見過？是不是像某個新晉明星？廣告女郎？

「我想請你，替我把它維修好，我很想看到硬盤藏著甚麼內容，裏面很可能有著極大的秘密。」

我維修電腦無數，這還是第一次有人向我說想打開一個隱藏的秘密。難道就像古老小說的奇幻情節，裏面藏著尋寶地圖？

「你……未吃早餐？」她看著我放到一旁的三文治和冷卻了的咖啡，不愧觀察入微，對我也很關心。

我只是微笑了一下，早餐不吃又有甚麼所謂呢。可是我卻聽到了從她肚子傳來的咕咕作響。

「你也未吃早餐？」

她忍不住笑了。古時有云，一笑傾城，大概就是這個意思。

可是當時我仍未確實知道為甚麼這個跟我年紀相距至少有三十年的女子，對我有種奇怪的吸引力。那非跟一般戀慕年輕女子的感覺，當然現實生活中尤其明星、名人，也有相距二、三十年甚至更大的情侶或夫婦，但那真的不適用於我的情況。

於是，我建議她去我買早餐的小店先醫肚。

「醫肚？不，我不是肚痛。」她輕按著肚子，又揮手又搖頭。

我忍不住大笑起來，隨即又覺不好意思。

「聽說那家店的食物不錯的，雖然我還未食……就在對面富泰邨商場二樓最角落的位置。」

「富泰商場，在哪裏？」

女子不單年輕天真，更不知道自己身在何處，令我對她傾注更多的關心。

「那麼，不如我帶你去？」我對她提出似是色情騙局的開場白。

「啊，你真好人。」她竟然答出色情小說那些不合邏輯的答案。

於是乎我把店舖又由營業轉為休息。

我們由富盛街慢慢走到青山公路的行人過路處，平日只有煩擾的汽車聲，今日沿路卻有非比尋常的鳥聲，似在讚頌，或在伴唱，愉悅得令人心曠神怡。

由於我猜到她絕對不是本地人，便跟她談起香港的早餐。她對於香港人早餐不是都在茶樓飲茶感到意外，看來她對於香港人生活的認識非常片面。我們越談越高興，在行人過路燈公仔變綠、她邁步踏上行人斑馬線之際，我彷彿聽到貝多芬第一號降E大調三重奏的音樂響起，俏皮的迴旋快板烘托著她細碎的腳步，如仙女下凡，在人間光彩四射。

太誇張了吧？一點也不，當時的我，如著迷般跟在她身後，走到對面的虎坑路，因為她不識路，一面回頭看我，我總是又開始新的話題，笑著說著。

我好像很久已沒有試過跟一個女性談笑風生，漫步於無人的路口。有多久？十年？二十年？

自從大學畢業後移居英國，我一直都在等你過來，對我們雙雙在外國自由自在日出而作日入而息的寧靜生活充滿期待。苦等一年，才被通知你的確有去英國，卻在別的城市報讀了碩士課程並住在宿舍，間中有以電郵、電話作不痕不癢的聯繫。英國很大，我要打工，你要讀書，情況跟相隔兩個國家的異地戀沒有兩樣，連打開電視所看的新聞也有所不同，根本就沒有努力實現所謂共同生活的目標，跟雙宿雙棲相差甚遠。

久而久之，你我漸漸疏遠。後來學期末你說功課繁重，又要去做實習，沒空定時聯絡，一擱下去，再收到你的電郵，主題竟是「已回香港了」。那之後，我過著表面平常但其實非常悲慘的生活，情感空白，靈魂空虛，放工便去酒吧，吃著沒味道的花生，不投入地看球賽，醉得一地，幾時醒來就幾時回家，有時夜了沒有車，就在街上流連到天亮。英國冬天天氣很冷，有一晚酒吧關門，我人被趕到街上，就那樣席地而睡，大雪忽然毫無預警地落下，早上有人還以為我是一堆鋪滿雪的雜物，到發現我是人的時候，以為我已經冷死了。

死的是內心，可是肉體沒有死，我依然要繼續生活，上班，吃飯，下班，等出糧。過了幾年後，我大病一場，住了醫院幾個月，瘦了二十磅，那一刻，我決定要回去香港找你，看你是否仍是單身，仍未嫁人。可是你的電話終止了服務，你的電郵也全數彈回來，信寄了幾封也沒回音。於是我在你的舊居樓下等了幾天，也不見你出現，倒是看到疑似是你姐姐和媽媽的人，但我沒有上前去問個研究的勇氣。很可能也是因為我怕知道殘酷的真相，又或者是事實你已經不想再見我。

這件事過了幾十年回想起，仍能令我胸口戚然地痛起來，證明我半點未有忘記那種無疾而終的打擊。

如果我們好好地在一起，如果我們一起出發到英國，如果我們一起回在香港生活，我們現在會有多少兒女？甚至乎孫兒也有了？當年有兩對大學同學，最近也真的成了祖父母，我恭喜他們的同時，也想起你，那個在荃灣 67M 巴士站邂逅的你，那個在嶺南校園不停錯過的你，那個跟我去看張國榮演唱會的你，那個在馬拉松中衣身濕透的迷人的你，那個上了我的家（我從沒有邀過任何女孩回家）卻終於甚麼也沒有發生的你。我承認當時年輕無知，不懂捉摸女孩的心意，可能做了很多很多愚昧的蠢事，但我不排除當中也有令你感動的、難忘的事。後來你去英國，也不是隨意的或純粹為了進修吧。

後來那些年，我一直有意無意去打聽你的消息，消極到我自己都不敢相信，直到父母去世，留下了一些錢給我，我便在大學附近租了一個小小的店舖，又在附近置了一個小小的單位，一個人開舖，一個人生活。值得欣慰的是我對於維修電腦似乎有天生的潛質，對著大大小小的各種奇難雜症，我像是個醫生，把最刁鑽的內心拆解開，向它們問及各種情況，剖析電腦的情感，望聞問切，對症下藥。其實很多時只是人們對它們的疏忽，譬如說裏面積滿了塵、散熱器壞掉等，只要細心留意便能解決的小問題。

是的，我和你以往可能就是因為沒有面對各種小問題，猜度及疑慮令你我不能坦誠相對，大方地愛。

「虎坑路，有沒有老虎？」看來她中文也不錯。

我又不禁大笑起來，真心地開懷地笑。笑著說著，我竟聊到九十年代這裏原本是虎地中村的位置，四周一片綠色，沒有任何大廈，更沒有學校商場，野狗比居民可能還更多，而現在樓價竟是大約兩萬多元一呎，明明是幾十戶人在高空分一個面積，卻也要付那麼多的錢，空間的價錢，是誰定的？

可想而知我的話題有多缺乏，竟跟一個剛到步不久的外國年輕人說到香港樓價？很可能是多年沒有跟女性交往的緣故。

進入富泰邨，我刻意帶她在商場遊蕩，轉來轉去，她果然不知道方向，還傻傻地說，噢，這家店好像在哪裏見過？

由於我不時也來吃飯買東西，一些街坊認得我，對於我身旁的年輕女子感到好奇，上下打量，甚至竊竊私語，眼光帶點不懷好意，不過這一切也沒有影響她走在我旁邊的重要，每一秒都甚具重量。我多麼的希望這個商場可以臨時變大，或變成迷宮，又或者突然有警鐘響起之類的有驚無險的場面，好讓我跟她的這一趟短短的路程留下些微的特別印象。當然我明白，我之於她，於她未來的漫長人生，只會是個絕對不值一提的枝節。

寫到這裏，我覺得呼吸有點不暢順。看來第一人稱給我的壓力也頗大，正視自己的過去，以「我」來剖白，跟人家說的自我療治完全拉不上關係。

越說越傷感，越說越迷茫。如果她看到這些記錄，會不會覺得原來遇上了一個好像神經病或變態佬而抹一把冷汗？

## 3

# 命運的交錯

命運的交錯，並不是我可以控制。但我可以控制的是自己的行為，例如我帶她去到咖啡店後，有禮地在她對面的位置坐下，而不是坐在她旁邊藉故親近她。又例如我問她想吃甚麼的時候猶豫良久，我想到外國人應該很習慣吃雞蛋於是買了一份雞蛋三文治給她，飲品方面我特意點了一杯凍奶茶給她，她喝了一口後對於港式凍奶茶跟外國的 tea 味道大有不同感到意外，我很想說說港式奶茶的由來，不過那一刻歷史都變得無關重要了，重要的是，我得到了她的信任，她開始說到來香港的原因。

「我是來找媽媽的。」簡直就活像日韓浪漫電影女主角的獨白。

「找到嗎？」我當時大概真的有關心到。

「哈，我還未真正開始呢。」她的一聲哈，伴隨的竟是眼角微紅的淚光。

她手上的人工智能手錶滋滋作響，她馬上按停，讀了一下手錶給她的忠告，她點了點頭，示意明白。

「來到香港不夠十天，感覺已像半年。」她的感慨令人動容。

「那麼，你會從哪裏入手？要知道在街上漫無目的地走來走去，不是理想的尋人策略。」似是無人不知的廢話，對無知的她來說可能是金石良言。

「你怎麼知道的！那天我在旺角走了半天，然後走到荃灣，找不到媽媽，可是走著走著卻遇上……呀，好像迷路了……然後就感到很混亂……」

她的手錶又響起來。她讀著訊息，嘴裏輕聲說了句 okay。

我是專門維修電腦的，但我對於人工智能日趨發達，而人們對它越來越依賴感到不順眼，甚麼事都要先問問人工智能，猶如衣食父母，猶如路上神明，尤其年輕人，大學生或出來做事幾年的人也好，已失去簡單的判斷力，很多沒有經歷人工智能洗禮的一代常笑說，管理層可以工作直到九十歲也不怕被年輕人取代，因為他們只懂跟著電腦指令做事，已沒有腦袋可言，選擇題 ABC 還可以，一旦出現突發問題或危機，他們都不懂處理。

我不知道這個說法會不會太誇張，但看到她跟手錶說 okay，的確有點認同。

她輕咬著三文治，細細喝一口凍飲，也不介意我就那樣看著她。她瞥看到店內的雜誌，笑說：「那些東西很 out 了。」

我又大笑起來。她也笑了，可能覺得我這個動不動就笑一餐的人很無聊？她的笑容是那樣的熟悉，彷彿在眨眼的半秒間她便會化身成另一個人，一個我曾經非常熟悉的人；但多眨一下眼，又發現她就是她，並不是別人。我曾經懷疑自己其實是在夢中，又或者人工智能的發展到了一個新里程，面前的女子利用最新科技施展易容術，把我想看到的在我腦中打印出來。

「會不會阻你工作？對了，你是電腦高人，今次我乘飛機到來，就是為了找你。」她的話是那樣的重，像電視對白那樣的不真實。

「我以為你來找媽媽？」我想像自己的樣子，應該也頗輕佻的。

「找媽媽的同時，也要找你。找到你可能會更快找到媽媽。」女子又看手錶，同時在電話按了幾個鍵。

「很幸運，找你很順利，搭了一程67M，便找到了。」

一聽到67M，我的胸口便隱隱作痛。

「但我知道找媽媽不會那麼簡單，我有了心理準備，也不會放棄。我已經找了很多年了，有時候會聽到一些消息，如媽媽的舊朋友，會說看到一個疑似是她的人，我也不會放過任何機會去找。有一個地方我每年都會去的，就是一個名叫金耳山的地方，並不是因為媽媽在山上失蹤，也不是媽媽曾經帶我們去過，事實是相反，是在媽媽失蹤後一年，爸爸帶我和弟弟去金耳山露營，露營期間發生了很多怪事，我造了很多怪夢，回到家中之後，聽到新聞說一個女孩在山上跟營友失散並且失蹤了，拯救隊多次出動也找不到她，家人已作了最壞打算，但一星期之後，女孩獨自一人從深山走出來，大家當然很驚喜，女孩卻一臉奇怪，說只是在樹林內拍了幾張照片，一時迷路了很對不起，但很快便找到出路了，為甚麼大家擔心到這個地步，還出動全城幫忙？整個故事眾說紛紜，有人說女孩在山上遇上神蹟，神保守了她的安全，有人說她暈倒了幾天，所以才不知道自己失蹤了那麼久，有人說那是惡作劇，女孩是故意躲起來的，有人說她被山上奇怪磁場吸住，也有被外星人擄走之說。是的，一直就有傳說金耳山有特別的魔法，有人說見到不屬於北美的動物，有人說會遇上不合邏輯的事情或會說人話的動物。於我來說，那次露營之後我不時夢到媽媽，媽媽總是在金耳山營地跟我們說故事，一時說關於動物的故事，一時說關於文學經典的故事，每次都像要給我作出提示或教訓，就像所有長氣的媽媽那樣，說來說去都說不完，重重複複說了很多次。我感到媽媽或許就在金耳山上，所以每年夏天我都會去金耳山找她，中學畢業那年，我想起碼去了十幾次，每次走不同的路徑，每次都有不同的風景，然後令我覺得，世界很大，但正因為世界很大，這邊找不到，那便很可能在那邊，即是說，總有未找過的地方，一天未找過，即是有機會找到。」

女子一口氣說了很多，手中的奶茶也吮光了，冰也未來得及溶掉。

「是嗎？一天未找到，即是有機會找到。」她問我。

我沒有馬上回答啊當然了當然有機會找到那樣的行貨，事實上我比較消極，或者說來到這個年紀，經過了半生的尋找和等待，對於尋人這回事已感到非常絕望，我實在裝不出給予她希望的語氣。事實上她說的故事奇奇怪怪，我不敢隨便相信，只輕輕點頭不語。

而早餐已吃完，照理我應該回到店去工作，下午會有幾個客人來取回電腦，不過都是附近的熟客，找不到我也無傷大雅，但是我們也不能就那樣一直坐在咖啡店，總得來個結束。可是我不想做主動說再見的那個，她也好像不趕時間，吃光了喝光了便坐著。有客人進來買外賣，老闆看到我們，都多看了兩眼。

無論如何我沒有犯法，不然咖啡店老闆早就把我舉報了。聽說現在舉報罪案的獎金越來越高，鎖定目標去挑出別人有可能犯法的行為，尤其名人，最易被盯上，網上更有個舉報排行榜，趨之若鶩，你報我也報，有人更全職做，成了舉報界名人，開班教授舉報別人的技巧。

那些東西我很少留意，我更喜歡不說話的電腦世界，電子儀器發出的聲音，好令人情緒穩定，是柔和的歌曲，而且優質睡眠在中年以後已越來越難求，有一段時間不知為何總是失眠，後來我從店中搬了很多電腦回家，全把它們開著，才睡得比較好。

總之，跟她在一起的時間，除了是想時間慢溜，也感到有一種無形的壓力，好像我在做著一些不合情理的事，我違反了常規，挑戰著倫理。

4

# 露台上

後來意識到快要中午，我也不好意思再坐下去，便厚著臉皮問：「你把手提電腦放下給我，也需要一段時間才修好，你在哪裏落腳？」

「哦，落腳，即是住哪裏是嗎？我剛才上網看到附近有 airbnb，馬上租了下來，就在富泰商場旁邊的大廈。不瞞你說，我報讀了嶺南大學的一個短期課程，所以這段時間我都會在這區。你甚麼時間修好電腦便通知我，我會馬上過來！」

我心中大喜，不，是狂喜，那就是說，這不是一場短暫的偶遇，時間上足夠讓我們建立起比買家賣家更複雜的關係來，至於是甚麼關係我還未說得清楚，我心中最清晰不過的感覺，是我很想再次見到她，正如幾十年前我去到英國，我很想很想再次見到你一樣。可能也是因為見不到，所以更想見。

「請問，你可以陪我去見業主，替我把行李搬上去嗎？」

她怕一個人見業主，卻不怕跟我這個陌生男人獨自上樓。她無知到一個難以相信的地步，我開始懷疑這是否一個桃花騙局。不過即使是騙局，當時我還是甘心上釣的，我失去一切拒絕她的能力。我就那樣跟在她身後，拉著她的 Hello Kitty 行李箱在富泰商場內外走著。我感到整個屯門的人也在看著我，在笑我。是否當了水魚，還未能證實，真的上當才讓你們大笑吧。我當時是那樣不顧一切地，看著她的頭髮在和風中飄著，肩膊輕盈的擺動，每一下都觸動著我的眼皮神經，真的像神經失常一樣。我自己也汗顏。

業主當然也對我投以奇怪的眼光，還問，你填的資料說明一個人住，你們……是兩父女？

她哈哈地笑了，我也尷尬地陪著笑，不敢解釋總之不是你想的那種，生怕一說出來，便更覺此地無銀，會令人想得更糟更遠。

門一推開，露台的風景搶先映入眼簾。像難得一見的北極光那樣，嶺南大學的游泳池就那樣橫在我的眼前，那幢康樂樓和飯堂，那條有蓋的行人路，那不太現代的現代花園，完完全全衝擊著我所有毛孔。我打了個冷顫，連腳跟也不能動。

「甚麼事了？」

當時的我一定是滿臉蒼白，神情恐怖。但我並不能跟她說，對面那個地方，就是你我當年相遇的地方，你我曾經在黃玉蘭樓前偷偷相擁，在游泳池皮膚緊貼地依傍，那個不旨在吃飯的飯堂，充滿了你我的苦和甜味，酸和辣味，後面的圖書館大樓，就是你我第一次牽手初吻的地方，也好像是我畢業前最後一次在校園見你的地方。

我幾乎想就地嘔吐。我真的跑到洗手間去，扶著洗面盆作快要嘔吐狀。她毫無戒心地趕緊進來為我遞上紙巾，還掃著我的背。在那個細小的浴室，那樣的陌生一男一女，先不管年齡差距好了，根本就於理不合的，更不合情理的是，當我抬頭望向鏡子時，我竟然看到鏡中的人，是你。

那個你，是當年在嶺南的樣子，衣服好像也是那套，眼鏡好像仍是那副。我眼也不眨，生怕一眨眼你便會消失了，也不敢說話，怕任何肢體動作都會弄碎你。我不知所措。

「沒事嗎？」她又問。可是，卻是從你的口中說出……

我想不顧一切，轉身把你擁入懷，可是那一丁點理智阻撓著我，只雙手緊握著洗面盆，因為我知道轉身看到的人，不會是你，而是她。

作出嘔吐狀又無法嘔吐之後，更戲劇性的事情仍未完。

那是一所設備齊全連床鋪都擺放妥貼的酒店式公寓，她竟著我脫去風衣，躺在舒適的睡床上休息。

一切是那麼的不實在，跟夢境無異。我無法叫自己拔腿就跑，馬上離開。而我的雙腿最近也真的不太好，膝蓋關節常會無端發痛，難受的時候幾乎會動彈不得，痛楚萬分。

她還走到廚房翻找一下，有些即食麵和米粉，便煲水想煮給我吃。

我說我不餓，不用麻煩，而且那應該無助於我當時的作嘔狀況。她好像完全聽不到一樣，抽油煙機嗚嗚作響，不久又倒來一杯熱水。

「很燙的，放涼一點才喝啊。」熱水是剛煮沸的那種熱，可見她對於照顧人沒甚麼經驗。然後又蹦蹦跳跳地回到廚房，煲和碗碟的聲音生疏地交錯著。

我有點哭笑不得，躺在床上不知如何是好。房間的窗，同樣也是面向嶺南的校園。雖然我平躺著，腦中卻播出昔日校園的場景，我和你在梁銶琚樓、林炳炎樓上課，你帶我到虎地中村看未被清拆前的最後景況，聽村民那些說了也沒實際作用的控訴，後來除了變成富泰邨之外，有一部分土地也就好像是屬於大學擴建出去的郭少明伉儷樓，甚至我現在身處的大廈，極可能本來也是虎地中村的範圍。

她又進來，問我冷不冷，熱不熱。對於兩小時前才遇上，現在卻躺在人家的床上，誰也會覺得極不合理，是徹頭徹尾的豔遇，還是怪談？我無法不猜度她的用心，真的純真如此對人毫無防備，還是年紀輕輕的她演技老練而我看不穿。但她是有明確目的才來找我的，對，至少她要我替她維修一台古舊的電腦。想到電腦，再不回去開工可能真要連續幾晚開夜了。

我撐起身來，雙手觸摸到床單的質料，都是相當不錯的，相信她睡在這裏會很舒適。而我竟關心到她睡覺是否舒適，真的很黐線。

「可以吃了。」她像是叫喚家人或她的男人出去吃飯那樣，而我又真的乖乖地走到客廳。小小的餐桌上有精緻的假花擺設，這次輪到她坐在我對面看著我吃。其實早上到現在我也真的沒吃過任何東西，生理上是感到餓的，但我卻全然食不下咽。

「你……對陌生人都這樣熱情的？」我終於禁不住問了不該問的問題。

「不！你以為我是甚麼人？我來到香港後也真的遇到一個男人，不知為甚麼他總是跟著我，好像都知道我的行蹤似的，在危急的時候出現，像看穿一切，知道即將會發生的事那樣。但我不相信他。他跟到去荃灣，在我來屯門之前把他趕走了。」

聽來我的待遇比那男子好太多了。

「而你，其實不完全算是陌生人，我早就知道你的名字，你的電話，你店舖的地址，在網上也看到你的工作經驗，剛才在店裏還看到你的商業登記證，上面有你的照片，現在還知道你今早買了甚麼早餐，你認識富泰商場很多街坊，也住在附近，大約九十年代對這區很熟。而且對人有禮，熱心助人，剛剛不太舒服，可能是沒有吃早餐，或者空肚吃止痛藥而胃痛。看！我也算頗認識你呢！」

她說來頭頭是道，短短相遇，竟被人家這樣起了底，心中既驚訝又錯愕。她咯咯地笑了起來，我也傻傻地跟著笑。不為甚麼原因的，在那一刻就想笑一笑那樣而已，而陪我笑的對象令我無憂。

在那小餐桌上被凝視著吃麵的情況，大概就是當年我憧憬與你在英國生活的情景。我甚至也買過類似的哄女孩的貴價擺設，不切實際地幻想二人世界的幸福生活即將出現。事後我也有質問自己曾付出過甚麼，會令對方死心塌地不顧一切來英國跟我生活，我有沒有儲錢？有沒有穩定的居所？為甚麼自己先離開香港？有沒有求婚行動？有沒有保證永遠只愛你一人？我好像曾跟你說過要是結婚的話，你也就能移民英國，希望能打動你。那是一個不容易移民而卻有很多人想離開的限期，能走的都走了。而我當時以為愛並不用說話和行動去衡量，多笨。幾年後再回到香港，我第一時間回到嶺南，旁邊已陸續建了住宅，有商場、小學、天橋，交通網絡好像也齊備了很多。嶺南學生依舊在校園進進出出，當然你不會在。後來有朋友想一起在大學附近開電腦舖，做街坊和大學生生意，我二話不說地答應了，由於朋友家在兆康，我為了方便也就在大學附近租地方，放棄了原本在筲箕灣的老家，其實心底裏是對昔日那幾年的大學生活念念不忘，不斷懷想，期盼終有一天你也可能會回到大學去懷舊一番，能再與你相遇。

說來是多麼的渺茫，但她的出現，證明世界再大也不緊要，最緊要是有緣分。

後來友人退出，我便繼續長租此處，想不到一租便三十年。

是的，這篇所謂的記錄我已寫了不止一萬字了，還只是說到遇上她那天的中午，何時才說完呢？或者該不該把它說完呢？不忍把一個故事寫完的想法，連我自己都嚇倒我自己。

吃完那碗煮得過爛的即食麵後，心中很清楚我應該要離開了。

「不好意思，我要走了，你的電腦我會盡力而為，但那麼舊了，我也不敢保證。」那是最口是心非的說話，我心中的真心話是「其實我不想走，我對你的電腦也沒有興趣，但為了你，我會盡力而為。」

「不要緊，無論如何，謝謝你。」奇怪的是她好像聽到我內心的話那樣。「你今晚想吃甚麼？簡單的都可以吧？我不太會煮飯的。」

甚麼？難道女子是天仙的化身？來考驗我或報答我？我盡力回想最近有沒有救起路邊小動物，或做過甚麼好人好事之類。

我不敢回答她的問題，頭也不回地說再見並急急走了。

在走回到店舖的路上，我神不守舍地，幻想今早的一切只是夢境，可能有人下了迷幻藥在我的早餐裏；可是我並沒有吃早餐，還是吃了卻以為沒有吃？聽說有種突然失憶症，是由極度亢奮而引起的。

遇到她之後，腦中禁不住湧出與你過去的一切，那無法重來的一切。她令我忘記了自己幾歲，像是乘坐了時光機瞬間回到大學的青春時代。

# 5 今晚食乜餸

記得一次我系成班男同學在宿舍打邊爐，我邀你一起來吃，大家的目光都放在你身上。你有點不自然，說其實不太喜歡打邊爐那麼多人一起佮下佮下，忽然 call 機響，你看了看，眼神令我明白那是一個男生傳來的訊息，然後說你系的同學去元朗食糖水，便走了。

從那天起，我討厭你的 call 機，討厭你收到 call，討厭你查看訊息的動作。後來我補習儲夠了錢，第一時間買了手提電話給你，諾基亞最新型號，是當時接收得最好的。我當那電話是定情信物的心意，不知道你又收不收到。

收到也好收不到也好，我和你的故事就那樣在英國無疾而終了。在英國我也從未煮過一餐飯給你吃，你也沒有邀請我到你宿舍那邊吃飯。

我看著她的古舊電腦，半點沒有著手維修的動力。

叮的一聲，她傳來短訊：你還未說，今晚想吃甚麼。

一個年輕而具吸引力的女子三番四次問你今晚食乜餸，作為多年的單身男人真的很難抗拒，我該如何去面對？我必須記住自己與她並非一般男女邂逅繼而發展的情況，但為甚麼不是呢？我就是知道不是。卻也因此有了藉口，說服自己去也無妨，就吃一頓飯而已，大家都要吃飯的。那是多麼容易被說服的心理關口。

沒有心機做事，便索性早點關舖。情不自禁地去到富泰街市買了兩條新鮮的海魚。魚佬打趣說：「咦，平時食一條㗎咋喎。」

食兩條咪食兩條囉，唔使「㗎咋喎」我呀。

那夜，我和她，坐在露台前的小餐桌，雖然只是清蒸魚，炒豆苗，肉是超市的燒味拼盤，然而有校園的點點燈光作為伴菜，好像令人特別開胃，整條魚從頭到尾也被我吮光，魚汁也不放過。洗碗那環節，我堅持由我來，洗完後我走出廚房，看到她坐在陽台前的梳化切生果，不知怎的，一時悲從中來，眼睛紅了一片。

我趕緊去洗手間，想洗個臉清醒一下，卻在鏡中看到自己又老又無謂的人生，百感交集，直接就放聲哭了出來。當然我不敢太大聲，掩著嘴哭了大約半分鐘，便極力勸阻自己要停了，但是眼睛鼻子明顯有哭過的痕跡，騙得了誰。

於是我關在裏面，等待樣子回復平靜。那是我人生第一次躲在洗手間哭而又不敢出去的經歷。她沒有來敲門，給予我最大的私隱，倒是我自己為了霸住洗手間而不用有點不好意思。

十五分鐘後我開門出去，盡量不跟她有任何眼神接觸。

切好的生果更多了，放在一個雅致的彩色玻璃碟上，猶如奉獻給國王的奇珍。

她在看電視，雙手交叉在胸前，神情跟你極為相像。我不敢看下去，但又不捨得不看。

不捨得不看。多麼令人苦惱的感覺。

「剛才買的，說是加拿大貨，哈，加拿大都不盛產士多啤梨的。」她著我坐下來吃，士多啤梨已去葉梗，被切成兩半。

「可惜沒有忌廉，否則就可變甜品。我在加拿大常這樣吃的。」

一個單身中佬（嚴格已算是耆英了），又怎會這樣吃士多啤梨。她這樣的吃法，絕對是寵壞了我。我承認如果當時腦中有那麼一丁點的歪想，就是很不情願那夜自己一個人，意思是我要獨自回家去，回到那個沒有人和我看電視（我也沒有電視），陪我吃生果（其實我也極少買生果）的所謂的家去。

我看了看時間，知道再留下去只會越夜越引人非議，萬般不情願地說：「真的很多工作要趕著完成，尤其是你那部電腦，可能得花上不少時間研究，也可能要問問其他行家的意見。你是從古物店買回來的嗎？這古董跟你找媽媽有關係的？」

「古物店？不，那是我媽媽留下來的電腦。我媽媽在二十一年前失蹤了，留下了二十四篇文章，是離家的重要線索，但多年來我們始終也找不到她，有沒有更多的線索呢？我覺得這部屬於她的電腦可能會有。」

「二十一年前？你媽媽……是二零一七年失蹤的？」我感到心臟像要爆開一樣。

「是的，二零一七年的元旦，那場大雪到現在當地人仍然記得，當時我五歲。」她舉起五隻手指，真像天真無邪的孩子。

那夜，我獨自離開她的家，站在青山公路良久，抬頭遠眺她的單位，好像還看到她走出露台乘涼的身影。

我知道我沒有看錯，影像是那樣的清晰，而我深切明白到我的人生來到了一個重要的關口。她的媽媽，你的女兒。

接下來，視線變得非常模糊，耳邊有公路的車在大聲疾呼，樹葉在叫在笑，世界大概只剩下負面的東西，連走路的步伐也是罪孽。

# 6 把生命逐點逐點削掉

現在每寫下一句，我都感到在把自己的生命削掉一點，可是我仍然願意利用最後的熱情，去把事情記錄下來。即使所記下的滲入了記憶的不可靠，或不自覺地因為想它能力盡完美而把事情無傷大雅地虛構或誇張一點；事情已經不全然是真實了，如第二天早上，她一大清早又來到我的店，還買了滾熱的白粥和油炸鬼，問我那是不是香港人最常吃的早餐，我只好說也算是的。

其實三十度的天氣，我對熱粥和油器興趣不大，但她一番好意買來，我也就不好意思推搪。跟她在店內，甚是愉快地吭吭吭吭地吃起來，把昨晚的疑慮都掃光。但也有可能，她買來的不是粥，而是早晨全餐，或者隔籬那家出了名要排隊的沙嗲牛肉米，也很可能，粥是真有買的，但並不是第二天，因為之後我們還一起共進了很多個早餐。最難忘的一次，是她提議不如去大學內的飯堂吃，說那裏的糯米雞很有水準。我不相信她對香港的認知，已到了能分辨出糯米雞水準的地步，便笑笑地說好，然而馬上又後悔了。有一種怯懦的心情在纏結。

住在大學附近多年，在外面走過了無數次，我卻一直無法鼓起勇氣走進校園去。當然現在一個街外人要進入大學範圍已不是隨便的事，但因為我是舊生，根據規例，核對了身份後可以允許逗留一小時，但我就是沒有勇氣，不敢走進那個回憶的黑洞。可是因為她，她失蹤多年的媽媽，那失去多年的你，我抱著視死如歸的心情，在鼓起勇氣踏入永安廣場的一刻，我感到全身血管在翻動，神經繃緊得快要斷線，膝蓋特別無力，是內心的恐懼在膨脹，還是那天忘記吃藥所致，我努力回想，也想不清答案。

只記得她領著我走過游泳池再到飯堂，好像比我更熟路。這段路仍然是那段路，每天每年有無數學生教職員走過的路，對我來說卻已過了半個世紀，一整個人生。

事實上這段路她不可能比我熟，我不能跟她說，曾經跟她的媽媽在這段路擦身而過，又偷偷回望，眼神潛藏著暗號，又似笑非笑的，有時故作遺下了東西，又跑回去，企圖多見對方半面……

「不好了，今天的糯米雞賣光了。」不知道是不是真的賣光了，還是她隨便說賣光了，我也無意深究。

「那就吃豉油皇炒麵吧。」我也不在乎吃甚麼。豉油炒麵，沒甚配料，顏色賣相也不吸引，卻流傳百年。吃的藝術，有時也靠天時地利人和。

於是，我們在開闊的飯堂吃著隨便的A餐。我沒她那樣輕鬆得意，每一口放入嘴的麵，都在細細點頭品嚐，而我卻如坐針氈，像是快要被炒麵啃死似的。

飯堂也是當年的模樣，椅子和桌子當然是新的，但新的也還是舊的模樣，就是那種坐過了，或者丟掉了，換了另一套了，也不會讓人注意到的模樣。引人注意的，是她和我的關係，一種旁人看到，明知道不止是搭檔，不是老師和學生，或父女，或男女朋友的關係。

然後碰上一個跟她同班的男生，他簡直毫不客氣連望著我們上下打量幾分鐘，更坐在我們旁邊，差點想過來直接問我是誰。

她問我「昨晚睡得好嗎？」這不是一般普通朋友該問的問題，隔籬桌的男生望向我們，我沒作回答。

「我的意思是，我的電腦你開始動手了嗎？」她可能也因為傳來的目光而感到問題需要更正。

那台電腦的確不簡單，我嘗試用一般拯救及治療的方法，對方都毫無反應，看來需要另闢新徑，改用其他偏方才行。

「有沒有試過用音樂？」她瞪著眼的神情告訴我，她不是在說笑。

「如果用音樂能夠把電腦修好，那事情就容易解決了，千萬不要告訴我是人工智能編的那種、可以修理電腦的音樂程式……」我心中有點氣結，覺得她挑戰了我的專業。

她差點連奶茶也噴出來。

「我是說，在你整電腦時聽些音樂呀！」她抹了抹嘴咕嚕地說：「發甚麼脾氣啦你。」

旁邊的男生也掩著嘴笑了。

「M.Y.，你這麼早就來到學校？有事要做？」此時男生不客氣地打岔，似在向我挑戰。

「不是，只是來醫肚。你呢？」

我希望她那句「你呢」只是無意識的客套回話，並不是真的想知道男生早到校園的原因。

「我想去圖書館找些導師說的資料，因為晚點要上班，所以早點過來。早起的鳥兒有蟲吃嘛！」

這樣爛的笑話竟然令她笑得很開心，更說一會兒可能也過去圖書館那邊，又談到了導師的講法，他們同意不同意等等，面不改容地，把我這個只有一小時大限的人擱置在旁。

這樣被人冷落的情景，當年好像也曾經有過。但你對我的冷落，是故意的。我總猜不透你的心意，是當年太無知，還是對我的冷落只因太在乎？

她的英文名字叫M.Y.？對了，我好像一直沒有「叫喚」過她。

自從第一天遇上開始，我們好像有了默契似的，從沒有喊對方的名字。我在她的電話聯絡存檔上名字是「電腦高人」，那是在未回來香港之前加上的；至於她的名字，我用的是「古董小姐」。所以，在我們實際見面的時候也不可能互叫「電腦高人」或「古董小姐」那樣。而我們好像從沒有打算把對方稱呼進一步提升的意思和行動。要知道當普通相交成為朋友甚至好朋友，總會有一些稱號出現，如暱稱或搞笑的代號，如果是戀人就更順理成章改成BB老公老婆之類，那是一項身份認證的儀式，是感情遞增的承諾，如當年你叫我五號，都是你獨享的權利。

進門時保安著我下載的程式在提示我，我只餘下十分鐘的時間，如在十分鐘後不出現在大門，便有保安來追蹤我的定位然後把我趕出去，並從此列入黑名單，終生不能再踏足校園。

她的智能手錶這時也響起，馬上彈跳起來向男生說要走了，一面著我快點快點，「這裏走到大門也要三分鐘呢！」

她拉著我的手臂急步跑，我回頭看看男生一臉愕然，我竟感到有一種勝利感飄上心頭。

這種不合常理的感覺，產生於知道她的媽媽就是當年的你，那個我牽掛了半生的人，不，是我一生中最愛之後，我心中，竟產生了如果我們當日在一起，如果我們結了婚，那麼眼前的人就是我的女兒那樣違反邏輯的幻想；而雖然明知是違反邏輯的，卻又任由自己繼續沉淪在那個不可能的位置。在她提到她爸爸的時候，我不單感到妒忌非常，心中更是極度憤怒，充滿悔意和痛苦。那是一種難以解釋的感覺，「原本你可以是我的女兒」這樣的想法，蠶食著我的理智，離譜得令人沮喪。

一起跑出校園大閘後，年輕時的畫面馬上呈現在眼前，甚至有種再跨前幾步就可以踏入任意門回到一九九五年的感覺。

上天很可能安排這樣的一個女子來到我的生命，讓我「重活」一次。是我快要離開這世界嗎？不然為甚麼可憐我，讓我有機會遇上她？

一輛 67M 來到面前，她竟說一起上車吧。我也就真的傻瓜似的跟著她上車，被她領著走到上層最前的位置。

她像個小女孩般，對於能看到車前風景十分興奮，即使眼前只是毫不特別的公路。老實說我極少會坐到車頭，因為意外發生多會首當其衝，而我對屯門的風景，多年來都未能好好細看，每次都會想到當日與你一起乘坐沒有冷氣的 67X 出旺角的情景，便會走到最後排的座位去，閉上眼睛戴上耳筒聽著當年九十年代的流行曲。

流行曲此時也在車頭的風景前無情地自動播放，沒有停止鍵能按下。

她的手跟你的手原來是那樣的相似。

# 7 被看的人成為風景

我們在地鐵荃灣站附近下車，她說有點餓，不如去「掃街」。雖然是短留，但她很努力地嘗試投入香港的生活，其實她也可以像一個地道香港人那樣生活在這城市？就在拿著一串魚蛋吃了第一口以後，她望著對面的大河道天橋良久。我故意在她耳邊搖動剛買的凍飲，冰塊咯咯作響，她也完全沒有反應。

那條天橋，聽聞又有了新的入口。十年前我曾經跟友人以探秘的心態去過一次，也算是十分難忘的經歷。由於事前已有不少關於裏面的傳聞，故有了心理準備，但當去到入口，踏入似是跌入另一空間和國度的地方，事後想起，也非常震撼。裏面的生活環境我不會以不理想去形容，所謂的理想本來也只是共同的幻想，但無疑他們生活得十分簡樸，在那裏住下來的人都有共同的目，相似的理念，是單一冥頑不靈地為了甚麼，還是有很多種種不能說明的因由，不住在裏面的人不能全然理解。只是感覺也沒有淒風酸雨，反之是有一種井然有序在裏面運行著，我還意外地碰上了幾個不算熟的大學同學，連說出名字也不能那種，他們問我是不是要搬進來，我說不是，我是來尋人的，你們有沒有聽說過這個失蹤的人，我們以前大學的，對方摸摸頭，說現在街上那麼多的天眼，人面辨別已到了修了眉毛或脫了墨也能分出新舊，不可能找不出一個失蹤的人，所以我來橋內碰運氣，你們有沒有見過她？大家都沒頭緒，說著說著，他們說出很多關於你的似是疑非的資料，我只能半信半疑，我不是沒有幻想過像劇集的主角那樣，當我從這邊入口進去，你剛好就從那邊出口走了，又或者我們明明同在橋內，但我蹲下來弄鞋帶，然後你在我身後擦身而過，人生就是充滿戲劇化的種種情節吧。那些人又建議我不如搬到橋內去，估計那裏很可能是最有機會尋找到你的下落的地方，我推說我曾經移民英國，故沒有「資格」住到橋內，他們馬上一哄而散，不再看我一眼。

是的，在這些年來大家都經歷過很多，科技與法例聯手，令人對生活失去敏感，要不就靠向發達名成利就，要不就想到牛角尖去不能自拔，又或者選擇離開，只有小部分堅守信念的人誓不罷休，以一種抗衡主流的半原始方式聚在一起生活，互補實際和心靈上的不足；大家都似乎每天在默念：自主命運，好好活著。

那晚回家後，失眠了幾晚。不禁又想到以往在大學學過的社會理念，你也曾經參與過虎地中村村民的抗議行動，那些抗爭相對後來的，簡直是皮毛了。

魚蛋汁滴在她的鞋上，她仍然像被點了穴道那樣一動不動。她也曾經跑到橋裏去？我不能想像純真如此的她摸進橋後所看到的種種，會對她有多大的打擊，她一個人如何面對當時的情況？但是她卻沒有跟我提起，我心裏倒是有點失望。

忽然一個男子攔在我和她中間，那男人看來高大威猛，神態打扮也相當斯文，有點像韓劇日劇那種保護女生的體貼男，這造型設計也真不錯，我一看就知道，他是受命而來的。

「妙音……」他拍了拍她的肩，拍碎了她的思緒。「那之後把你遺下在荃灣真不好意思……我聯絡上僱主，他著我不用再跟著你了，所以我也就不能在你身邊……跟你去屯門。」

她如夢初醒的，也像日劇韓劇女主角那既茫然又錯愕地微微抬頭地看著對方，說：「甚麼？」

我不想再看下去，馬上打斷他們的好戲。

「好了，既然你是受聘而來，而現在你的服務對象也不需要你照顧了，那你的戲份也就完了，沒你的事了，可以請回。」

我是那麼的理直氣壯，二人以奇怪的眼光看著我。

「你是誰啊？」男子的耳機馬上亮燈，一秒鐘之間露出爛仔般的不友善表情。

「我是……她的……」無奈地我完全答不上來，她也無意替我解圍，一度陷入難堪的困局。

男子沒理會我，臉轉向她，即時又變回柔情萬種。「對不起，那次我說話的語氣太重，是因為橋內的情況，令我也一時不知所措，既要服從指令，又要顧及你當時的情緒和橋內突發的種種，一時間應付不到……」

「去更新一下你的程式吧，out了。」我終於找到一個辯駁的機會。

男子又變成用兇悍的神情看我，引得我大笑起來。

「喂，你可以去做變臉表演呀！」

這話刺激了他的神經，他一手抓住了我的衣領，已揮拳在半空，我當然也不甘示弱，即使不夠打也好歹要作出反抗吧。兩個男人就那樣在大河道天橋底下糾纏起來，女主角被嚇得花容失色，雙手掩臉不知如何是好，旁人看來，就像是兩男爭一女的可笑場面。當時我心中除了憤怒，竟也忽然難過起來，如果當年我也能那樣的勇，跟那個K三口六面說清楚，甚至大打一場，我和你的關係便不用充滿猜測和妒意。可能是因為年輕，才會有許多疑惑和不確定，也因為自尊心作祟，我總不能把感情的事都怪在九七回歸吧。我和你錯過的是那麼的多，而後來想補救，卻已不可能了。

那場架在她的大聲喝令下終沒能打成，但不知怎的我卻感到自己被打敗了，不是嗎？拳頭不夠人舉得高，馬步也沒人扎得那樣穩，單是身上那套著了一星期也沒有換的風衣和磨得發白的牛仔褲，跟他那套由大數據建議的潮流配搭相比，我早已陣亡；嘴邊還有魚蛋的咖喱汁，輸人也輸陣，我慘不忍睹的形象在他們眼中不知有多難看。

後來男子再跟她壓著聲說了幾句，她低著頭一言不語，像是不聽男友解說的小氣女生，呀我實在看不下去，那些無名的妒火把我僅餘的稀疏頭髮都要燒光了！便拉著她說：「走吧，跟這個機械人講多無謂啦！」

「甚麼機械人呀？喂你不用人工智能嗎？沒用電腦不上網？你生活在遠古時代？鑽木取火？自己養雞種菜？我最討厭你這種故作獨特，以為人工智能都是人類敵人的食古不化老土怪！」

如果我要抗辯說我是專門維修電腦而且對新程式無一不知，那未免太低裝，跟他口舌之爭不重要，最重要的是拉她離開現場，但我感到她的手在掙扎，不看猶自可，一回頭看，她簡直是一臉惶恐，萬般不情願地被我強行扯著似的，途人也開始圍觀了，手提電話瞬間豎立現場，我不得不鬆開她的手，而她竟一支箭地跑到男子身後躲著，不用說明也知道，我再一次徹底地輸了，我被自己的一廂情願打敗了。

男子用勝利的眼光斜看著我。

我扯平自己的衣服，像喪家犬那樣，敗走在沒人會在意我的傷勢的繁忙街道中。

一個人喪氣地乘67M回到屯門，走到她家的樓下時，抬頭看那有你身影的露台，就蹲在行人路上哭得不似人形。

魚佬路過看見我，問道：「那個女孩，是你的私生女？」他問了一個當時來說完全錯放，卻又像是整件事的關鍵的問題。

「我從來無結婚，又哪來私生女啊！」我向他發難。他沒趣地推著手推車走了，盛魚的水桶濺出一堆堆無用的水，迎合無用的我。

之後一星期她都沒來店找我。我們也沒有短訊，像冷戰的情侶。晚上多次造夢都見到你和我一些昔日的片段，場景錯置人物亂配完全不合邏輯的不似是惡夢也絕非綺夢的連場夢境，醒後頭痛欲裂，神志不清，好幾次我還以為醒後的才是夢。我甚至在夢中哭過，醒來的臉上真的有眼淚。

我重讀一遍「記錄我和她」，一千多字，用詞和語氣是多麼的幼稚，像個發情少年，控制不到自己的情緒和生理反應。

然而記錄又有甚麼用？在完成短期課程後她便會離開，回到去我無法想像的加拿大，跟她的爸爸一起，那個你曾經願意下嫁、為他離開香港及原來人生一切的男人，願意終生廝守的丈夫，他對你好嗎？你們婚後生活好嗎？為甚麼你本來去了英國，後來回到香港，結果又去了加拿大，然後失了蹤？是選擇了又後悔，最後無聲地離去嗎？你一生都在玩捉迷藏，弄得身邊的人很苦惱。

在那有如失戀的一星期，我就像電視劇男主角那樣頹廢地飲酒，啤酒罐堆滿一地，廚房像是十年無人使用，水也沒有煲，好像飯也沒怎麼吃，也沒有回到店去，更沒有工作，電話留言被客人塞滿，後來索性電話也不充電，完全跟外界裂斷。

故事總不會就在終日酒醉的畫面作結，無論小說或漫畫或舞台劇，都不可能那樣散場，沒有人會接受，主角也不甘心就那樣不了了之，於是到了第八天，終於有了新發展。

因為打瀉了一罐啤酒，把你留下的電腦都濺濕了，我連忙把它拿起並用布小心地抹著，才看到電腦的底部，有一張極為模糊的類似貼紙的東西，遠看似是品牌標籤，但仔細看，卻看出模糊的人形；兩個不知是誰的頭並靠在一起。

我馬上把家中存放陳年舊物的紙箱翻出來，發了狂似的在尋找那幾疊忘記了跟誰拍過的貼紙相。貼紙相的人物有中學大學同學也有兩個追過但不成功的女孩，當然還有你。我竟然浪漫地想到，電腦底部的貼紙相就是當年我和你一起拍的那張。但轉念又覺太荒謬，既然你已經結婚並有了孩子，斷然不會把我和你的貼紙相貼在那樣當眼的位置吧。期間還找到那張一直沒丟掉的張國榮演唱會門票，現在價值應該過萬了。

這實在非常不行，整個星期除了酒醉、放任，我都不能正常地思考。我到底想怎樣？躲在家做廢人便能找到你嗎？便能回到過去追回以往錯失的時光嗎？

我狠狠向自己的臉打了幾巴，然後隨即聽到敲門的聲音，把我嚇了一跳。我不敢開門，生怕是她找來，門外卻傳來對面鄰居的聲音，「喂，你叫的外賣全堆在門口，清理一下好嗎？」我還是不敢出去，鄰居又敲了幾下，咕嚕著走了。

原來竟有五、六袋包得完好的外賣排列在我家門口，有富泰邨最多人給五粒星的乾炒牛河、屯門市中心店前經常有人龍的日式拉麵、屯門餃子大王的人氣餃子，更有每日限量發售的韓式辣泡菜炒飯，而每份外賣均有飲品附上，在門前一字排開，造成頗為壯觀的外賣陣。然而又因此而引來甲甴和蟲蟻，成為恐怖的災難現場，難怪鄰居投訴。

誰知道我沒吃飯？誰知道我整天在家沒出去？突然感到被人監視的感覺，是那個男子利用人工智能得知我的情況嗎？

然後門又被敲響。

「你在嗎？」

那是你的聲音。

我知道你在的，請你不要這樣，我不管我做了甚麼，或沒有做甚麼令你變得這樣，我是真心感到不好意思，那台電腦即使永遠打不開，裏面的東西已經沒關係了，也不會改寫現在或過去發生了的事，過去也只能這樣了，無論如何也不會被重寫了……只能去接受它，與它一同存在，那就是命運……

我不同意！人工智能早可以令死的人復活，可以對話吵架和唱歌，雖然我對這種科技不認同，但畢竟可以選擇，科技會一直變些新的東西出來，如潮流那樣不會停頓，你即使是死了，也留給我一個死樣！

語無倫次的我淚流滿臉，胸口狂抽搐著，聽到電梯門打開，便打開門發狂似的衝出去。但遲了，我看到的，只有剛合上的無情電梯。

我穿著拖鞋狂跑到樓下，直奔向她家的方向，沙石在我腳趾間穿插，痛感令我知道這不是做夢，或有幻覺。真的，這星期我曾經以為自己患上了精神病，老是跟自己說話，然後彷彿聽到有人在回答，那是自己在回答自己？是你在回話？是神的啟示？在把一切記錄到這時，我仍未清楚明白。只知道當時我像個癲佬一樣，氣急敗壞地去到她家樓下，因為行為古怪，被保安攔住無法進入。唯有跑到對面馬路，出盡力氣向她的露台大叫，但當時我叫的，不是她的名字，而是你的名字。現在回想，也真的很失常，很失儀。

直到圍觀的路人開始令行人路堵塞，我才意識到我做了非常不該做的事。
失魂落魄地回到店舖，竟看到她在。

「你去跑步了?氣喘成這樣。」她如常一臉無知的,像個無法被人傷害的天使。

「我……跑步……是的。」

「一起吃飯吧。你這星期閉關天天吃即食麵嗎?我們去吃些別的。」

那麼,送外賣的人並不是她。

# 8 吃一頓二人飯

我們走到新墟。多年來其實我也不知道新墟新在哪裏，而屯門又有沒有舊墟。三層高的村屋地舖巧妙地是間大牌檔，我們隨便坐下，老闆馬上推薦避風塘炒蟹、豉汁炒蜆和梅菜扣肉。我心神回不過來，沒心情期待美食。

坐在露天的地方吃飯，對她是新的嘗試。記起以前也曾經跟你來過這家大牌檔，名字好像不同了，但坐的竟就是當年同樣的位置；我們望向輕鐵站，月台上的人好像也在看我們，當中有沒有一個人，曾經看過當年的我們？

我感到前所未有的迫切，想向她說出我跟她媽媽的一切。

「這幾味小菜都是你媽媽最喜歡的。」我有點不忍，也有點不捨把真相揭開。

她好像聽不到似的，在研究蜆的開合角度。

「尤其是豉汁炒蜆，她總會把空出來的蜆殼先夾走，然後才開始吃。」

她夾起一粒鼓脹的豆豉，左看右看，像是從未見過一樣。

「在街食蟹她嫌麻煩，她都不想點蟹，我說可以替她拆肉，但她總是反對，那會不會其實是不想在街吃蟹，而期望跟我在家吃之類，又或者希望我會說出一些類似對將來的承諾的話？」

她嚐了嚐蟹汁，作了一個很辣的樣子，然後喝了一啖啤酒，又伸脷，大概她也是第一次喝本地啤。

「梅菜扣肉她怕肥，有段時間她甚至不吃午飯，用營養粉沖劑來頂肚，又怕同學見到，所以躲在廁所喝，後來變得瘦瘦的，臉色也不好，有次我故意走堂約她一起吃飯，她卻說，你跟你的女同學吃更開心啦。一聽就知道是反話，但現在回想，很可能是不想在飯堂碰上我跟其他女同學吃飯，又或者，是她想刻意引起我的關心。」

她把整塊長方形的扣肉放入口中，滿滿地咀嚼，汁還在嘴角流出，她豎起大拇指，說不出話。

然後她說了一句令我更受打擊的話。

「這種肉在加拿大也有，弟弟最喜歡吃。」

弟弟？她還有一個弟弟？……你的兒子？

「是的，我還有一個弟弟，他跟我和爸爸三個人一起住，雖然是在外國，但華人家庭都較傳統，家人關係比較緊密，成年後住在一起很常見。對了，弟弟在大學是讀電腦的，媽媽的電腦他用了很多方法，網上問了很多人，還拿到大學給教授研究，都沒有結果。」

那麼，那也就可以是我的兒子？我原本有資格擁有的一家四口的幸福家庭，卻陰差陽錯地落了在別人的手中？

然後她開始談到我最不想聽到的話題：她的爸爸，你的丈夫。

「媽媽失蹤後，爸爸都變得很沉默，不太跟我們玩和說話，就是有需要才說話那種，但我們上學或其他有甚麼不開心的，他總會花時間聽我們分享的。」

她一邊吃一邊說了整頓飯，都是她爸爸如何好如何照顧她兩姐弟的讚美說話。我真想質問，如他真的那麼好，為甚麼你媽媽失蹤了他都懵然不知？甚至有可能你媽媽是因為他才離家出走的！

然而我知道要是此話一出，飯一定吃不下去，我和她的關係也肯定馬上變質。我不忍心，在倒數著的日子裏，還要說出一些傷人心的話。

好不容易吃畢，我們沿著輕鐵路慢慢走回大學方向。突然我不聽話的右膝抽扯著痛，痛得整個人跪在地上，呼吸也有點困難。

「你沒事吧？是不是心臟不舒服？」原來我把手掩著胸口。

「不，只是關節痛，沒事的……」但我看來卻像情況不妙，哪像一般膝蓋老化。

我們就那樣坐在花槽旁邊，像飯後乘涼的父女，遠看著沒甚睇頭的屯門醫院及屯門河風景，一句話也沒有說。

不知道她在想上學的事，香港的種種，電腦修妥了沒有，還是像一般年輕女子那樣，有著各樣情懷的心事。

我心中想的，固然離不開這個月來發生的事。她的出現徹底改變了我的生活，也揭開了我人生的遺憾，那個沒有了你，得不到與你共同生活機會的我，是那樣的有所缺失；她的出現，她的人生，令我放任地想像一切無限的可能；如果可以重來，一個電話，一封信，一個電郵，一句不理尊嚴的真心話，一首只送給你的情歌，一個不欺瞞任何情緒的眼神，一個不理性的衝動動作，很可能都會把一切如電視劇情節般秒間改變，男女主角和解擁吻，真情表白，最後大團圓結局。

我甚至把當年傳給你的電郵都儲存下來，打印並收藏好，多年沒敢翻開，幾天前爛醉的時候重看，哭得不似人形。怎麼那時候我說的話竟可以那樣冷漠？好像你來了英國不找我就是你不對，我不可以主動去找你麼？我妒忌你跟同學去遊覽名勝，我討厭打電話給你的時候被飛到留言，我一直只在自己的位置去想你對我是否夠好。

那個人對你不好嗎？一些家暴、夫妻爭吵的場面不期然地出現在我眼前。

「可以慢步走回去嗎？還是叫的士？」她體貼的溫柔跟你當年一點都不像，還是你也有柔情的一面，只是在我面前故作冷淡？

我的腦袋跟我的右腳一樣，完全不能運作。

那一刻我想到的只有：我必須把電腦盡快修好。

之後的幾星期，我把所有生意都推掉，連針灸也不去了，只一心一意研究你留下來的電腦。

那些古舊而生硬的鍵盤跟我現在的關節差不多，那個置在中央的觸控板，想像你也曾經用你的手指觸摸過無數次，還是不，你其實是用手寫板的？內置的DVD/CD光碟盤，那咔嚓一聲的開關，又曾經為你上演過甚麼？記得一次跟你去看那套非常爆滿的由占基利主演的《大話王》，故事說的是一個人生滿口謊言的律師，被兒子的生日願望令他一天不能講大話，當時是一時無兩的喜劇，人人都說好笑，演技好抵死，非看不可，我本身不太熱衷喜劇，除了周星馳的，西片的那種直白搞笑我都不太欣賞，但我還是跟你去看了。其實整個故事完全靠占基利出盡全力的演技來支撐，誇張的表情和肢體動作、機關槍連珠爆發的對白、失控地笑或哭，大概滿足到九十年代觀眾對西片笑劇的期望。我們都在戲院內一同跟幾百人笑過，後來又在旺角買了這套電影的翻版VCD，現在回看，卻一點都不好笑了，又或者好笑是因為有人一起陪著笑，而不好笑是因為一個人看所以不好笑。甚至乎，會越看越難過，越看越傷感。

一個不能說謊的人連一日也無法過，想深一層，那是非常荒謬與遺憾的事。人自以為比動物優秀，可是其中優越而賴以生存的特點卻是說謊的能力，人際關係越搞得好便越能成功，很多時往往跟能力或事實無關，勝利是因為別人對你感覺良好，實在十分諷刺。例如那次聖誕節我們相約在倫敦見面，最初還飄著雪雨，我們在街上，你靠我很近，理應就是十分浪漫的難忘事情吧，後來氣溫驟降，雪粉越下越大，訂了位的餐廳都不敢開車去了，退而求其次，就在你入住的三星酒店的大堂咖啡店吃，雖然也有熟度烤得剛好的牛扒，有香滑的薯蓉和新鮮出爐的麵包，但你的表情就是不太愉悅的，可能是吃的地點不一樣而不高興，還是甚麼，當時我問你，你是不是不開心，你聳聳肩，我根本無法猜出那是真答案還是假答案，也對於你的反應不是很滿意，那大概也在我眉目間流露了，於是你問我，我是不是覺得你很麻煩，如果我是大話王，是那被下了咒的主角，當時就無從躲避地回答「是」了，可是我沒被詛咒，就答了「不是」，但你說很明顯我是的，只是不承認，然後我反駁你，二人沒完沒了地情況越說越僵。其實又是為了甚麼呢？原本好端端的約會，一對久未見面的情侶，在雪落的英倫享受聖誕大餐後大可以就直接上酒店來個二人世界，最後你竟然連甜品也沒有吃，說肚痛要去上樓去廁所，之後便沒有再下來，我一個人在餐廳等了又等，只等到你「我肚痛不下來了下次再約」的短訊，一時氣沖，我便離開了，也不理雪下很大，獨自駕著電油也不夠一半的舊車開上公路回家。

那夜是不是最後見你的一次？我已經忘記了，那麼多年，太多細節我不想放開，但中年以後記憶力衰退十分嚴重，也是沒有辦法的事。

有一晚，我終於成功啟動了那個 Windows 95，熒光幕的刺眼亮光閃動著我的激動情緒，可是卻開心得太早，裏面的資料夾仍然是無法打開，有如遇上了世界最難解的密碼。我也有想過，開不到是命中注定的，又或者能夠打開，對於我，或你，或她，以及她的家人也未必是一件好事。那猶如把一個人最大的內心秘密公諸於世，我不知道那是否有違你的意願；那極有可能的你的遺願。

我一面維修電腦，想到你，想到她，更想到那個未能認識的你的兒子。她長得很像你，尤其是笑容，她也很喜歡音樂和寫作，根本就是你的翻版，你的兒子長得像你嗎？還是……他有甚麼喜好？會像你那樣倔強和敢愛敢恨嗎？

我曾經有過衝動想去加拿大找你的家人，看你曾經居住的地方，甚至你的丈夫。我和他們，都是被你拋棄的人。我想知道我們有甚麼共通的地方，令你不願留下。

胡思亂想了好一段時間，十一月的某天她突然來到我的店，身後有那個靠人工智能維生的男子隨行，不知是護花還是甚麼。她一時好像也不知該說甚麼，最近好嗎？近來怎樣？電腦進展如何？可能都覺太行貨。我也同樣無法說出甚麼又好聽又合適的話來，倒是人工智能有好把戲，把天氣報告和十一月竟有颱風接近變做得宜的話題。

「真的嗎？會打風？我沒有看過呢！」她的無知在經過香港兩個多月的洗禮好像一點都沒變。

人工智能隨即滔滔不絕地把香港颱風史搬出一二，把小姐哄得挺高興的。

我沒理他們，只打掃著地方。

「對了，她媽媽的電腦修好了嗎？」人工智能竟走上前來問我。

他分明是挑釁我而來，我馬上回他：「修好了沒有關你甚麼事？電腦又不是你的，那個又不是你的媽媽，又不是你付錢，你緊張甚麼？」

「現在不妨開門見山，我是受她爸爸聘用而來的，我已向她解釋了所有，由在旺角旅館開始到荃灣天橋，我都是受合約所托去保護她幫助她的，她也明白了。本來照原定計劃我會跟著她去大學上課，可是中間出現了變數……不過，我一直暗中在監視著，以確保她的安全的。」人工智能開心地說，似是把之前的重擔都放下了，現在的他是毫無掩飾地，真心真意做他應該做的事，想做的事。

「暗中監視？那你一直躲起來看她？」看她的同時也看到我？

「她是我要受保護的目標，一直看著她有甚麼不妥？你以為我是那些變態色魔？要考得成為人工智能使者牌照並不是外人看來那麼輕鬆簡單的，你以為這份工作隨便甚麼人也能做到的？必須過五關斬六將，不然客人怎會覺得我們的價錢是值得的。」

我不得不佩服他的坦誠，他真的到了徹底豁出去的地步了。

「那麼，你連我也監視了？」當時我臉上的青筋大概開始暴現。

「總之，我在保護她，確保她一切安好。出現在她周圍的人和事，當然也在我觀察之內。但那不是我可以控制的，你走進她的範圍，是你的事。」

「不要緊吧，我們也只是吃吃飯聊聊天，很多時還只是聊關於電腦的事，沒甚麼不可見人的……你不用那麼介懷吧。」她的純真這次真的令我冒火了。

「這是侵犯私隱！你不知道嗎？你一舉一動，跟誰做了甚麼，全被人盯著，你覺得沒問題？那你真的有問題！」話一出，馬上又後悔了。我怎麼可以用這樣重的語氣跟她說話。

「先生，請你抬頭看看，街上有多如繁星的天眼，公共交通、大小商場，每一秒你都在被監察，被錄影，這個年頭你還在高呼甚麼私隱，實在太老土了。你這店內也有防盜攝影機吧，那麼你也在侵犯客人的私隱，我現在的私隱啊！」

他對我的態度，跟對她截然不同。

「我店內的防盜攝影機根本沒開機！」

我把他趕了出去，當然我不忍心也把她趕走，但她卻跟著他走了。幾秒後又跑回來，塞了一張紙在我手裏。

「我的課程快要結束了，我們將會在學校弄一個小型表演，宣傳音樂共享的重要，希望你能來。不，是一定要來。」

有如把結婚請柬發給前度一樣，我無奈地接過。

看著她跟他雙雙離開，心裏有種莫名的痛。痛甚麼？我當時還未能理解。

趕緊回到店裏把門鎖上，不讓自己節外生枝。

同病相憐，連防盜攝影機都毫無作用。

# 10 一切從未開始，卻就此結束

之後的日子，大部分時間我都把自己關在店內。期間有客人從窗外窺看，看到我在裏面，又大叫又拍門，我都堅決不開。有一段時間我跑到港島那邊找同行，大家都對於我接的生意很感興趣，問我哪裏得到這樣的古董云云，眾人給了我好些建議和方法，一幫人聚在一起通宵達旦，好像回到大學趕 project 的年代。我要請吃飯和負責去買煙，因為年輕的都不能再買煙了。

最後，我趕在她的結業表演前回到屯門。

那是風和日麗的十二月天，香港冬天早已不冷了。我洗了頭，刮好鬚根，還塗了些香汗劑，不知怎的把家裏上下執拾過。就像那天，我莫名其妙地遇上她的第一天。我又認為我應該穿得比較得體，但我也沒有甚麼好看的衣服，恤衫牛仔褲也就可以了吧，反正我只是觀眾，一個不起眼的也不重要的觀眾。

音樂治療是甚麼，她跟我說過幾次，我始終搞不懂，可能每次當她說話的時候，我都把注意力落在她之上，而不是在聆聽甚麼生硬的資料。我也不介意顯得很笨，她總是能耐心地再次解說，我也就再次墮入享受與她一起的時光的循環之上。

拿著請柬，攜著像去恭賀新人的特別心情慢步去到大學門口，才發現活動乃開放給公眾。

多少年了，大學已不再讓普通市民進入，不少人都趁這個難得的機會進去看看，有的是附近的居民，有的是有可能入讀的中學生，也有沒頭沒腦來看熱鬧的人。人頭湧湧之間，我竟看到一個當日在橋內碰到的舊同學，又好像見到守橋的風頭人物，也有一些衣著打扮作反潮流的，看來也是橋內的人。有兩個人，真像當年的嶺南人C和K……又或者只是人有相似，就像一般沒有名字、面目模糊的平常市民，他們的經歷無人問津，即使每個人的故事都擁有獨特的價值，卻沒有人願意明白其眾人共同的經歷及互動的後果，其想像的願望及無法預計的幻想，都是建立起整個城市甚至國家的重要脈絡，而脈絡相連，所有人其實都是共同體，所有人由生至死，最終也會變成數據，被分解，被重組，被預視，被堆砌。

正如永安廣場四周都佈滿了保安和便衣警察，每個角落都設有攝影機，天上還有無人駕駛飛機在盤旋，安全檢查檢了又檢；大家也平常心，被監視已被視作日常，只是被特別嚴密監視，我還是第一次。我沒有隨身物，心裏還是不期然產生畏怯感，那些帶了相機甚至音樂器材的人就慘了，幾乎每個鍵都被按過，彷彿有一個神秘的按鈕，會爆發出殺人的武器似的。

廣場還是那個廣場，那個每年迎新日都充滿荒謬和尷尬的地方。搖身一變搭建了一個臨時的表演台，有喇叭音響及椅子，就成就了表演場地，就是不見準備表演的人。

我選了個中排但靠邊的位置，保守又不失進取。只希望她不是在另一邊就好。

有人來派場刊，表演的項目有電子鋼琴、烏克麗麗，也有不同類型的鼓，非洲鼓、搖鼓、鑼，也有一些從未聽過的樂器，但翻來翻去，也看不到她的名字。

表演遲遲仍未開始，觀眾開始不耐煩，甚麼葫蘆賣甚麼藥，明星出場也不用那麼久，鼓譟聲不絕，小孩開始亂跑、嬰兒哭鬧、年輕人打機、成年人在打呵欠。突然播音器傳來刺耳的回音，眾人呀的一聲像遇上恐襲般彎下身子掩著耳。然後啪啪啪啪的，testing、testing，原來有人在試咪。

甚麼年代了，咪高峰的問題仍然沒變。

然後一班工作人員搬出各種樂器，穿著明顯似是表演者的人陸續登場，觀眾也安靜下來，如果這是齣電影的話，觀眾大抵也意會到千呼萬喚，很快就要來到高潮部分，最重分量的人物及燈光效果，也會在這節眼逐一爆破而出，經過千挑萬選的配樂在此時已到了箭在弦上，只待一聲令下便發動攻勢，整個故事的結局篇就那樣以萬馬奔騰般氣勢攻陷人心；如果是電視劇的話，這一集的收視應能達到最高點；如果是小說的話，應該也可以吸引著讀者，最少，不會隨便把書放下。

可是一個不起眼的工作人員走到台上，作出沉悶的簡介，音樂治療不等於純粹的音樂分享，必須有度身訂造的方案去配合不同人的需要，尤其有發展問題的小孩或臨終老人。一輪解說，頭上幾乎有悶鴉飛過。

我只是一心等待她的出現，正如當日我經常在廣場的周圍眺望，希望看到你的身影一樣。然後節目開始，一個接一個，一個似是比上一個無聊，直到最後一個節目表演完了，我才如夢初醒的。我看不到她，卻看到人工智能趕緊走到後台那邊，我也順勢追上去，也不理保安和警察把我的一舉一動近距離拍攝下來。她在後台幫忙執拾，像清潔工，像打雜，像表演還未開始一樣。我忍不住上前問個究竟，為甚麼看不到你的表演之類，表情應該頗為緊張的，甚至有種質問的責備語氣。她卻笑了笑說：「我沒有份表演的。」

當時我的表情大概顯示我失望極了，她補說：「你期待有甚麼會發生嗎？」

我期待有甚麼會發生嗎，有嗎？沒有嗎？我不應該有任何期待嗎？

她看著我，不知該如何對應。人工智能又前來，故意站在我和她之間。老實說，那一刻，我真的想一拳揮過去，不過論體能，我怎能跟他相比，年紀老一截不在講，因為他是專接特工類型的生意的，所以也操得特別壯。挑釁他，根本是自討沒趣。

就是那樣，表演結束了，無聲無色地，觀眾依照大會指示和平散去。她沒有在我預期中作出精彩的令人畢生難忘的表演，你也沒有如仙子般踏著彩虹出現，沒有出人意表的情節，我的打扮也白費了。

「很開心你能來看表演，這對我來說很重要。」我真的不知道，她拉著我的手說出那樣感人的話，是故意的造作，還是我想得太多。

世上大概沒有人明白這三個月發生在她與我之間的一切，她帶來的電腦，所帶給我的意義，之於我過去的人生，我現在的人生，以及未來的人生。此刻要是眼前有一個機會，問我能否放棄所有，包括記憶，重頭回到一九九五年重活一次，我絕對絕對，是一千一萬個願意。

然後她和人工智能建議一起去吃糖水，連即將離開香港當是餞別她的話都出動了，但我不想跟人工智能一起去，本來「我願意」三個字已懸在嘴邊了，卻還是拒絕了她。

走出大學校門，巴士站有清潔阿姐在洗地，一個嶺南女學生看得迷茫。

我不比女學生清醒，不知所謂地站在女生旁邊，一起看阿姐洗地。直到水喉快要來到我們跟前，阿姐用眼神表示唔該過主，我們才懂得動身。

「請問，67M 是不是在這裏上車？」女生傻得走去問阿姐。

可能是噴水機的聲音太大了，阿姐沒有理會她，繼續洗地。也是的，她搭錯車跟她洗的地根本毫不相干。今時今日還有人問路，也真罕見。

在走回家的路上，腳痛又發作，每一步都是那麼的重，更甚的是，孤單的感覺重擊著我，而對於自己竟然有這種感覺，又更是難受。心中不斷浮起跟你去吃糖水，和她現在跟別人去吃糖水的影像。難道只要和他們去吃糖水，吃下的可以是一碗讓我重活一次的神仙水？

我肯定已到了痴人說夢、精神錯亂的地步。這幾個月的心思與功夫，我一直在做的，好像都沒有實際的作用，我得到甚麼，失去了的現在又怎樣，一切都好像跟原本沒兩樣，我為甚麼還要記錄下這些東西？我好應該回去工作，以往一直在做的專整壞嘢的工作，沒有愛情沒有情感，吃喝拉睡大致健康就好，是踏入老年人生的最理想境界，還求甚麼？我邊走邊說話，應該嚇怕不少路人。

橫過青山公路段時對面那白衣長裙女子，也沒有戲劇化地在越走越近時變成恐怖厲鬼前來索命。拐彎處有飆車亂竄，也沒有像電視劇那樣車頭燈照在我臉上然後把我撞到十米遠不省人事並昏迷多年。到了家門前，也沒有愛情小說結局峰迴路轉地看到失蹤女主角安然無恙還風采依然地站在家門前等我，熱淚盈眶地問這麼多年了你去了哪裏。又或者你真的早已撒手人寰，卻像粵戲橋段那樣因壽緣未盡而起死回生、再世投胎等等等等。真的，任我幻想力再豐富，自我安慰的收復能力再強，也是於事無補。

那晚我也沒有夢到她原來就是你，沒有時光倒流回到大學那九十年代末，沒有夢到與你不可能的幸福生活在夢中實現，醒來時也沒有發現她只是一個夢境人物，她帶來的電腦也沒有忽然消失了，桌上或門口也沒有甚麼人留下甚麼神秘的東西或信件給我。甚至乎，當我重看這些記錄時，也沒有看到字裏行間有人做過改動，或者所有記錄都消失了那些荒誕事。

一切就那樣，好像甚麼都沒有發生。

之後連續七天，我差不多每天只睡兩、三小時，其餘時間全放在維修電腦之上。她不時傳來短訊問候，我也只作簡單回答。

直到第八天，她傳來令人傷心欲絕的文字：我快要回加拿大了，能不能來取回電腦？

我沒有回覆。

她好像已經看到我的慘不忍睹，又傳來另一個短訊：而且，我要再次衷心感謝你這幾個月的幫忙，很高興能夠認識你，你是個很特別的人，很特別的好心腸的人，你令我感到此旅程不枉此生。

連不枉此生都懂得用了，看來這幾個月她的中文進步了不少，我真心替她感到高興，同時也慚愧得無地自容，悲傷得不能自已，把記憶緊守了那麼多年，努力了那麼多時日，我與她、與你、與電腦，所有所有，都即將完結了。

那晚我終於捱不住，整個人崩潰在電腦桌昏睡了，醒來時大灘口水流在鍵盤上，嚇得我趕緊拿布去抹乾淨。

突然間，它像魂魄附體一樣，靈光一閃，發出尖銳的狂吼，硬盤震動得連桌也在動，像沉睡千年的精靈被喚醒似的，是迴光反照嗎？是神明顯靈嗎？它好像快不行了，我大叫，不要！不要啊，別死！別要丟下我！我們快要成功了！

它彷彿也感到我的激動，力挽狂瀾地平靜下來，最後一口長長的氣呼出，把一切記憶、遺憾、期盼、答案，全都一一吐出來，重重地擲到我面前。

這份再見，是你給我的，遲了那麼多年的最後道別。

低解像度的熒光幕上，隱約出現閃靈般的「我的文件夾」五個字。

我雙手震顫著，抱著萬劫不復、視死如歸的心情伸手去把它打開，看到了一個名為「小鼴鼠妙妙奇遇記」的影片檔，還有另外三個文字檔。

第一年：進城

第二年：回歸

第三年：預言

## 終結——我已分不清真假

過了幾個終於入睡了卻又不斷扎醒的夜晚，我的情緒已繃緊到極點。

那三個文字檔，你寫下的三年的日記，明明只是熒光幕顯示的聚光，點點組合起來的文字，卻可以把我置之死地。

單是要不要把文件複製一份自己保存這問題，已經把我煎熬得要死。要麼我便把你的回憶複印而永久封存，要麼我便讓你隨著女兒回到加拿大，或隨風消逝在物質更替的消磨之中。對我來說都是死路一條。萬劫不復，大概就是這個意思。

最後的交收，她相約在荃灣一間我沒有聽過的餐廳。

根據 GPS 走去，地址竟然就在大河道。那間我們曾經去過、只坐得進幾個人的榮安小食車仔麵店仍在。車仔麵店早已沒有車仔，但某些文化總不知不覺植入了人們的心中。綠白相間拼湊出小方格的階磚地面，被磨蝕得變成另一種顏色的廉價收摺式木桌，天花板自我塵封的風扇，不鏽鋼桶內五十對黑色橙色筷子，把時間定格在我們年輕的時代；堆在桌下的醬料和食材，紙盒膠箱鐵罐滿放，卻也沒有影響顧客的食慾和對食物的信心，玄機可能在於牆上貼有一幅「忍」字聯。

然而百忍沒有成金，我已經忍了很多年，忍耐、忍受，並不能解決心中的結。感覺現在如果有人走過輕輕一碰，我便會經脈盡斷，粉身碎骨。隨即真的有快步走向榮安小食的人魯莽地撞過來，我也仍是好端端的一個運作正常的有機物，還有餘力怒視了對方一下。

相約的地點當然不在榮安小食，而是拐彎上二樓的新日韓餐廳，以前好像叫登發大廈，我和你也在這裏面吃過東西。現在重臨「舊地」，因為裝修格局已面目全非，也就沒有把回憶聯繫上的問題，面對著你的女兒也沒有太大悲慟感，加上她與AI同來，僅有的雅興也馬上蒸發掉。

我拿出你的電腦，珍而重之地放在你的女兒面前，她好像重獲寶物一樣，溫暖地笑起來。她的笑容真的跟你的很像。其實我早就應該知道她不是一個隨便的客人，我早就應該意會到她就是你的化身，你的延續，你的一部分。

可是因為坐在她身邊的是AI男子，心中有酸酸的感覺，正如當年你坐在其他男同學旁邊一樣。我很想告訴你，那部後來還給我的諾基亞電話，我一直保存到現在，插上電源，還可以看到儲存在電話簿內你和我當年的電話號碼。我也曾經在醉了的深夜，按下了通話鍵，傳來的是在深海快要窒息的靜止，無數回憶堵在胸口，幻想你接過電話的一聲喂。你的聲線，我今生今世也不會忘記。

現在回想這些，是自作孽，活受罪。

廢話連篇的我在你的女兒面前表現得非常不濟。她所點的都是你最愛的刺身，帶子壽司、櫻花卷、海膽飯，我卻一點都吃不下，只隨便夾了兩片勁辣韓式泡菜，任由酸與辣折磨著幾天沒怎樣正常吃喝的胃。

她也似乎看得出我的不安，可能她自己也有點情緒吧，畢竟那是我們的最後晚餐。

AI 出奇地安靜，後來說要去洗手間，良久沒回來。

她才意會到那就是所謂的最佳時機，要說的話必須要把握機會說了。

謝謝你……

一開口竟是我最不想聽到的感謝話。

不必再多謝我了……是我多謝你才對。我在電腦救回了三個文件檔，都沒有打開過……你要不要打開來看一下，確保都能看到……

我迫不得已地說了謊，而命運的作弄又豈止那麼簡單，其實在其中一個文件夾的文件夾的文件夾內，我看到一個名為「給伍浩輝的信」的檔案。想了兩個晚上，我用了畢生的勇氣去打開它，屏住了呼吸心跳，卻發現裏面全是亂碼。

該死的亂碼，就是這些無法翻譯無法解讀的密碼心事，亂了我一輩子。我多麼的希望，那是空白的文件也好。

我不打算把這件事告訴她，在見面前狠心把檔案刪除了。

被我打斷說話後，她完全沉默起來，氣氛變得令人無比難受，連侍應都感覺到。

窗外就是大河道天橋，遠看過去，彷彿隱約看到裏面有光。

有光就有影。有光就有希望。

她也看著天橋，像是看透橋內的結構，在深思，在反觀。

不知怎的，我感覺媽媽有可能就在橋裏面，或者曾經在裏面，又或者裏面的人是認識我媽媽的。但我沒辦法找到更多線索和問得更多資料，無論怎樣也好，即使我回到加拿大，我也不會放棄繼續尋找媽媽下落的！她不一定在香港，世界這麼大……是的，世界這麼大……

她的聲音小得我已經聽不到了，但我的心跟她一樣，在簌簌流淚。

後來 AI 出現，說已經埋單了。侍應來收拾好像沒動過的食物，偷看著我們兩男一女的怪相。

回到地面，AI 沒有跟來，或從沒存在一樣，不見了。

飯後人群注滿整個路德圍，跟空洞疲累的我形成強烈對比。我再也擠不出牽強的笑容，張開的口說不出再見。

她也感應到了，紅著眼，竟就那樣把頭斜靠在我的肩膀。我本能地張開手臂，以作安慰也好，以作告別也好，以作感謝也好，以作請君珍重也好；卻又在半空止住，不敢抱她一下。

心很痛，痛得不想再做我自己[15]，原來是真的。

可是人分飛，愛相隨，哪怕用一生去追[16]？

是的，已經沒路可退了。沒路可退，就不要再退了。

你的周華健突然出現。明天我要嫁給你啦，明天我要嫁給你啦[17]，那是國語版。若你與我再次活過，昨晚你已嫁給我，然而誰代替我掀開婚紗將主角望清楚[18]？對了，林夕的詞。就是啊，為何無論多麼相戀偏偏只可嫁另一個[19]？

如果我的一生只剩一個絕對可以實現的願望，我希望，你一生裏，永未遇見我[20]。但願我可以沒成長，完全憑直覺覓對象。如果真的太好，如錯看了都好[21]。

腦部失常到不可能更失常，熱淚矇矓落在她的頭上，她的淚也滴在我的襯衫上，在車仔麵與街道的混雜氣味之中，淚滴之間，一片混亂，一堆曖昧。無法形容，無法言語。

一萬年後，她後退三分一步，低頭擦淚，髮絲在空氣中迴旋，轉身離去，沒有留下一個再見的眼神。

我想說別怕，不要怕，美好的人生必定在你面前展開，我發誓，會盡我畢生餘下的所有力氣去成就你的快樂。

然後像劇集男主角那樣以慢鏡伸手出去，捉到的卻只有空氣。

榮安小食生意依然旺盛，她突然像沒有離開過似的站在我面前，把電腦塞給我，在我六神無主接與不接之間，電腦重擊在地上，與魚蛋竹籤及其他無名的垃圾，墮落到人間最底，當時我的心應該要裂開了吧？還是沒有，她並沒有把電腦塞給我，只是我太想留住電腦，以及你過去的一切，所以在回憶時不期然地產生了幻覺，又或者，事實是，連那場傷感的道別也沒有發生？但我明明記得你的周華健有在現場……事到如今，一切已經無法梳理，真是越想越頭痛。

我已忘了那夜是怎樣絕望地帶著支離破碎的身心完成回家的任務，只記得到家後，我收到一封電郵。

在這裏，我扮作謄文般重抄一次，作為我這些無甚意義的、已分不清真假的荒謬私密記事的終結。

今天我們在吃最後晚飯的時候，你盡是說些無關痛癢的話，千言萬語，我無法解釋當下的包袱是何等的重。除了是真的投入我即將離開香港的情緒，也因為所有我記憶中關於離別的累積，關於情感的、多年來尋找媽媽種種的，在那一刻都全數湧了出來。我一個人在荃灣的街道走著，在經過了另一間車仔麵店後，坐上了67M巴士，又來回重遊了一遍屯門。看著被燈光照得發白的夜空，才意識到那是真的告別了，事情是真實的，而且是重要的。這意識是來得那麼遲，在還未正式說再見之前，還沒有感到，也因此沒有好好說聲珍重，沒有好好說聲祝福的話。我真是呆。坐在車上，我就嘗試記起從進入屯門開始和你有關的片段，嘗試記起認識你是怎樣的，我們一起吃各種的飯，說到電腦的種種，但具體是怎樣的，卻好像無法完整地重播出來。例如有一次我和你在路邊吃火鍋，在屯門河那邊，具體地點我不太清楚，還記得你當晚穿的是白恤衫，外面再套件黑色衫。我驚訝地發現其實記得的是那麼的少，忘記的是那麼的多，關心得不夠的事又是那麼的多，尤其是在你曾經心情十分低落的日子裏，碰巧我也是十分煩亂，就好像沒怎樣理會你。想著想著這些，又想著沒有說的就不可能回頭去再說了，又想著我真的是要回到另一個地方，開始全新生活了，就明白到事情的重要，也就對自己說，絕不能忘記這天了。這次回來，雖然沒有具體找到關於媽媽的線索，但在嶺南的日子，我好像感到她的存在，媽媽的身影不時就在校園的轉角，在飯堂，在圖書館，在宿舍，在永安廣場。那仍然年輕的媽媽，跟友人開心地談笑，在學習知識和成長之間，體會到人生的困惑和不完美，我是多麼的慶幸，回到這裏來，感受到她的內心，理解她那些我無法認識的過去。盼望你能快樂地生活下去，能過自己滿意的日子，做到自己喜歡的事。當然，我們還是可以常常保持聯絡的，也會有機會再見面的。無論甚麼時候再回到這裏也好，怎樣也好，要好好生活啊。我非常珍重這一天，即使我沒有預料到道別的地方就在荃灣大河道，但回去後，我沒有一刻忘記過今天的你。

我打了又刪除，打了又刪除的回郵內容是：我根本就沒有白恤衫。

15—周華健《愛相隨》

16—同上

17—周華健《明天我要嫁給你》

18—周華健《昨晚你已嫁給誰》

19—同上

20—同上

21—來自張國榮《紅》大碟中的《有心人》

完

# 後記

我也寫下了一些創作《再回到這裏來》的記錄。

二零二二年二月二十二日

## 翻譯的迷失

孩子說，今天是特別的一天，「因為22022022，不論從左到右讀起，都一樣」。聽到的時候我心中想到的是「二零二二年二月二十二日」又怎能從左到右都一樣？而且孩子說的是英文February 22, 2022，一時也想像不到他們在說甚麼。

這真是翻譯的迷失（Lost in translation）。本來就是輕鬆有趣的閒事，不用深究，但這跟我剛開始動筆的這個小說——在大學修讀翻譯，卻有莫大的關係。

當然我不會在此說及任何翻譯理論，或吹捧自己記得任何翻譯技巧，而關係在於，成為第一年在屯門虎地讀書的嶺南學生，那段現在回想既遠且近的回憶，原來一旦翻開便會像錄影帶播放般歷歷在目。我記起當時我的書包，我的打扮，與同學的對話，上課時的種種，連從飯堂走到大樓的腳步聲，以及在圖書館盡頭不時傳出的沖廁聲，幾乎都仍可以聽到。

影像記憶之於我，是個包袱。

可是那些記憶並沒有成為小說中大學第一年〈進城〉的故事。尤其那次全系同學搞的登山旅程，舊同學讀了故事後都來問我：我們有去過行山嗎？為甚麼當時無預我？我笑笑說：那只是二零二二年在我腦中設計的一場發生在一九九五年的行山之旅。他們聽了都對我的話半信半疑，可能覺得我這個常寫出虛構故事的人沒半點真誠，三十年前的事怎可能連時間地點人物對話都記得那麼清楚？而假的旅程有甚麼好寫？他們可能也同時懷疑，行山的確有發生，只是沒叫他們，便以謊話作瞞騙。

我無法再多作解釋，關於虛構了不在存的事，在沒有抹黑別人的條件下，最少也能自娛。

而其實，下筆的此際整個小說並未完成，世界上沒有任何人讀過這作品，也沒有同學真的來問過我任何問題。

這是發生在小說開初時的閒事一宗，不用深究。

二零二二年四月十八日

悼念一個人

悼念一個人，需要資格嗎？

寫到大學第二年〈回歸〉篇，我開始懷念起也斯梁秉鈞教授來。這完全是意料之外。說到要懷念一個那樣著名的香港詩人、小說家、文化學者，像他那樣教育過無數學生、啟發了一代又一代一批又一批新生代的大學教授，下筆的時候我不禁在想：我是否實在沒有資格。

在此，必須說明的是我在嶺南的日子，其實從未成為梁秉鈞教授的學生。那些關於「我與梁教授在嶺南」的日記，純屬虛構。我是在二零零九年回港進修後，機緣巧合地再回到嶺南替梁教授工作了一段時間。真正認識他的日子，就在那短短的一個炎夏。那個回想起，好像就是不久前的，還不習慣在香港上班的，仍然聽到教授洪亮笑聲的炎夏。

我的座位就在他辦公室隔壁。他的日常、他講電話的聲音、他的研究工作，對於我這個畢業後移民多年，再重回嶺南工作的舊生，是一段非常不尋常而且珍貴的日子。說成很難忘當然有點俗套，說到要憶念他，又有點戰戰兢兢感到彆扭。如果要以認識梁教授的日子來算，以跟他交情的深淺來論，以跟他工作關係是否密切、是否曾作為他的學生、是否曾受他啟蒙，或曾與他合作過任何創作或討論會等等來排個先後次序，我相信我大概會是成千上萬人的名單的最後幾個。只是如果我都不知道那千個萬個人到底是誰，我只是隨心所欲並一意孤行地，在我的小說中，通過入讀嶺南大學的種種細碎回想，築構起與梁教授在那純樸校園中認識的可能；那絕對不可能實現的，那徹底只能留待下一世（如果有）去證明的機率，那虛假不過的回憶日記，那無法補送出的電郵，那永不可能得到的回覆；我是否便可以以最自私的心，去把記憶、幻想、虛妄通通混在一起，以文字去說那永不可能的故事？

梁教授在二零零六年文化研究系創意教育研討會上曾提到，教學生寫作並不是要教他們如何運用美麗的修辭技巧、文法是否正確，寫作應該作為一種自我感覺的表達，一種與外界、與別人的溝通。我沒有親耳聽到，或親身在場看到他的演講，但我，卻在二零二二年讀到他的講話記錄文章時，彷彿看到梁教授就坐在嶺大某個會議室，可能拿著咪，可能沒有，那不重要，重要的是，我竟就像置身現場一樣，看到梁教授在講話，在說笑，在托眼鏡，在掀講稿，在喝一口茶。

是那難忘的夏天的後遺嗎?

在我完成工作的最後一天,颱風前夕,天氣極為酷熱,我已忘記多少年沒有遇上那種悶熱的感覺。梁教授請我吃道別午飯,他帶我去藍地吃農家菜。後來他寫成了〈農家菜的故事〉放在他的《人間滋味》中,我也以〈一起吃一頓新界飯〉作回應,最後被收錄在他策劃的《西新界故事》裏。

不久,我重回加拿大,生下兩個小孩。我與梁教授的最後一通電郵中,他對我說的最後幾句話是:「好好看顧孩子,體驗另一種生活,有空也寫點東西吧!」

那最後八個字:「有空也寫點東西吧」,這十年來我不時回想起,也感到慚愧不已。

我有資格去說一個有梁教授在內的故事嗎?或者我想說的,完全不是有關於梁教授的故事,而是一個九七前後,文學創作仍有相當充裕的發表空間、創作空間仍有非常大的自由、對我來說足以不時回味的時代。

但我必須說的是,我並沒有因為回憶起梁教授而把他的作品重讀一遍。因為每拿起他的作品,他的聲線、他的身影、那個夏天在嶺南的種種便會馬上浮現。我不得不把書放下。每次都充滿歉意。

也許因為相遇壓縮而短暫,所以也就更難以忘記。

「現實的旅程過去了，現在是文字的旅程。這是我的回程，我需要這一段旅程，幫助我回來。」梁教授在《記憶的城市・虛構的城市》的〈回程〉如是說。

我也就寫下了一段這樣的旅程，幫助我回到那無以名狀的過去，繼續難以說明的未來。

希望我所寫的，即使不是一個精彩的吸引的作品，也不會被人看成是一個借題發揮的令人感到遺憾的作品。

我以梁教授的話作為寫這個小說的告誡：「記憶與幻想已經混淆了，我已分不清真假。我會小心，不要用文字來歪曲或傷害真實的人物，我會小心，不要輕浮地出賣一個地方，別別嘴否定一條街道。」

我希望我有做到。

二零二二年五月二十三日

我不會再在課堂上睡覺

寫到了小說大學第三年，才後知後覺地發現，把自己青春時的所謂最陽光燦爛的日子重溫一次，尤其是把當年聽過無數次、唱過無數次的心愛歌曲從儲物室的 CD 架上拿下來逐張重溫，簡直是一項極度愚蠢的自討苦吃的行為。

青春的成長都由當時的歌曲培植，那些不應該做的、不知為甚麼而做了的、不知為何卻錯過了的、做了又馬上後悔的、幸而後來逐漸忘掉了的、只有年輕才能做得出的事情，在歌曲的重溫下，一一重現於眼前。那種已無法回到過去重來一次再說一次的遺憾感，真不是講笑。那些已忘記的人和事，開心的慘痛的，都無一倖免地被翻開。我驚訝地發現，有些事情以為早就算了，卻其實一直未有忘記。

我本來已盡量小心，不敢下筆太重。可是回憶總是有某種顏色，不易變調，你再去搞它，便會像水彩碟被碰瀉，不是面目全非，便是變成了塗鴉，覆水難收，自尋煩惱。

不過我同時也對自己（和別人）說，小說就是小說，小說內的日記也是小說內容，我只是寫一個九七年前後入讀一所偏遠大學的女孩的故事，我是創造者，是敘述員，是旁觀者，也負責其被敘述後的命運。我努力想像它，可能會引起一些大學生的共鳴，引起小部分屯門人的興趣，得到曾入讀嶺南的學生的共同感；雖然我知道，這樣的小說在香港實屬邊緣。

我利用文字作了一次紙上的時光旅程（很便宜也環保）。此刻我想到的，是假如時光真的可以倒流。

如果真的可以，請讓我，真誠地在嶺南大學再活三年。我保證，我不會再在課堂上睡覺。

我不會再在課堂上睡覺。

我不會再在課堂上睡覺。

我不會再在課堂上睡覺。

要我現在回到課室罰抄，我也絕對願意。

二零二三年一月五日

## 謝謝你的課

自去年六月尾孩子放暑假開始，便得暫時擱下小說。想不到一擱便是半年。然後開學後的半年忙於孩子追回因疫情而失去的學習，各種表演和考試，有一種再不做便會永遠失去機會的末日感覺。而疫情竟又在這個冬季再次變壞，香港的家人已經歷第二次感染，爸媽進了醫院又好了，進醫院又好了。我身在外國，因為時差，也只能靠短訊獲得不太即時的最新消息。

這段日子不知為何，每每入睡便會被惡夢嚇醒。對解夢略知一二的友人說，是你心中有問題。是甚麼問題呢，我也不太清楚。這半年遠離寫作，頭腦心境都應該比較平復，又常沉醉在孩子的電子遊戲之中，應該也算減壓。然後聽到香港著名作家西西離世的消息，感嘆香港文學瑰寶又失一塊，網上有她的專輯供人免費瀏覽，我還未看完，卻又傳來劉紹銘教授的離去。

劉紹銘教授是我在一九九七那年修讀的中國現代文學科的老師。那學科修的人很少，印象中不到十人，大概是大家都想在最後一年選一些比較「有用」的科目吧。我是個憑感覺行事的人，想到最後一年不讀文學，畢業後也就難有機會了，於是膽粗粗修了劉教授的課。

在小小的課室上課，有種難以抗拒的親近。教授穿的西裝、聲線，都不能避免地近在眼前。有趣的是每次都有中文系的司徒秀英老師一起上課。她溫婉嫻雅的，真是修讀文學的最佳模樣。劉教授對人十分親和，常常會點名叫同學朗讀一段，那種中學生的上課方式，在我進了大學後已久違了。要再次在同學老師面前朗讀文章，大家都有點尷尬。誰不知劉教授把所有同學的名字叫了一遍後，也請司徒老師來讀一段，那時候我們為此事笑了很久。那是開懷的真誠的、覺得事情就是那樣簡單好笑的單純日子。現在回想，那種笑的心情，好像已久不復再。那時一起修讀、常與我坐在一起的楊同學，也在幾年前因癌症離開了。（對不起，我沒有回來送你。）

當時天地圖書剛好為劉教授出版其舊作《二殘遊記》，我還特地去買了向他要簽名。最後我那科所得的成績不盡人意。我想我真不是研究張愛玲的材料。

二千年我第一次出書，好像還有送一本給劉教授？後來我移民加國，二零零八年回到香港修讀碩士，在一個出版社舉辦的教科書活動上，重遇當時是出版社顧問的劉教授。教授隱約仍記得我。我好像又不怕醜地把那時我新鮮出版的採訪小說介紹給教授。不久，教授在現已消失的《蘋果日報》專欄談香港寫作空間的狹窄，他寫道：

董啟章給黃敏華的小說集《見字請回家》寫序，說到寫還是不寫這問題，已成為一些香港作家的「終極之問」。……黃敏華跟董啟章學寫小說，拿過青年文學獎。能拿獎的作品總是嚴肅的。不久老師鼓勵她結集出書，誰料出版過程一波三折。書終於出來了，用董老師的說話，「也沒有得到甚麼迴響」。就銷量而言，香港的資深作家也不比新丁好得了多少。

看來我也沒有甚麼特別的東西可以給教授寫一下，跟當年教授給我的最後分數不遑多讓。但我仍是十分感謝他在副刊欄內提及我。

那次便是我最後一次見劉教授。

機緣巧合，二零零九年我回到嶺南替也斯工作。有一天在電梯碰上司徒秀英老師，跟她打過招呼，她也大概記得我。

翌年我返回加國，開始帶孩子的不歸路。（欲知後事如何，請看二零二一年出版的《一直到彩虹》。）

也斯、西西、劉紹銘教授，重要的文壇前輩相繼離去，他們留下來的故事價值連城，化作令人繼續寫下去的動力。

引教授專欄文中最後兩句：思之念之，若有所失。

二零二三年二月二十二日

一年

想不到一年就這樣過去。後記記完又記。

這一年是疫情來到尾聲的一年，在加拿大打了四針守住最後防線的我們，在上星期也終告失守，正式成為「正常」的人，放開懷抱地做疫情期間不敢做的事；如出外吃飯、在室內不戴口罩等——這三年一直堅持的事。

這一年也有創作的最高及最低潮。這小說由去年二月開始以頭也不回的姿態寫了三分之二，直到暑假，孩子閒在家中，我以為稍作休息，怎料放假期間玩電子遊戲過於放任，到九月開學後回不了岸，小說便一直擱置。中秋過了，聖誕過了，我開始越來越擔心再也無法把小說繼續下去。幸得萍水相逢的謝傲霜，再次重提去年對寫的約定，便鼓起勇氣，根據她的構思，狂妄地寫下了第一篇，那重新喚醒我執筆的溫度的第一篇，令我知道我是時候再次回到我的小說去，完成那些很應該完成的最後部分。

寫下對寫第一篇的那天，亦是我的小說《金耳山奇遇記》出版的一天。對我來說，比起二零二一年出版的《一直到彩虹》更重要的是，出版社對我再一次的接受及肯定。我不去猜想背後任何原因，只單純地感謝給予我機會的人，替我編輯、排版、設計及推廣的同事，欣賞我的、為我寫書介書評的每一位，即使未必會讀但仍然買下我的書支持我的親友。

人生的確是一場奇遇。不過，值得寫下的奇遇可能已經買少見少，最近全世界熱烈討論的，是AI人工智能的寫作時代。電腦開始正式替代人類寫作及創作的工作，開始會跟人對話，更會自行衍生故事、畫作、作曲填詞等等。在我記下這些的當下，已經有一本由AI寫成的書正在產生，由AI翻譯成不同語言，由AI校對，由AI排版，由AI設計封面，預計可以在一星期內完成。而在我這小說有幸出版的那天，相信人工智能又發展到了另一新階段，我如何努力記錄，也追不上。也許有一天我們可以藉著人工智能把已逝的作者「起死回生」，我是否能再與梁秉鈞教授、劉紹銘教授「聊天」，向他們請教文學的各樣？

我覺得還是別要胡思亂想，要寫的故事還是要繼續寫的。

今天，多雲有雨，我買了機票決定回港，看我久別的家人、朋友，還有一直被遺漏了在香港的零碎的自己。

二零二三年六月二十日

尚未完結

想不到《一直到彩虹》的故事，除了延伸出《金耳山奇遇記》，繼而又有這個《再回到這裏來》，正禁不住想構思下一個小說的大綱，出版社那邊傳來好消息，《一直到彩虹》拿了第四屆香港出版雙年獎文學及小說類別的出版獎！

這是關於我的書的第一個獎，事前我甚至不知道參加了，而且是《一直到彩虹》，那對我來說意義非凡的書。我固然非常驚喜，興奮了好幾天。

想起上一次得獎，已經是大學年代。第一次是大部分文學界的人都曾參加過的青年文學獎，膽粗粗寫了篇自以為特別的小說，得了個亞軍。然後是翌年在科技大學舉辦的文學創作營。第一次獨自參加離家的活動，第一次住在大學宿舍，在同房營友缺席、颱風迫近的那個無眠的晚上，談創作實在奢侈。第二天早上的講座剛好是由董啟章來主講，討論到了一半，大家尚未熱身，卻被八號風球打斷，活動腰斬，一干慕名而來的文學營友得馬上撤退。那篇未有動筆的小說，唯有在家完成。後來獲知，得了優異獎。但那篇小說是怎樣的？我已經完全忘記了。只記得那仍是手寫稿的年代。

以上對於得獎的回憶，有一些在小說中有提及。為甚麼多年前的活動，那些人物身影天氣甚至對話，我仍能記得那麼多？朋友常問我，我也答不上來。只能說，記得那麼多不是我故意的，而且記得那麼多並不是一件很好的事，並不像英文「great memory」那樣 great 的。因為那也包含了很多不想被記住的人和事，並不能輕易洗刷掉。

可惜，這次的出版獎我並不能回港領獎，只能請出版社同事代領。但說到底這根本就是一個「出版獎」，由出版社去領可能更合情合理。以我姐姐的理解，「獎是給出版社的，不是給你的」。這當然是對，「但沒有我的書，就沒有這個出版獎了」，我覺得我也沒有說錯。她繼續說：「但沒有出版社，也就沒有你的書啊。」好，那麼，就當不是給出版社，也不是給我的，「書」才是得獎者好了。

我總有方法去哄騙我自己。

在此，非常感謝香港三聯欣賞此書並為此出力的每位同事，還有喜歡這本書的讀者。現在回看，寫這一系列「尋人小說」，我感到自己一直在消耗掉。只是原來人在失去很多之後，是可以從失去再獲得更多的。

還有多少可以被消耗呢？我總會找到藉口，為寫作開脫的。

因為，故事尚未完結。

二零二三年九月十四日

沿路的風景

算是完成了小說的結局後，我放了一個陪孩子遊玩的暑假，期間，我們又重臨金耳山。

這次我們到了南面的營地，那裏比北面的營地有更隱密的樹叢，營與營之間相隔更遠，令人想像可以發生的事情也更多。而且那天天氣甚是酷熱，下午相信也有四十度，又令我想起《金耳山奇遇記》中提到熱死人的新聞。

與孩子走十多分鐘到達湖邊，大家已汗流浹背，馬上跳入湖水，卻被冰凍的水溫嚇了一跳。原來雪山並沒有因為炎夏而變暖，流到湖的水，依然是冷入心扉。小孩用了幾分鐘去適應，很快就玩得不亦樂乎，我鼓了極大的勇氣，才敢一二三坐到水泡圈上去，之後還不敢有大動作，恐怕水會濺到上身。

有些勇氣，失去了便不能再擁有，包括不怕冷。

這亦是我們第一次一家人去露營，上兩次都有友人一起。自家去露營，原來別有一番感覺，我坐在火爐前，乘著被風吹落的乾燥針葉，修改著自己的小說稿，讀著近年火熱的《人類大歷史》，忽然有點造作的好笑感覺。更難以置信的是，那夜我們躺在新買的帳篷裏，欣賞著網狀的頂部透出天上的點點繁星，就在踏入午夜十二點之際，看到了流星飛過。第一次以為是眼花，第二次看到便肯定沒看錯了。

那天竟也是《一直到彩虹》及《金耳山奇遇記》男主角的生日，我忽然感到，上天似乎在對我作出某種提示。

露營回家後累得不似人形，好好休息了幾天，緊接的又是孩子的游泳班、暑期班和各樣玩樂，對那流星的提示淡忘了。到了開學第二個星期，一切像是又回到上學的日常，我因為關節痛的問題，將小說一拖再拖，一天小孩回家，說到學校又在教中秋節，我便想起了自己也曾經在書內寫到嫦娥的故事重複又重複之說，可是我怎也想不起是哪章，便到書櫃去找，卻不知為甚麼翻出《一直到彩虹》，揭到大家都讚好的董啟章的序，看到「她本來把它（書）命名為《一直到彩虹，再回到這裏來》，出處是書中提到的兒童繪本《猜猜我有多愛你》，故事中的兔爸爸對兔兒子說：我愛你一直到月亮，再從月亮回到這裏來。」

我突然馬上決定了，這個小說的名字就是《再回到這裏來》。

因為這小說，我「重回」了九七回歸前後，「重回」了過去的嶺南大學，「重回」到青春滿載的大學時代，「重回」了我的故鄉荃灣，「重回」到那仍能耗盡力氣去愛人的歲月，「重回」到人生的分岔路，「重回」到寫作的起點，並假想如果當年不是那樣那樣，如果我這樣這樣，我便會是怎樣怎樣。而二十多年過去，我多次折返又重臨的，就是寫作這裏。

序裏還提到二零一六年他寄給我的《肥瘦對寫》成就了我重拾寫作的契機，現在回看，已經是七年前的事了。我仍然深刻記得，那天我坐在屋前的樓梯，陪著我兩歲的兒子在學踏三輪車，四歲的女兒在旁故作可愛引我注意，郵差叔叔的車煞地來到我們面前，交給我一個包裹，那就是所謂從天而降的《肥瘦對寫》。

今年五月回港跟董啟章見面，他跟我談到他的新動向，他認同的網上共享、永久保存的理念，想把寫作變得更自主，跟讀者互動更直接，版權收益也更合理及獨立，他決心要搞 NFT 書，並揚言不再出版紙本書。坐言起行，他開始經營網上《董富記快報》，然後便陸續看到他《天工開物．栩栩如真》的數位典藏版、限量版畫特藏版發行，又把他的《心》重現，也會推出全新的《自作集 Autofiction》。

這些於我來說都是新的概念。自主出版是未來文學創作的新方向嗎？是必然會出現的大路線嗎？冒險的力量，開拓新意念的精神，實踐沒人領航的理論，都是從事創作的人無畏的精神和信念。

大家爬的山，看到路上不同的風景，花草樹木風景互補，我們努力走下去。不要怕，只要信。我相信沿路看到的，都一定是美景一幅。

# 再回到這裏來

Here I am again

——進城・回歸・預言


著者

黃敏華



責任編輯

羅文懿

書籍設計・插畫

姚國豪

出版

P. PLUS LIMITED

香港北角英皇道四九九號

北角工業大廈二十樓

20/F., North Point Industrial Building,

499 King's Road, North Point, Hong Kong

香港發行

香港聯合書刊物流有限公司

香港新界荃灣德士古道二二〇至二四八號十六樓

印刷

美雅印刷製本有限公司

香港九龍觀塘榮業街六號四樓A室

版次

二〇二四年三月香港第一版第一次印刷

規格

大三十二開（138mm × 195 mm）

三八四面

國際書號

ISBN 978-962-04-5441-7